CB078088

J.

TOL

.R.

KIEN

J.R.R. Tolkien

First published in Great Britain in 2001 by Little, Brown
Copyright © 2001 Michael White

Tradução para a língua portuguesa © Bruno Dorigatti, 2013.

Título original: Tolkien: a biography

Diretor Editorial
Christiano Menezes

Diretor de Marketing
Chico de Assis

Editores Assistentes
Maria Clara Carneiro
Bruno Dorigatti

Design e Capa
Retina 78

Design Assistente
Guilherme Costa
Juliane Pimenta

Revisão
Estela Rosa
Nova Leitura
Retina Conteúdo

Impressão e acabamento
RR Donnelley

Agradecimentos
S & G
TolkienBrasil.com

DADOS INTERNACIONAIS DE CATALOGAÇÃO NA PUBLICAÇÃO (CIP)
Angélica Ilacqua CRB-8/7057

White, Michael
J.R.R. Tolkien, o senhor da fantasia / Michael White; tradução de Bruno Dorigatti. – – Rio de Janeiro : DarkSide Books, 2013.
280 p. : il. 16 x 23cm

ISBN: 978-8-56663-606-2
Tradução de: Tolkien: a biography

1. Escritores ingleses - Biografia 2. Literatura inglesa 3. Fantasia
I. Título II. Dorigatti, Bruno

13-0413 CDD 928.2

Índices para catálogo sistemático:

1. Escritores ingleses - Biografia.

DarkSide® *Entretenimento LTDA.*
Rua do Russel, 300/702 - 22210-010
Glória - Rio de Janeiro - RJ - Brasil
www.darksidebooks.com

MICHAEL WHITE

J.R.R. TOLKIEN

O SENHOR DA FANTASIA

TRADUZIDO POR
BRUNO DORIGATTI

DARKSIDE

Para Jennifer e Peter

J.R.R. TOLKIEN

SUMÁRIO

Introdução 13
01. Infância 19
02. Duas Mulheres 39
03. Oxford 51
04. Amor e Guerra 65
05. Mundos Fantásticos 81
06. A Caminhada 99
07. Vida Acadêmica 107
08. Mundo dos Homens 119
09. A Caminho de O Hobbit 141
10. A Guerra e o Anel 153
11. Capturado 173
12. Universo da Terra-Média 183
13. Últimos Anos 201
14. A Lenda Vive 215

Registros 232
Cronologia 250
Bibliografia Selecionada 254
Índice 264

Agradecimentos

Muitas pessoas ajudaram para que este livro acontecesse. Eu gostaria de agradecer especialmente ao meu agente Russ Galen, por conduzir diversas negociações complicadas, e aos meus editores de ambos os lados do Atlântico: Alan Samson e Tim Whiting na Little, Brown, em Londres; e Gary Goldstein na Alpha, em Nova York. A assistência inestimável de Jude Fisher e de Peter Schneider, que ofereceram informações sobre a importância da literatura, e de Josephina Miruvin, que sempre foi entusiasmada e me deu alguns bons contatos na internet. Meus agradecimentos vão também para Michael Crichton, pois sem a sua ajuda um autor completamente diferente teria escrito este livro.

Finalmente, a profunda gratidão à minha esposa Lisa, por oferecer insights objetivos e importantes sobre Tolkien que eu não teria imaginado de outra maneira.

Michael White, setembro de 2002

O professor em sua sala
na Faculdade de Merton,
Oxford, em 1955.

J.R.R. TOLKIEN

INTRODUÇÃO

Cheguei bastante tarde à obra de Tolkien. Eu já tinha uns 17 anos quando uma amiga de colégio me deu seu exemplar de *O Senhor dos Anéis,* cheio de páginas dobradas, e me disse que eu realmente deveria lê-lo. Mas, apesar de ter demorado tanto para me juntar à massa de devotos de J.R.R. Tolkien, corrigi rapidamente essa lacuna ao ler seu livro mais famoso oito vezes seguidas. Eu estava tão obcecado por esta fábula de heroísmo, tragédia e aventura atemporal que, assim que terminava o último capítulo, era atraído a reler o primeiro pela enésima vez.

Logo, eu estava reunindo toda e qualquer informação mínima que pudesse encontrar sobre o autor. Li *O Hobbit*, claro, e encarei a tradução de Tolkien para *Beowulf*, o seu *Mestre Gil de Ham*, *Sobre Histórias de Fadas* e outros trabalhos menos conhecidos. Então, em 1977, um ano após eu ter sido apresentado a *O Senhor dos Anéis*, as notícias da tão aguardada publicação de *O Silmarillion* chegaram até mim. No dia do lançamento, eu estava na fila da livraria às oito da manhã para pegar o meu exemplar já encomendado e, enquanto caminhava para o ponto de ônibus e na volta para casa, já estava lendo sobre elfos e homens enquanto esbarrava em passageiros apressados para o trabalho.

Por essa época, eu tinha começado a me envolver com música. Estava aprendendo a tocar guitarra, entrando em bandas no colégio e no meu primeiro ano na universidade. Em contraste completo com o comportamento da época (o punk tinha acabado de estourar), formei bandas com nomes como Palantír e comecei a escrever músicas sobre Galadriel com meia oitavas em élfico. Estremeço só de lembrar. Mas, na verdade, de uma perspectiva tão distante, fica claro para mim que, imatura como era, sem dúvida, minha devoção a Tolkien havia surgido devido a algo excepcionalmente poderoso. Era impossível que não houvesse, de fato, algo irresistivelmente atraente sobre a Terra-Média para causar um efeito tão poderoso.

Foi somente bem mais tarde, também, que descobri como milhões e milhões de outras pessoas tinham ido pelo mesmo caminho e se tornado grandes fãs do escritor inglês; alguns tinham até mesmo formado bandas e cantado músicas sobre a Terra-Média. Na verdade, foi uma namorada quem me emprestou seu *O Senhor dos Anéis* e, durante o meu primeiro ano na universidade, ter o livro debaixo do braço nos corredores era considerado uma excelente maneira de atrair garotas. E conheço pelo menos uma pessoa que estudou islandês na faculdade depois de ter sido inspirada por Tolkien e seu trabalho. Havia também um número crescente daqueles que não gostavam de Tolkien, simplesmente porque outros tantos eram devotos do trabalho dele, o que seria inevitável, talvez: era uma reação contrária à moda, fácil de entender. Sempre que alguém fica obcecado com algo, torna-se chato e sempre irrita aqueles que não seguem a mesma obsessão. Tolkien não agrada a todos e alguns daqueles que genuinamente não sentiam nada por *O Senhor dos Anéis* reagiam com escárnio e cinismo.

Durante o ano em que descobri Tolkien, um dos meus melhores amigos no colégio decidiu que rejeitaria a proposta de *O Senhor dos Anéis* e se posicionou contra tudo o que ele via como o "culto insidioso da Terra-Média". Ele não tentou ler o livro uma vez sequer, mas, ao invés disso, estudou avidamente uma paródia da revista de humor *National Lampoon* (que era mesmo muito engraçada), chamada *O Entendiado dos Anéis* [*Bored of the Rings*, no original]. Ele me ignorou até mesmo quando lhe perguntei como poderia achar uma paródia engraçada, se não tinha se importado em ler o original.

Desnecessário dizer que depois de um tempo acalmei. Aos poucos, deixei a influência de Tolkien sossegar e comecei a escrever canções de amor, sexo, morte e, mais importante, comecei a ler mais. Porém, nunca deixei Tolkien completamente para trás. Sempre tive uma queda por *O Senhor dos Anéis* e me lembrava da história com carinho e predileção. Com vinte e poucos anos, mudei-me para Oxford e, não muito tempo depois, eu havia construído uma carreira como escritor. Ouvi sobre a vida de Tolkien na cidade e sobre como ele, C.S. Lewis e os outros Inklings se conheceram em um pub chamado Eagle and Child, onde eu ia com frequência tomar uma cerveja na esperança de que algum tipo de inspiração pudesse sair daquelas paredes. E então, quando fui sondado para escrever esta biografia, senti uma atração imediata para a tarefa.

No entanto, antes que a tinta secasse no contrato com a editora, percebi que voltar à minha obsessão juvenil traria consigo riscos potenciais, pois teria que ler *O Senhor dos Anéis* novamente, quase vinte e cinco anos depois daquelas oito vezes. Eu não desprezava a ideia, porém, ao mesmo tempo, estava repleto de angústia – será que apreciaria sua obra agora, um quarto de século depois?

Quando terminei o último capítulo pela oitava vez em 1977, estava para entrar na universidade, ouvia discos do Yes e tinha o cabelo abaixo dos ombros. Agora, aqui estava eu, já na meia idade, com esposa e três crianças, havia lido milhares de livros desde aqueles dias distantes e escutava Yes muito ocasionalmente. Poderia ainda me identificar com Aragorn?

Eu ainda desejava ardentemente saber mais sobre Gandalf e os outros istari? Será que até mesmo me importaria de novo com o que aconteceu com Frodo e Sam? Em muitas ocasiões, reli antigos livros favoritos apenas para descobrir que eles não me despertavam mais atração. Iria *O Senhor dos Anéis* pelo mesmo caminho? Teria eu me transformado no meu cínico amigo do colégio e preferido *O Entediado dos Anéis*?

Comprei um exemplar novo de *O Senhor dos Anéis* e levei para casa. Ficou por dias na mesa da sala de jantar, fechado. Foi transferido para o quarto e então para o banheiro, e ainda assim permaneceu intocado. Comecei a pesquisa para este livro e fui aprendendo mais uma vez sobre a vida e a época de Tolkien e, finalmente, depois de semanas de relutância, consegui abrir a sua obra-prima.

Como que naturalmente, fiquei mais uma vez encantado. Um pouco da magia havia certamente desaparecido, entretanto comecei a descobrir novos aspectos na história, novas perspectivas que só apareceram depois de todo esse tempo, coisas que passaram batidas ou tiveram pouca importância quando eu era mais novo. Estava encantado com isso e não somente aliviado, pois como poderia escrever sobre Tolkien se já não gostasse mais de seus trabalhos?

Ainda agora, mergulhado mais uma vez no mundo da Terra-Média, me senti revigorado com a experiência e percebo que meus receios eram, na verdade, infundados. Acredito que existem aqueles que amam o mundo de Tolkien e continuarão fãs ao longo de suas vidas, e há aqueles que nunca irão apreciá-lo.

Hoje, o meu amigo anti-Tolkien é, como eu, um homem de meia idade, e continua a zombar da minha fascinação por *O Senhor dos Anéis*. Ele não leu o livro (agora, evidentemente, considerado "O Livro do Século XX", de acordo com a cadeia de livrarias inglesa Waterstones) e não tem absolutamente nenhuma intenção de lê-lo. Mas então, como diz o ditado, "Tolkien é um hobbit viciante".[1]

Durante a pesquisa preliminar para este livro, minha ferramenta de busca encontrou cerca de 450 mil sites relacionados a Tolkien e *O Senhor dos Anéis*, e muitos destes sites eram incrivelmente profissionais e interessantes. Mas, ao começar a ler algo do material "oficial" ligado a Tolkien, me chamou a atenção como boa parte dele era ridiculamente subjetiva, quase devocional.

Eu me considero um fã de longa data, mas fico consternado com a postura superprotetora do material "oficial" ou "autorizado" sobre o professor Tolkien. As cartas publicadas relatam quase nada sobre sua vida privada. Véus de mistério cobrem toda e qualquer coisa que diga respeito à vida pessoal, tais como a relação com a esposa Edith e a amizade com C.S. Lewis e alguns de seus companheiros Inklings. Relatos não autorizados nunca questionam o seu ímpeto interior nem tentam identificar seus demônios pessoais. Ainda pior, a consensual sabedoria, no que diz respeito às emoções de Tolkien, às suas motivações ou às suas opiniões, raramente é investigada. Tolkien era, como mostram estes livros, um homem bom, de moral justa, confiável e muito inteligente, mas ele não estava na fila para a canonização.

1 Trocadilho entre seus fãs com a expressão "*habit-forming*" ("viciante" ou "formador de vício") e "*hobbit-forming*" ("em forma de hobbit"). [Nota do Editor brasileiro, identificada de agora em diante como NE]

Eu já havia visto tal endeusamento antes. Durante a pesquisa para a minha biografia de Sir Isaac Newton, *Isaac Newton: O Último Feiticeiro*,[2] descobri que seus discípulos tinham, por suas próprias razões, ocultado material que, quando desenterrado, revelou o mais completo ser humano por trás dos livros escolares. Outro de meus objetos de pesquisa, Stephen Hawking, ainda é pintado por algumas das pessoas associadas a ele como sendo alguém além da condição humana normal. Em ambos os casos, uma pesquisa mais profunda revelou para mim um mundo cheio de cor e vitalidade.

Ao escrever este livro, não saí à procura de monstros e encontrei somente os ficcionais esperados. Mas as pessoas criativas poucas vezes não despertam interesse, apesar dos melhores esforços de seus protetores para fazê-las parecerem desinteressantes. Gostaria de pensar que os verdadeiros fãs buscam um pouco mais do que imagens monocromáticas de seus heróis. E como um fã de Tolkien, espero ter fornecido, se não em tecnicolor, ao menos um tom menos pastel para colorir um pouco mais a figura do criador da Terra-Média, o autor mais popular da história.

2 Publicado no Brasil pela Record em 2000. [NE]

J.R.R. TOLKIEN

CAPÍTULO I

Infância

O professor John Ronald Reuel Tolkien está pedalando rápido e pode sentir o suor sob a gola da camisa. É uma tarde quente de começo de verão, logo após o fim do ano escolar, e o tráfego ao longo da High Street é tranquilo. Ele encontrou uma orientanda por volta do meio-dia, tirou suas dúvidas de interpretação sobre um texto em inglês antigo, comprou tinta e papel em uma loja na Turl Street, devolveu um livro na biblioteca da faculdade e achou a cópia de um poema que estava escrevendo para *The Oxford Magazine* – perdido há uma semana entre papéis de seu gabinete. Em geral, ele faria questão de estar em casa para o almoço em família, mas hoje teve que participar de uma reunião do corpo docente, o que significava ser obrigado a almoçar na faculdade. Nesse exato momento, ele está voltando para casa para se debruçar penosamente sobre uma assustadora pilha de provas finais que o aguardam sobre sua mesa desde o início da semana.

Assim que passa pela Torre Carfax, no centro de Oxford, o relógio chega às três e ele começa a pedalar ainda mais rápido; no máximo, calcula, teria apenas duas horas antes de ter que voltar pedalando para a cidade para outra reunião na hora do chá, desta vez na Senior Common Room – a sala de professores e acadêmicos associados à faculdade – na Faculdade de Merton. Concluía seus cálculos imaginando que conseguiria, no máximo, corrigir três avaliações.[1]

Ele pedala a Banbury Road acima e, virando à direita e então à esquerda, surge na Northmoor Road, onde, no número 20, a família Tolkien mora desde o começo daquele ano de 1930. Conforme Tolkien move a perna sobre o selim e se equilibra de um lado da bicicleta ainda em movimento, ele desliza através do portão lateral e ao longo do caminho. Ele cumprimenta a esposa, Edith, enfiando a cabeça pela porta da cozinha e sorrindo. Mas então vê que Priscilla, sua bebê de cinco meses, está acordada e balbuciando alegremente nos braços da mãe. Ele se aproxima, dá beijinhos no rosto da esposa e faz cócegas abaixo do queixo de Priscilla antes de voltar à porta e caminhar pelo corredor até seu escritório na parte sul da casa.

O escritório de Tolkien é uma sala aconchegante, emoldurada com estantes de livros que criam um túnel à entrada da sala, até que se espalhem para ambos os lados. A mesa do professor está posicionada de modo que ele tenha uma vista para o sul, em direção ao jardim de um vizinho bem à sua frente, e à direita há outra grande janela que dá para a rua precedida de um longo e bem cuidado gramado. Na mesa, Tolkien tem um bloco de notas, uma coleção de canetas em um pote e pilhas de papel em ambos os lados. Na esquerda, estão os exames a serem lidos (uma pilha grande) e, na direita, as provas já corrigidas (uma pilha bem menor).

Tolkien se ajeita confortavelmente em sua mesa, puxa o cachimbo do bolso da jaqueta, enche-o com tabaco e o acende com um cuidado exagerado. Tragando o cachimbo, ele se inclina para pegar a folha de cima da pilha à esquerda, coloca-a à sua frente e começa a ler.

Corrigir os exames para o School Certificate daqueles meninos de 16 anos é entediante e quase sempre um aborrecimento, mas ajuda a pagar as contas e, com uma esposa e quatro filhos para sustentar, Tolkien precisa esticar seu salário de professor. Mesmo sendo desanimador, como tal trabalho geralmente é, Tolkien se orgulha de ler cada prova cuidadosamente e prestar atenção a cada detalhe. E então, pela próxima meia hora, ele se concentra em um único manuscrito.

1 O School Certificate era a forma antiga de avaliação escolar, comparado ao moderno GCSE (*General Certificate of Secondary Education*, Certificado Geral de Educação Secundária, em tradução literal), feito pelos alunos de 16 anos na Grã-Bretanha.

Ocasionalmente, rabisca um comentário na margem e, de vez em quando, coloca um pequeno visto ao final de um parágrafo. Ele vira as páginas vagarosamente e tudo em volta é paz e silêncio, quebrado apenas pela visita de um pássaro no parapeito da janela e uma brisa leve balançando as folhas acima da janela do escritório.

Depois de um tempo, Tolkien está satisfeito por ter avaliado o exame de maneira justa e o coloca na pilha da direita antes de pegar outro da pilha da esquerda. Por mais uns poucos minutos, ele lê as primeiras páginas deste novo exame e então, ao virar a folha, se surpreende ao ver diante de si uma página em branco. Pausando apenas por um instante e sentindo-se como se tivesse sido recompensado pelos seus dias de trabalho – uma página a menos para corrigir – ele inclina-se para trás em sua cadeira e olha em volta da sala. De repente, seus olhos são atraídos pelo carpete próximo a um pé da mesa. Ele observa um minúsculo buraco no tecido e fixa-se nele por um longo momento, sonhando acordado. Então ele volta a atenção para o papel à sua frente e começa a escrever: "Em uma toca no chão vivia um hobbit..."

Embora Tolkien não tivesse ideia de por que escreveu isso e ainda menos consciência do quanto essa manifestação do seu subconsciente iria significar para ele, sua família e o futuro da literatura inglesa, ele sabia, com aquela única frase, que havia escrito algo interessante, tão interessante, na verdade, que o inspirou a, como afirmou depois, "descobrir como eram os hobbits".

Naquele momento, a partir de uma única frase, criada talvez pelo tédio, uma frase que talvez tivesse tentado encontrar expressão por um longo tempo, apareceu o ímpeto que o levaria à escrita de *O Hobbit* e *O Senhor dos Anéis*. Junto com *O Silmarillion* e uma vasta coleção de notas esparsas sobre a mitologia da Terra-Média, seu trabalho se tornaria, na plenitude do tempo, mundialmente famoso, daria prazer e ofereceria inspiração para milhões, além de desempenhar um papel crucial para a criação de todo um gênero literário, o da ficção fantástica. Dentro de alguns anos, a partir daquela tarde decisiva, milhares e milhares de pessoas saberiam muito sobre os hobbits e, por volta dos anos 1960, os hobbits e o mundo no qual eles viviam iriam se tornar tão familiares quanto qualquer estrela de Hollywood ou figura de destaque da realeza britânica. Para muitos, a Terra-Média é considerada mais que um reino fantástico. Do que poderia ter sido apenas uma linha rabiscada em um pedaço de papel no escritório de um obscuro professor, os escritos de Tolkien ganharam vida própria, floresceram e se multiplicaram em fábulas heroicas, autossuficientes, consistentes e totalmente cativantes; uma mitologia para a mentalidade moderna.

O histórico familiar de J.R.R. Tolkien foi, em muitas maneiras, completamente desinteressante, quase normal. Seu pai, Arthur Tolkien, era bancário e trabalhava no Banco Lloyds, em Birmingham. O pai de Arthur, John, era fabricante de piano e vendedor de partituras, mas quando Arthur Tolkien cresceu, os pianos Tolkien não eram mais vendidos, o negócio estava liquidado e John Tolkien já havia falido.

Arthur estava ciente dos perigos do trabalho independente, o que em parte foi levado em conta na decisão de optar por um trabalho seguro no banco local. Mas a promoção dentro deste ramo, no Lloyds de Birmingham, provou-se lenta e, apesar do seu entusiasmo, Arthur sabia que a única chance viria na forma de vagas deixadas por colegas mortos. Então, no final de 1888, quando chegou uma oferta para um posto no exterior, ele não teve que pensar muito antes de decidir se ficaria com ele ou não.

O cargo era na distante Bloemfontein, na África do Sul, para trabalhar no Banco da África. Isto, Arthur sabia, oferecia um enorme potencial para um jovem ambicioso. O Estado Livre de Orange, cuja capital era Bloemfontein, estava se tornando uma importante região de mineração, com novas jazidas de ouro e diamante, encorajando investidores europeus e norte-americanos. O único problema para Arthur era que, um ano antes de zarpar para a Cidade do Cabo, ele havia se apaixonado e proposto casamento a uma menina muito bonita de 18 anos, chamada Mabel Suffield, e fazer tal mudança profissional significaria deixá-la para trás.

A família de Mabel, os Suffield, não aprovou completamente o jovem Arthur e esperava algo melhor para a filha. No entanto, essa era uma opinião esnobe e nada tinha a ver com o caráter de Arthur Tolkien. Os Suffield consideravam os Tolkien um pouco mais que imigrantes empobrecidos (apesar de sua linhagem remontar a ancestrais ingleses vários séculos antes, indo até distantes raízes familiares na Saxônia), mas eles também tinham suas próprias inadequações sociais. O pai de Mabel era filho de um comerciante de tecidos que havia dirigido sua própria loja, mas seu negócio desmoronara e ele estava tão falido quanto Tolkien. Na época em que Arthur e Mabel se conheceram, John Suffield estava trabalhando como caixeiro-viajante para uma empresa de desinfetantes chamada Jeyes.

Pouco disto influenciou Arthur ou Mabel, exceto que o senhor Suffield proibiu a filha de se casar com seu amado antes de pelo menos dois anos após o pedido de casamento de Tolkien. Isso significava que, enquanto Arthur ocupava o posto no exterior, Mabel era obrigada a aguardar notícias do noivo, na esperança de que em breve suas expectativas fossem atendidas e ela pudesse viajar para juntar-se a ele, e assim poderiam se casar.

Arthur não desapontou. Em 1890, ele havia se tornado gerente da sucursal do Banco da África em Bloemfontein, e as coisas andaram rapidamente. Sentindo-se estabelecido apropriadamente, ele escreveu a Mabel Suffield para pedir-lhe que fosse a seu encontro e logo se casariam. Mabel tinha agora 21 anos e o casal manteve o relacionamento florescendo, apesar do prazo de dois anos imposto por Suffield. Então, ignorando qualquer dúvida de sua família, Mabel comprou, em março de 1891, sua passagem para o navio a vapor Roslin Castle e logo estava a caminho da Cidade do Cabo.

Hoje, Bloemfontein, localizada no coração do extinto Estado Livre de Orange, é uma cidade indescritível, mas, no final do século XIX, quando Arthur chegou lá pela primeira vez, ela era pouco mais do que um conjunto de algumas centenas de prédios em ruínas. Ventos fortes sopravam do deserto e varriam a cidade. Agora, a maioria dos moradores pode se abrigar em casas e shoppings com ar-condicionado; em 1890 havia pouco conforto e a vida era um pouco melhor para os colonizadores brancos do que é agora para os negros africanos que vivem em uma favela que circunda o centro moderno de Bloemfontein.

Eles se casaram na catedral da Cidade do Cabo em 16 de abril de 1891 e tiveram uma breve lua-de-mel em um hotel perto da praia de Sea Point. Mas, quando a emoção e a novidade passaram, Mabel rapidamente se deu conta de que a vida naquele lugar não era fácil.

Ela logo estava desesperadamente sozinha e achou difícil fazer amigos entre os outros colonizadores na cidade. A maioria da população era formada por africâneres, descendentes dos colonizadores holandeses, e eles não se misturavam facilmente com a população inglesa. Os Tolkien encontraram outros ex-conterrâneos britânicos, Mabel desempenhava o papel de anfitriã, mas achou a cidade carente em quase todos os aspectos. Havia uma quadra de tênis, umas poucas lojas e um pequeno parque; era algo distante do agito de Birmingham e da constante excitação da vida em uma grande cidade. Ela também odiou o clima, o calor escaldante, o verão úmido e o inverno congelante.

Mas não tinha escolha, a não ser tentar se adaptar. Arthur trabalhava duro para deixar sua marca no Banco da África e raramente estava em casa. Ele parecia estar se divertindo, o que só agravou a situação. Arthur tinha seus amigos no trabalho e estava constantemente ocupado, logo não havia muito tempo para que pudesse refletir sobre os aspectos menos atrativos da vida em Bloemfontein. Ele parecia dedicar pouca atenção à infelicidade de Mabel e via aquilo como uma depressão passageira que ela iria superar em breve.

Mabel tentou fazer o máximo de coisas que pôde e era claramente devota a seu marido. Ocasionalmente, conseguia arrastá-lo para longe do banco e saíam para longas caminhadas juntos ou jogavam tênis no único clube da cidade. Em outras ocasiões, os dois sentavam e liam um para o outro em casa.

E, se Mabel estava simplesmente entediada, tudo aquilo logo mudou quando descobriu que estava grávida de seu primeiro filho. Ambos estavam encantados, mas ela temia que a cidade não pudesse fornecer os cuidados médicos adequados para ela e o bebê recém-nascido. Ela insinuou que seria melhor para eles se afastarem dali por um tempo e voltarem à Inglaterra para ter o bebê, mas Arthur argumentava constantemente que não poderia conceder a si mesmo este tempo, e então Mabel decidiu que preferia ficar e aproveitar as possibilidades de Bloemfontein a encarar uma longa jornada de volta para casa e dar à luz sem o marido lá para ajudá-la.

O filho deles nasceu em 3 de janeiro de 1892. Eles o chamaram de John, mas houve certo debate sobre o nome completo do garoto. Arthur insistiu que eles deveriam manter a tradição de "Reuel", um nome do meio que havia sido dado para vários meninos dos Tolkien por gerações, enquanto Mabel preferia Ronald. Finalmente concordaram com ambos, então o bebê foi batizado na catedral de Bloemfontein, em 31 de janeiro de 1892, com o nome de John Ronald Reuel Tolkien. No entanto, nunca foi chamado de John por ninguém. Os pais, e depois a esposa, o chamavam de Ronald. Na escola, ele era chamado pelos seus amigos de John Ronald, e na universidade, de "Tollers", um epíteto desajeitado, típico da época. Pelos colegas, era chamado de J.R.R.T. ou mais formalmente de "Professor Tolkien". Para o mundo, tornou-se conhecido como J.R.R. Tolkien ou, mais usualmente, apenas Tolkien.

O comecinho de sua infância na África do Sul foi tão exótico como seria de se esperar em um mundo tão distante e diverso de Birmingham. Algumas histórias da família sobreviveram e eram lembradas por Tolkien, que as contava para seus próprios filhos. Houve a vez em que o macaco do vizinho escapou e pulou a cerca para entrar no jardim da família, onde começou a rasgar em pedaços três dos babadores dos meninos pendurados no varal. Em outra ocasião, um dos empregados, um moço chamado Isaak, decidiu levar o bebê Ronald para apresentá-lo à sua família que vivia na periferia da cidade. Por mais incrível que isso possa parecer, os Tolkien não o demitiram.

Certamente, era perigoso criar um filho naquelas condições. O clima ia de um extremo a outro e o primeiro verão sul-africano do bebê foi uma provação para Mabel. As moscas eram incessantes, o calor, implacável. O jardim abrigava cobras mortíferas e insetos perigosos. Quando o bebê havia recém-completado um ano, foi mordido por uma tarântula. Sua vida foi salva graças à rapidez e à habilidade da babá, que achou a mordida e sugou o veneno.[2]

A vida melhorou consideravelmente para Mabel logo após o nascimento do bebê. Arthur ainda estava profundamente entrincheirado no banco, mas, na primavera de 1892, a irmã e o cunhado de Mabel, May e Walter Incledon, chegaram a Bloemfontein. Walter tinha interesses comerciais na África do Sul e decidiu passar um tempo pesquisando as minas de ouro da região. Mabel agora tinha companhia e alguma ajuda com o bebê. Ainda assim estava ficando com saudades de casa e cada vez mais ressentida pelo fato de Arthur passar todo o seu tempo longe da família. As coisas ficaram ainda mais complicadas quando ela descobriu que estava grávida novamente.

Hilary Tolkien nasceu em 17 de fevereiro de 1894, e já não era sem tempo para Mabel, que tivera que suportar grávida um verão particularmente brutal. Não surpreende que, logo após o nascimento, ela teve uma nova baixa. A irmã e o cunhado voltaram para a Europa

2 É fácil imaginar que esta experiência plantou a semente para a ideia de Laracna [Shelob, no original], a aranha gigante e mortífera que vivia na fronteira de Mordor, mas é mais provável que, como a história passou a fazer parte da lenda dos Tolkien, ela sempre esteve lá como um pano de fundo na mente do autor e, quando Tolkien estava escrevendo a referida cena em *O Senhor dos Anéis*, visualizou uma aranha ao invés de, digamos, um rato ou uma cobra.

e ela teve que enfrentar a perspectiva de criar os dois filhos, ainda muito jovens, neste ambiente hostil, com pouca ajuda do marido. Ela teve sorte que Hilary acabou por ser uma criança saudável, mas Ronald estava constantemente doente com problemas comuns na infância – um pulmão ruim que piorava com o calor e a poeira no verão e o vento frio no inverno e, mais tarde, uma sucessão de problemas de pele e infecção nos olhos. Em novembro de 1894, Mabel estava desesperada por uma mudança de panorama e um clima mais fresco, pegou os garotos e foi para Cidade do Cabo, em busca de férias mais que necessárias. Arthur, que (se ele ao menos pudesse admitir) também precisava de um descanso, foi inflexível em não permitir a si mesmo umas férias curtas. Ele ficou em Bloemfontein para mais um castigante verão.

Após o retorno, ficou claro que Mabel estava agora determinada a cuidar da família, depois de um bom tempo longe da poeira e do vento. Ela se esforçou para persuadir Arthur a tomar um tempo para visitar a família na Inglaterra. Ele estava longe de casa por quase seis anos e, ao menos, merecia uma licença. Mas ele não iria dar ouvidos a nada disso, alegando que uma ausência prolongada poderia pôr em risco sua posição dentro do banco. Ao invés disso, ficou acertado que Mabel e os meninos voltariam para a Inglaterra sem ele e passariam o período do verão sul-africano lá. Se tudo corresse bem, ele poderia se juntar a eles mais tarde.

Assim, em abril de 1895, Mabel, Ronald e Hilary zarparam da Cidade do Cabo a bordo do SS Guelph. Três semanas depois, ancoraram em Southampton, onde foram recebidos pela irmã mais nova de Mabel, Emily Jane, que foi apresentada aos meninos como tia Jane. Eles viajaram para Birmingham de trem e arranjaram um quarto na pequena casa dos Suffield, no bairro de King's Heath.

Era extremamente apertado. Mabel e os meninos dividiam uma cama e mais cinco adultos viviam na casa; os pais de Mabel, a irmã, William, o irmão mais novo, e um inquilino, um jovem e loiro funcionário de uma seguradora, chamado Edwin Neave, que, quando não estava flertando com Jane, entretia Ronald tocando banjo e cantando músicas de salão. Mas, comparado ao Estado Livre de Orange, a vida era confortável; o clima era ameno, o vento não uivava através das vigas, tão forte que parecia que a casa viria abaixo, não havia tarântulas no jardim nem cobras no gramado. Mabel sentia falta do marido, mas ele havia optado por não se juntar a eles. Para Mabel, o bem-estar dos meninos vinha primeiro.

Como era de se esperar, Arthur sentiu falta da família. Ele escrevia com frequência e externava sua tristeza pela separação, mas ainda assim sustentou que não poderia abandonar o cargo, mesmo por uns poucos meses. Ele parecia muito obcecado com a ideia de que outros poderiam usurpar-lhe o posto, prejudicando sua carreira de forma irreparável.

Enquanto isso, toda a região da África do Sul enfrentava o caos político. Liderados por Paul Kruger, os bôeres ameaçavam uma rebelião contra os britânicos e, a partir de sua base na província de Transvaal, se estabeleceram como uma temível guerrilha. Em 1895, enquanto Arthur Tolkien administrava as finanças dos abastados europeus em Bloemfontein, os guerreiros de Kruger formaram uma aliança militar entre a província de Transvaal e o Estado Livre de Orange, que iria, dentro de poucos anos, empurrar os britânicos para uma guerra na África do Sul. Não foi um período confortável para os cidadãos britânicos que moravam nos novos centros comerciais como Bloemfontein e, em alguns aspectos, Arthur estava aliviado com o fato de sua família se encontrar bem longe, a salvo, na Grã-Bretanha.

Mas então, de repente, em novembro de 1895, houve outra má notícia. Arthur escreveu a Mabel para dizer que estava com febre reumática. Esta era uma doença muito séria e Mabel implorou para que ele se desse férias do trabalho e fosse se juntar à família na Inglaterra. Mas ele recusou a proposta mais uma vez, agora alegando que não poderia encarar o frio do inverno inglês.

O verão chegou a Bloemfontein e, com ele, o estado de saúde de Arthur Tolkien piorou rapidamente. Ao saber disso, Mabel decidiu retornar com os meninos para a África do Sul. Assim, no final de janeiro de 1896, tudo estava pronto para a viagem de volta; o navio a vapor estava reservado e a data marcada. Em 14 de fevereiro de 1896, Ronald conseguiu apenas ditar uma carta para o pai. Nela, ele contava o quanto sentia a sua falta e como estava ansioso para vê-lo novamente depois de tanto tempo.

A carta nunca foi enviada e logo chegou a notícia à casa dos Suffield de que Arthur havia morrido depois de uma grave hemorragia. Mabel, de luto, embalou as coisas imediatamente, deixou os meninos aos cuidados dos pais dela e pegou o primeiro vapor para a Cidade do

Cabo. Quando chegou a Bloemfontein, seu marido há cinco anos já estava enterrado no cemitério local.

Então, aos quatro anos de idade, a vida de Tolkien estava para entrar em um novo estágio. O clima inóspito e desértico de Bloemfontein seria substituído pelo cinturão industrial de Birmingham, a segunda maior cidade da Inglaterra, uma das potências do Império Britânico. O horizonte distante, o sol vermelho a se pôr vagarosamente atrás das montanhas, as brincadeiras debaixo da sombra no calor sufocante e poeirento das tardes de janeiro, tudo isso havia ficado para trás. O novo mundo do jovem Ronald seria dominado, a partir de agora, por prédios de apartamentos e chaminés de tijolo, quintais de concreto e a fumaça das fábricas locais.

Apesar de Arthur ter trabalhado tanto, arruinado sua saúde por conta disso e morrido convencido de que era incapaz de dedicar-se à família, deixou a esposa e os dois filhos pequenos com quase nada para que pudessem construir uma nova vida sem ele. Seu capital havia sido investido nas Minas de Bonanza, mas os dividendos pagos a Mabel renderam a quantia de apenas 30 shillings por semana, o que, em 1896, mal dava para garantir uma vida modesta para os três. O cunhado de Mabel, Walter Incledon, ajudou os meninos com uma pequena quantia, mas nem os Suffield nem os pais de Arthur tinham recursos para ajudá-los financeiramente. Quando Arthur morreu, Mabel e os jovens irmãos estavam morando na pequena casa dos Suffield por mais de nove meses e as condições limitadas não agradavam a ninguém; era preciso encontrar um lugar com aluguel barato o quanto antes.

No verão, Mabel encontrou para a família uma casinha geminada, no número 5 da Gracewell Street, no vilarejo de Sarehole, a dois quilômetros e meio de distância da cidade, ao sul. Hoje, Sarehole é um subúrbio de Birmingham, todo concretado e densamente povoado, mas quando os Tolkien foram morar lá, ainda era um lugar calmo e tranquilo, distante do tumulto e do barulho da cidade, cercado por campos e florestas. A residência era uma bonita construção de tijolo, precedida de um pequeno terraço e Ronald sentiu-se em casa imediatamente.

Já idoso, ele ainda conseguiria se lembrar em detalhes desse tempo com o irmão e a mãe neste idílio campestre. A casa era pequena, mas confortável, e os vizinhos idosos eram amigáveis e os ajudavam. Hilary tinha somente dois anos e meio quando se mudaram, mas em pouco tempo estava brincando com o irmão mais velho nos campos em volta da casa e a dupla passou a fazer caminhadas longas e aventureiras. Por vezes, caminhavam até o vilarejo vizinho de Hall Green e, aos poucos, fizeram amizade com crianças que lá viviam.

Os meninos compartilhavam uma forte e incomum cumplicidade. Sem a figura do pai, a única companhia masculina que tinham era um ao outro e, não é de surpreender, ambos tornaram-se excepcionalmente próximos da mãe. Aqueles dias pré-escolares eram preenchidos com jogos inventados e fantasias imaginárias. Eles fantasiavam que um fazendeiro local era um bruxo diabólico e os dois haviam transformado a calma e conservadora zona rural inglesa em um parque de diversões imaginário, onde magos bons e maus lutavam pelo controle da região. Durante os longos dias de verão, saíam em jornadas e caminhadas terras estranhas adentro (os bosques locais) para proteger os inocentes contra os vilões. Em outras vezes, colhiam amoras silvestres em um lugar que batizaram de Dell.[3] Mais interessante como ponto de referência posterior na obra de Tolkien, havia um moinho próximo a Gracewell. Ele era mantido por um pai e seu filho, e ambos pareciam ser especialmente antissociais. O velho dono do moinho tinha uma longa barba negra, mas era relativamente indiferente, enquanto o filho, que os meninos chamavam de Ogro Branco (pois estava sempre coberto de farinha), parece ter sido verdadeiramente assustador e nada amigável. Quase meio século depois, essas figuras da infância ganharam vida nova como o subserviente Sandyman e seu desagradável filho Ted.

Para Ronald, as fantasias sobre ogros e dragões começaram a se tornar mais bem definidas quando começou a ler. Sua mãe o encorajou e apresentou-o a muitos dos incríveis livros infantis da época, fábulas inspiradoras como *A Ilha do Tesouro*, *Alice no País das Maravilhas* e histórias clássicas como *O Flautista de Hamelin*. Mas o mais importante para Ronald, então com sete anos, foi um livro chamado *Red Fairy Book* [*O Livro Vermelho das Fadas*, em tradução literal], de Andrew Lang. Um acadêmico escocês que recolhia, adaptava e escrevia os seus próprios contos de fadas, Lang tornou-se muito conhecido por suas antologias. Ronald adorava essas histórias e lia com gosto uma atrás

3 Pequeno vale, em tradução livre. [Nota do Tradutor, identificada de agora em diante como NT]

da outra, sobretudo se tivessem dragões e serpentes marinhas, aventuras míticas e os feitos de cavaleiros nobres.

Tolkien logo se tornou um leitor ávido e em pouco tempo Mabel tomou consciência do seu entusiasmo e do que parecia ser uma habilidade natural com línguas. Ela tinha assumido a educação inicial de ambos os meninos e, quando Ronald tinha sete anos, começou a ensinar-lhe francês e rudimentos de latim, que aprendeu rapidamente. Por essa época, Mabel, que era hábil pianista autodidata, também tentou despertar o interesse dos meninos para a música. Hilary entusiasmou-se, mas Ronald demonstrou pouca aptidão para tocar piano.

Não deixa de ser curioso que, apesar de ter escrito ao longo da vida uma grande quantidade de poesia e o que poderia ser chamado de letra de música (versos que colocava na boca de seus personagens elfos e hobbits), Tolkien quase não tinha interesse por música. Raramente ia a concertos; sua futura esposa, Edith, era uma pianista talentosa, mas ele a ouvia tocar apenas ocasionalmente e considerava o jazz, o swing e mais tarde a música pop desagradáveis e irritantes. A música parece ter sido um espaço em branco em seu gosto artístico.[4]

Para Tolkien, este foi um período feliz. Ele adorava Sarehole e sua imaginação havia sido estimulada com a descoberta dos livros. Foi um período que guardaria na memória com carinho e gosto para o resto da vida. Na maturidade, este curto intervalo de tempo reluziu como o momento mais calmo e onírico entre todos. Quase nada havia permanecido em sua memória do tempo na África do Sul; seu pai, um homem que ele conheceu de maneira efêmera e fugaz, agora se tornara uma mera sombra que depois diminuiu ainda mais. Para Tolkien, sua infância foi este tempo em Sarehole com o irmão e a amada mãe; parecia que nada de significante a havia precedido.

E então tudo mudou novamente. Os anos maravilhosos de Sarehole não poderiam durar para sempre e pelo final de 1900, quando Ronald se aproximava do seu aniversário de nove anos, Mabel foi obrigada a se mudar de volta para Birmingham.

Houve várias razões para a mudança. Mabel queria que os meninos fossem para uma escola na cidade e não no campo. Em 1899,

4 Uma exceção foi o encanto que Tolkien expressou pelos arranjos musicais que Donald Swann criou para uma seleção de seus poemas, *The Road Goes Ever On*, em 1967.

Ronald fez o exame de admissão para o Colégio King Edward, onde seu pai havia estudado. Ele fracassou em sua primeira tentativa, mas, após refazer o exame no ano seguinte, foi aprovado e conseguiu uma vaga para começar a estudar em setembro de 1900. No entanto, o colégio ficava a seis quilômetros e meio de Sarehole e Mabel não tinha condições de arcar com a passagem de trem, fazendo com que todos os dias Ronald tivesse que caminhar os treze quilômetros de ida e volta. Ficou cada vez mais evidente que era impraticável para a família ficar no campo, não importa o quanto uma mudança como essa seria dolorosa para os meninos.

Uma segunda razão para a mudança, que talvez fosse até mais atraente para Mabel: ela havia descoberto o catolicismo em 1899, começara o processo de conversão à religião de Roma e a igreja católica mais próxima ficava no centro de Birmingham.

Até a morte prematura de seu marido, Mabel parece ter sido completamente conservadora em suas inclinações religiosas, mas não é difícil entender por que ela encontrou consolo e alívio na Igreja Católica. Afinal, Ronald e Hilary tinham um ao outro, mas Mabel tinha poucos amigos e, apesar de ter se aproximado da família, especialmente de sua irmã Jane, ela não havia conhecido a família do marido muito bem. John Tolkien, o avô paterno de Ronald, morrera seis meses após a morte do filho e Mabel tinha pouco em comum com a sogra, Mary Tolkien.

Além disso, parece que Mabel Tolkien não demonstrou absolutamente nenhum interesse em se casar de novo. A oportunidade de encontrar um novo parceiro era, claro, escassa. Vivendo no campo com seus dois filhos pequenos, quase sem dinheiro e chegando aos trinta, ela não era a mais atraente das mulheres. Havia ainda o fato de que ela queria acompanhar os garotos crescerem até quando bem entendesse, e sendo uma pessoa de personalidade independente e de espírito forte, não teria achado fácil simplesmente se envolver em uma nova relação, a fim de proporcionar a presença de uma figura paterna para os seus filhos.

Mesmo que Mabel não pudesse perceber todas as consequências de sua decisão, a conversão significava ainda enfrentar a rejeição absoluta da família. O pai de Mabel, John Suffield, fora criado como um metodista rigoroso e havia se tornado nos últimos anos um seguidor do Unitarismo, corrente de pensamento teológico que afirma a unidade absoluta de Deus. Ele rejeitava a Igreja Católica completamente e a adoção de Mabel da religião de Roma o enfureceu tanto que ele se recusou a manter relações com a filha. As coisas ainda pioraram quando o cunhado de Mabel, Walter Incledon, que havia passado um tempo com os Tolkien em Bloemfontein, decidiu que também não poderia aceitar a decisão dela.

Walter tinha ficado relativamente rico após uma sucessão de investimentos sábios e sensatos e cresceu a ponto de se tornar um pilar da comunidade anglicana de Birmingham. As notícias de Mabel não apenas o ofenderam pessoalmente, mas, muito pior, tinham o potencial de embaraçá-lo socialmente e, como consequência, a pequena quantia que ele vinha providenciando para a cunhada e os sobrinhos desde a morte de Arthur foi cortada de forma abrupta. De uma situação anterior que conseguia apenas administrar, Mabel estava agora diante de um desastre financeiro.

Claro, tal antipatia apenas a levou ainda mais aos braços do Papa. A partir de 1900, ela raramente falou com o pai ou o cunhado e sua relação com Mary Tolkien (outra antipapista) deixou de ser anódina para ser quase inexistente. Agora seu único contato com ambas as famílias era através de sua irmã e de seu irmão.

Sem família ou amigos pode-se até sobreviver, mas o que fazer em relação ao dinheiro? Mabel não tinha como trabalhar, pois não podia confiar em ninguém para cuidar de Ronald e Hilary, então simplesmente teve que tentar pagar as contas, encontrar uma casa mais barata e sobreviver com os juros e dividendos dos parcos investimentos de Arthur. A casa nova da família no bairro de Mosley, em Birmingham, um lugar que ele descreveu como "desagradável", permaneceu por muito tempo na memória de Tolkien já adulto. Era apertado e escuro, as pequenas janelas cobertas com cortinas de renda sujas.

Em poucos meses, tiveram de se mudar novamente, pois a propriedade estava condenada, pronta para ser demolida. A nova residência ficava próxima da estação ferroviária de King's Heath, apenas a algumas poucas ruas dos Suffield. Mas, claro, Mabel não era bem-vinda lá e os meninos podiam visitar seus avós apenas quando acompanhados pela tia Jane. Para os garotos, este lugar tinha como atrativo a linha de trem no sopé do jardim, onde as locomotivas faziam a última parada em King's Reach antes de chegar à New Street, a estação principal de Birmingham. Para Mabel, era um lar melhor, pois ficava próxima de St. Dunstan, uma igreja católica que ela e os meninos começaram a frequentar no final de 1901.

Havia sido um ano importante tanto para os Tolkien como para o mundo como um todo. A Guerra dos Bôeres, que havia começado dois anos antes, parecia longe de terminar e a Inglaterra ainda estava se acostumando com a morte da rainha Vitória, no mês de janeiro anterior, e a sucessão por seu filho Eduardo VII, um playboy envelhecido. Compreensivelmente, Mabel sentia-se exausta por tudo aquilo que lhe havia acontecido desde que deixara Bloemfontein e precisava encontrar alguma forma de estabilidade, alguma fonte de paz interior.

Infelizmente, a igreja de St. Dunstan não lhe proporcionou nenhuma delas. Mas então, no começo de 1902, Mabel deparou-se com o Oratório de Birmingham, no subúrbio de Edgbaston, onde uma comunidade de padres vivia há mais de cinquenta anos. O estabelecimento foi fundado em 1849 pelo eclesiástico mais conhecido de seu tempo, John Henry Newman, que havia sido pastor da Igreja Anglicana antes de se converter ao catolicismo em 1844. Ele passou um tempo em Roma, onde foi recebido pelo clero e inspirou-se na Congregação do Oratório no Vaticano como modelo para a sua própria igreja. O que atraiu Mabel foi o fato de que os padres residentes realizavam o tipo de missa de que ela gostava. Havia ainda outras vantagens, como a proximidade com o colégio católico de St. Philip e, o melhor de tudo, uma pequena casa, com um aluguel que cabia no parco orçamento da família, ficou disponível, ao lado da escola e muito perto da igreja. Esta casa situava-se na Oliver Road 26 e, em janeiro de 1902, tornou-se a quinta residência dos Tolkien em Birmingham.

Esta foi uma mudança positiva em vários aspectos para os Tolkien e, pelo menos por algum tempo, Mabel estava feliz como há muitos anos não ficava. Ela encontrou um pouco da ajuda e do apoio de que precisava no Oratório e fez uma amizade particularmente importante com um dos padres, um homem chamado Francis Xavier Morgan.

Padre Francis começou a visitar Mabel logo após a mudança dos três para a Oliver Road e tornou-se o sacerdote da família e um amigo próximo dos Tolkien. Ele era metade galês e metade anglo-espanhol pelo lado da família de sua mãe. Atarracado e com cabelo escuro, era verdadeiramente cheio de energia. Sua voz explodia e a risada invariavelmente poderia ser escutada ressoando pela casa poucos minutos depois de chegar à porta da frente. Hilary e Ronald logo aprenderam a amá-lo e a respeitá-lo e Mabel confiava completamente nele.

Mas, apesar de poder oferecer orientação espiritual a Mabel, padre Francis podia fazer pouco para aliviar as dificuldades práticas que ela enfrentava. Os problemas financeiros eram constantes e a Oliver Road ficava em um bairro carente. As ruas vizinhas eram inseguras depois que anoitecia e então os garotos geralmente ficavam confinados em casa durante os longos meses de inverno, quando escurecia por volta das cinco horas da tarde.

O Colégio St. Philip acabou também por ser inferior ao desejado. Era um típico colégio do Estado, em um bairro pobre de uma cidade britânica na virada do século. Cinquenta crianças ou mais eram amontoadas em uma sala de aula onde aprendiam gramática e matemática elementar com professores sem interesse e treinamento inadequado. Os padrões acadêmicos eram muito baixos no St. Philip e esperava-se dos pupilos que frequentavam a escola que passassem por ela tendo aprendido o mínimo antes de serem encaminhados para fábricas, lojas e armazéns locais.

Para a sorte de Ronald e Hilary, Mabel não deixou a proximidade com a Igreja Católica cegá-la em relação às necessidades acadêmicas de seus filhos. Poucos meses depois de matriculá-los na St. Philip, ela os retirou de lá para começar a ensiná-los em casa; ao mesmo tempo, retomou o contato com o Colégio King Edward com a intenção de colocar ambos de volta com bolsas de estudo.

Em 1903, receberam a notícia de que Ronald havia sido aceito de volta no Colégio King Edward e que as suas despesas seriam pagas com uma bolsa de estudo; mas Hilary havia sido reprovado no mesmo exame de admissão. Mabel não fez alarde, nem com o sucesso de Ronald, nem com o fracasso de Hilary. Ronald, ela percebeu, tinha muito mais compromisso acadêmico e uma mente disciplinada, mas seu irmão mais jovem era muito sonhador, vivia em outro mundo e, portanto, teria que continuar com suas lições em casa na esperança de que ainda pudesse passar em uma segunda tentativa.

E assim, no outono, Ronald, agora com 11 anos, voltou para sua antiga escola tendo perdido quase dois anos de estudo. Felizmente, sua mãe o tinha ensinado muito bem durante a sua ausência da escola e ele achou que poderia lidar facilmente com a expectativa que caiu sobre seus ombros. Por essa época, seu interesse em línguas estava florescendo e ele estava se tornando um linguista muito competente para a sua idade. O King Edward proporcionou-lhe os melhores incentivos. Além do currículo normal de línguas já incluir francês e alemão, Ronald começou a aprender grego com um professor animado e entusiasta de literatura medieval, chamado George Brewerton, e logo foi apresentado a Chaucer[5] e à origem do inglês médio.[6] No final do ano, Mabel pôde escrever em uma carta a sua sogra, Mary Tolkien, que Ronald, que havia recentemente passado pela Crisma no Oratório, estava indo bem e lia livros geralmente indicados para garotos de 15 anos.

Mas, após a alegria da Primeira Comunhão e da Crisma de Ronald, o começo de 1904 trouxe o primeiro indício de um abalo ainda maior. Mabel se sentia exausta e rapidamente descobriu-se que sua fadiga não era apenas resultado da dedicação a Ronald e Hilary, nem tampouco devido ao estresse de viver em um lugar um pouco melhor do que um cortiço; ela tinha diabetes.

Em 1904, não existia tratamento efetivo para diabetes e a ciência médica de então desconhecia as capacidades da insulina. Mabel piorou rapidamente e foi levada para o hospital em abril.

No começo, ninguém soube ao certo o que fazer com os meninos. A casa na Oliver Road foi esvaziada e o aluguel encerrado. Mabel ficou no hospital, mas os médicos não podiam fazer nada por ela, apenas ter esperança de que ela recuperasse um pouco da força. Ninguém na família era capaz de cuidar dos dois irmãos Tolkien e então eles foram separados por um tempo. Hilary foi enviado para a casa dos seus avós, a poucas ruas do antigo lar, e Ronald foi levado pela tia Jane, já casada com o inquilino dos Suffield, o funcionário da seguradora e tocador de banjo Edwin Neave. Eles viviam agora em Hove, perto de Brighton, na costa sul, e Ronald tinha que sair mais cedo do King Edward naquele ano, quando deu o melhor de si para conseguir acompanhar os estudos, lendo os textos indicados e praticando os exercícios linguísticos em seus cadernos.

5 Geoffrey Chaucer (1343-1400), escritor e diplomata, considerado o maior poeta inglês da Idade Média, escreveu a maior obra-prima inglesa do período, *The Canterbury Tales* (*Contos da Cantuária*). [NE]

6 O "inglês médio" [*Middle English*, no original] refere-se à língua e à literatura do período entre 1100 e 1500. Toda a literatura escrita ou a língua falada entre 700 e 1100 é chamada de "inglês antigo" [*Old English*] e toda e qualquer coisa escrita depois de 1500 é considerada "inglês moderno" [*Modern English*].

Em junho, contra todas as expectativas, Mabel melhorou o suficiente para poder deixar o hospital e, com a ajuda do padre Francis, os garotos foram reunidos com a mãe enquanto convalescia. O padre havia conseguido encontrar dois quartos para a família (um quarto de dormir e uma sala de estar) em um pequeno chalé que pertencia ao Oratório e era alugado para o carteiro local. O chalé ficava no terreno da Casa do Oratório, usada por membros doentes e idosos da igreja de Birmingham, comprada com esta finalidade pelo fundador, John Henry Newman, meio século antes. A mulher do carteiro, senhora Till, tomou conta da família, cozinhou para eles e recebia uma pequena quantia para isso.

O verão de 1904 iria resplandecer na memória de Tolkien como talvez o momento mais idílico de toda a sua infância, uma imagem imaculada da vida no campo inglês, que quase com certeza forneceu inspiração para o condado ficcional da Terra-Média. Ele não se preocupava com o quão doente estava sua mãe e se a ideia lhe passasse pela cabeça, teria presumido que ela melhorava. Ronald sentia saudades de Sarehole desde o dia em que foram obrigados a deixar a pequena casa no campo há quase quatro anos. Na nova casa temporária, na pequena vila de Rednal, no coração da zona rural de Worcestershire, distante da fumaça e sujeira de Birmingham, Ronald sentiu-se como se voltasse a um paraíso perdido. Em cada dia de sol, e foram muitos naquele longo verão, Ronald e Hilary saíam para longas caminhadas na floresta, onde atravessavam os córregos próximos, subiam em árvores, construíam e soltavam pipas.

Naquele verão os meninos tornaram-se mais próximos do padre Francis. Ele os visitava com frequência e se juntava a eles em seus longos passeios. Durante estas visitas ele fumava um cachimbo e, quando adulto, Tolkien dizia que o que o inspirou a começar a fumar também foi observar o padre visivelmente desfrutando de um longo cachimbo de madeira de cerejeira na varanda da Casa do Oratório em Rednal.

Infelizmente, o idílio não poderia continuar. Em setembro, Ronald teve de voltar à escola (enquanto Hilary continuou a ter lições em casa). A caminhada até a estação de trem levava meia hora para ir de manhã e voltar no fim do dia e, conforme o outono se aproximava, Hilary esperava por Ronald na estação com uma lamparina para ajudá-los a pegar o caminho de volta a Rednal através da noite que ficava cada vez mais cinza.

Nenhum dos garotos tinha se dado conta do quão doente sua mãe tinha ficado. A diabetes de Mabel continuava a piorar e, em 14 de novembro, ela desmaiou na frente de Ronald e Hilary na sala de estar do chalé em Rednal. Em choque e aterrorizados, os meninos assistiram à cena, sem forças para poder ajudar, enquanto a mãe entrava rapidamente em coma. Seis dias depois, com os garotos consolados pela amável senhora Till no andar de baixo, Mabel Tolkien faleceu aos 34 anos. Apenas padre Francis e May Incledon, a irmã de Mabel, permaneceram ao lado de sua cama enquanto ela partia.

CAPÍTULO 2

Duas Mulheres

Tolkien nunca perdoou completamente seus familiares por terem enviado sua mãe para o túmulo mais cedo. Ele estava convencido de que a rejeição à conversão dela à Igreja Católica piorou a sua convalescença e ficou profundamente ressentido pela falta de apoio e ajuda.

Podemos certamente colocar um pouco disso na amargura natural por conta da perda de sua mãe, mas ele também tinha razões para se sentir assim. Mabel era, sem dúvida, depressiva e profundamente preocupada com a reação à sua adoção ao catolicismo e isto pode ter desencadeado sua doença. Para Tolkien, o ressentimento não diminuiu com a passagem do tempo. Em uma carta ao filho Michael, escrita em 1941, 37 anos após a morte de sua mãe, ele expressou a opinião de que ela, de quem se lembrava como uma mulher linda e inteligente, sofreu muito em vida, adoecendo por conta da perseguição a que foi submetida quando adotou o catolicismo. Ele tinha certeza de que sua mãe havia morrido jovem por causa de seu sofrimento.[1]

1 Carta a Michael Tolkien, 18 mar. 1941. *The Letters of J.R.R. Tolkien*, editado por Humphrey Carpenter com a ajuda de Christopher Tolkien, George Allen and Unwin, Londres, 1981, p. 340.

A morte de Mabel Tolkien teve ainda um efeito profundo sobre o desenvolvimento do caráter de Ronald e a sua própria relação com a religião. Mais tarde, já um senhor, Tolkien alegou que havia sido inspirado pelo catolicismo antes da morte da mãe. Em outra carta a Michael Tolkien, escrita em 1963, ele comentou: "Apaixonei-me pelo Santíssimo Sacramento desde o começo – e pela misericórdia de Deus nunca me afastei dele outra vez".[2]

Isso bem pode ser verdade, mas há uma pequena dúvida no fato de que Tolkien também associou a mãe ao catolicismo e a enxergava como uma espécie de mártir tanto em relação à fé que ela tinha como ao bem-estar dos filhos. Para Ronald, aos 12 anos, a ligação entre os dois, sua mãe e a fé, era profunda. Desde aquele tempo ele foi um católico devoto, se não evangelista, certamente convertido e, como veremos, esta devoção religiosa guiou sua vida e carreira, mas também indicou as raízes de sua mitologia e frequentemente guiou sua caneta.

A morte prematura de Mabel Tolkien afetou seus filhos de outras maneiras. Ronald sempre foi um menino sociável e extrovertido e toda vez que aparecia em público este aspecto de sua personalidade nunca desaparecia completamente. Quando adulto, ele poderia falar com qualquer um sobre quase todos os assuntos, mas, em novembro de 1904, a expansividade natural foi apagada por mais um momento sombrio. Ele viveu na pobreza, se mudou de uma casa desconfortável para outra, tinha visto e não compreendido completamente a hostilidade de seus avós com a amada mãe e sofria a perda do pai, ainda que ele fosse uma lembrança distante. Tudo isso fez dele uma pessoa adaptável e versátil de espírito, mas, para ele, a aparente falta de sentido na morte de sua jovem mãe desencadeou um sentimento arraigado de que, em última análise, todas as coisas feitas pelo homem são fúteis e todo o empenho humano, mera vaidade.

Essa atitude iria oprimi-lo e empurrá-lo para períodos sombrios de depressão, durante os quais ele dificilmente conseguia trabalhar. Quando consumido por tal pessimismo, ele achava difícil até mesmo abrir-se para pessoas próximas, incluindo amigos e família. Em um destes infelizes momentos ele disse a um amigo: "Que mundo terrível, sombrio, temerário e carregado de tristeza este em que vivemos".[3]

2 Carta a Michael Tolkien, 1º nov. 1963. *Ibid.*, p. 401.
3 Carta a Amy Ronald, 16 nov. 1969. *Ibid.*

Para os parentes de Tolkien, os primeiros dias após o enterro de Mabel foram um período de confusão a respeito do que fazer com Ronald e Hilary. Pouco tempo antes de sua morte, Mabel indicara padre Francis como responsável pela guarda dos meninos, mas eles não poderiam viver no Oratório e, apesar de a ideia de colocá-los no colégio ser levantada, foi rapidamente rejeitada, pois não havia dinheiro suficiente para pagar as despesas. Ronald estava no Colégio King Edward graças a uma bolsa, mas isso não incluía alimentação e Hilary tinha acabado de ser aprovado no exame de admissão e fora aceito como aluno, mas não como interno.

O problema foi resolvido quando tia Beatrice, do lado da família Suffield, concordou que os meninos poderiam ficar com ela em sua casa na Stirling Street em Edgbaston, bairro de Birmingham. Beatrice casou-se com o irmão mais novo de Mabel, William, mas ele veio a falecer apenas poucos meses antes de sua irmã, deixando Beatrice sozinha em uma casa relativamente espaçosa e com quartos à disposição. Ela era uma mulher bastante severa, que demonstrava pouca emoção com qualquer um e ainda estava em profundo luto. Deu aos garotos um quarto grande e cozinhava para eles, mas não demonstrou o menor interesse neles ou no que faziam. Ronald ficou horrorizado quando um dia, ao entrar na cozinha na Stirling Street, encontrou Beatrice mexendo nas cinzas do que havia sido cartas e documentos de sua mãe. A tia não tinha nenhuma maldade, era simplesmente reflexo de sua personalidade bastante seca e desinteressada. Ela simplesmente deduzira que os meninos não gostariam de manter tais coisas e decidiu livrar-se delas.

No começo, Ronald foi completamente infeliz na Stirling Street. Ele estava mais uma vez de volta ao centro sujo de Birmingham, perto de onde vivera com sua mãe antes do idílio temporário de Rednal. De seu quarto, tudo o que podia ver era telhado após telhado, chaminé após chaminé, mesmo sem a emoção das locomotivas sob a janela. Beatrice raramente falava com os meninos e a casa era escura e lúgubre, sobretudo durante os longos meses de inverno que vieram após a morte de Mabel. Aquele primeiro Natal sem sua mãe foi de longe o pior que Ronald havia conhecido ou viria a conhecer.

Mas havia outro aspecto em relação aos meninos; eles cresceram acreditando na Igreja e confiando em padre Francis. Além disso, passavam mais tempo no Oratório do que na Stirling Street. A cada manhã, assim que acordavam, Hilary e Ronald apostavam corrida na rua, passavam por sua antiga escola, St. Philip, e pela casa decrépita que dividiram uma vez com sua mãe na Oliver Road, e entravam pelo portão do Oratório, onde ajudavam padre Francis na missa, antes de tomar o café da manhã com ele. Então, era apenas uma rápida caminhada, ou ocasionalmente pegavam o ônibus – na época, uma charrete puxada a cavalo – para o colégio. Quando o sino de saída tocava às quatro da tarde, os irmãos iam se encontrar do lado de fora dos portões do colégio e caminhavam de volta ao Oratório para tomar o chá da tarde e passar o começo da noite com o seu guardião.

Essa relação calorosa e íntima com padre Francis conciliou Ronald com a Igreja Católica e reforçou nele a necessidade em seguir a devoção de sua mãe a Roma. E nem os Tolkien, tampouco os Suffield tentaram confundir os garotos, forçando-os a se afastar da Igreja e do caminho que a mãe tinha preparado para ambos. Walter Incledon e May, a irmã de Mabel, levaram os meninos para viajar nas férias em companhia de suas duas jovens filhas, Mary e Marjorie, e Hilary e Ronald sempre eram bem-vindos na casa de seus avós.

Ronald também adorava a escola e isto lhe deu outra distração importante. Ele era popular tanto com os outros alunos como com os professores e demonstrou um amplo interesse nos assuntos acadêmicos assim como no esporte. Gostava especialmente de rúgbi. Tolkien terminou bem o ano de 1905 e fez amizade com um menino um ano mais novo que ele, chamado Christopher Wiseman.

Christopher Wiseman compartilhava de vários interesses com Ronald. Era academicamente precoce e, mesmo sendo um ano mais moço que Tolkien, tinha conseguido o segundo lugar na avaliação escolar em 1905, incitando assim uma amigável rivalidade entre os dois, que continuou até deixarem o King Edward. Ele e Wiseman dividiam um grande amor pelas línguas e suas origens. George Brewerton, que havia apresentando a Ronald as alegrias do inglês médio alguns anos antes, sentiu agora que seus dois brilhantes pupilos estavam prontos para o inglês antigo e foi graças a ele que a dupla se familiarizou com a literatura pré-chauceriana e, em particular, com o drama de um grande clássico do cânone do inglês antigo, *Beowulf*.

Durante as longas férias de verão, quando havia pouca pressão para estudar para as provas, como sempre acontecia na Páscoa, Ronald e Hilary passavam a maior parte do tempo no Oratório, mas padre Francis também conseguia levá-los para fora de Birmingham por um curto período uma vez por ano. O destino mais comum era o vilarejo de Lyme Regis, em Dorset. Eles ficavam no modesto Hotel Three Cups, na Broad Street, e caminhavam por quilômetros pela grande faixa de areia na praia que levava para longe do hotel, parando para explorar as piscinas naturais e dar um mergulho rápido nas águas geladas.

Padre Francis era mais que apenas um amigo da família que havia ficado responsável pela guarda dos meninos; ele havia se tornado um pai substituto e desenvolvido uma ligação especial com eles. Ele os amava como seus próprios filhos e era um bom ouvinte que tratava Ronald e Hilary com respeito. Assim, eles podiam conversar com ele com mais liberdade do que a maioria dos garotos poderiam com seus pais naturais.[4] Por conta disso, padre Francis logo soube que nenhum dos meninos estava feliz no lar opressivo da tia Beatrice.

Felizmente, ele soube de uma alternativa. Um casal amigo dos padres no Oratório, o senhor Faulkner – um comerciante local de vinho – e sua esposa loquaz – que organizava noites musicais todas as semanas para o entretenimento dos padres do Oratório –, possuíam uma casa confortável na Duchess Road, em um bairro muito melhor do que Edgbaston, onde tia Beatrice morava. Os Faulkner alugavam quartos e padre Francis soube que um deles, espaçoso e no segundo andar, vagara recentemente. Assim, em fevereiro de 1908, Ronald e Hilary empacotaram suas coisas, despediram-se da tia Beatrice e mais uma vez mudaram de lar.

Esta foi uma boa notícia para Ronald. A casa na Duchess Road era simples e modesta; coberta por trepadeiras e repleta de mobília, mas era um ambiente limpo e claro, comparado à morbidez da Stirling Street. Os Faulkner eram um casal alegre e sociável e a casa geralmente estava cheia de conversa e música. A senhora Faulkner era uma musicista hábil, também uma alpinista social e talvez um pouco esnobe, mas era uma pessoa feliz e vivaz e gostava dos irmãos Tolkien.

E, para além da atmosfera amigável, a casa dos Faulkner proporcionou um estilo de vida muito melhor e era, de longe, a residência mais confortável onde os meninos já tinham vivido; os Faulkner tinham até mesmo uma empregada doméstica que dormia na casa, chamada Annie.

4 De fato, Tolkien referiu-se uma vez ao padre Francis como "meu segundo pai". (Carta a Michael Tolkien, 24 jan. 1972, *Letters, p. 416*). Padre Francis nasceu em janeiro de 1857, apenas poucas semanas antes do pai de Tolkien.

Certamente, Ronald ainda tinha saudades do interior e dos campos abertos de Sarehole ou Rednal, mas estava tão feliz quanto poderia esperar ser na Duchess Road. No mesmo dia em que chegaram com suas malas e sacolas, depois de arrumarem tudo em seu quarto no segundo andar, Ronald e Hilary desceram para jantar e descobriram que havia outro hóspede na casa. No primeiro andar, bem abaixo do quarto deles, vivia uma jovem muito bonita, chamada Edith Bratt. Ela era pequenina, tinha olhos cinzas e o cabelo curto. Com 19 anos, era quase três anos mais velha que Ronald, que enxergava nela uma maturidade sedutora.

Edith tinha muito em comum com Ronald. Sua mãe, Francis Bratt, tinha morrido cinco anos antes e ela não havia conhecido seu pai por ser filha ilegítima. No final de 1888, Francis foi embora para Gloucestershire para ter o bebê, que nasceu em 21 de janeiro de 1889. Mas ela retornou ao bairro de Hadsworth, em Birmingham, para criar sua filha em meio às fofocas e aos gestos de reprovação de seus familiares. Os Bratt viviam em boas condições e Edith havia sido criada em um ambiente mais confortável do que os irmãos Tolkien. Ela foi enviada a um internato para meninas e logo demostrou talento para a música. De fato, por volta dos dez anos, havia se tornado uma pianista talentosa e esperava-se que pudesse ter uma chance de entrar em uma academia de música. Mas, com a morte prematura de sua mãe em 1903, todos esses planos se evaporaram. Edith herdou uma pequena terra em Birmingham e isto proporcionou a ela uma renda suficiente para sustentar-se. Na casa dos Faulkner, podia tocar o piano da família e suas apresentações eram bem-vindas, desde que tocasse músicas populares e clássicos, mas a senhora Faulkner não suportava ouvir seus exercícios de escala.

Com tais infâncias infelizes, não foi surpresa alguma que Edith e Ronald se dessem tão bem. Por um lado, eles se viam como vítimas, sobreviventes do infortúnio, e isto os ligou imediatamente. Tolkien geralmente expressava essa perspectiva para suas próprias crianças, de que ele e a mãe delas haviam, de alguma maneira, salvo um ao outro da privação e do sofrimento de suas respectivas infâncias.

No começo, eles simplesmente flertavam com alegria na casa dos Faulkner. O quarto de Ronald ficava bem acima do de Edith e podiam se comunicar debruçando-se em suas janelas quando o resto da casa estava dormindo. Mais tarde, eles passariam a se encontrar fora, em casas de chá de Birmingham ou em longas pedaladas pelos campos vizinhos. Eles sentavam-se à beira de um córrego ou embaixo de um carvalho, onde conversavam sobre seus sonhos, desejos e os planos para o futuro. Aos poucos, durante o longo e quente verão de 1909, começaram a se apaixonar.

Por um curto período, o relacionamento correu sem censura alguma. Certamente, Hilary nunca comentou a respeito, tampouco Helen Faulkner nem Annie, a empregada dos Faulkner, mas notícias do casal clandestino e seus encontros desacompanhados eventualmente chegaram aos ouvidos da família através de uma certa senhora Church, a proprietária de uma das casa de chá que Ronald e Edith frequentavam. Ela suspeitou deles em um sábado e mencionou o fato ao zelador do Oratório. Muito em breve, padre Francis soube que Ronald estava se encontrando com uma jovem e interviu imediatamente.

Não foi uma boa hora para Ronald ser distraído pelo amor. Ele deveria estar estudando e se dedicando com afinco em King Edward para os exames de admissão de Oxbrigde[5] e isso significava desafio suficiente, mesmo sem o charme de Edith para afastá-lo dos livros. Padre Francis soube disso e ficou extremamente preocupado. Ele foi a seu encontro imediatamente e instruiu-lhe sobre a necessidade de se concentrar no trabalho. Tomando uma atitude dura, proibiu o garoto de ver ou falar com Edith novamente. Quando Ronald protestou alegando que estavam apaixonados, padre Francis insistiu para que a relação acabasse imediatamente e, caso eles ainda sentissem o mesmo dali a três anos, então poderiam retomar a relação. Mas até lá, o pedido de padre Francis era para ser obedecido e Ronald deveria voltar a se concentrar completamente em sua preparação para o exame de Oxbridge. Os preparativos para tirar Ronald da casa dos Falkner não tardaram e ficou decidido que Edith deveria ser enviada para viver com seus parentes em Cheltenham.

Ronald imediatamente entendeu que deveria obedecer seu guardião. Ele respeitava e amava padre Francis, que havia sido a única e verdadeira figura paterna em sua vida. Ele sabia ainda que padre Francis estava certo em se preocupar com seu futuro acadêmico. Isso era o que o lado intelectual de Ronald poderia aceitar, mas era também um

5 Oxbridge é a junção da Universidade de Oxford e da Universidade de Cambridge, no Reino Unido, e o termo é usado para se referir a elas coletivamente, muitas vezes com a indicação do estado social superior. Pode ainda referir-se a uma ou a ambas universidades e a seus alunos. [NT]

garoto emotivo e a perspectiva de ser afastado por três longos anos da menina que amava o perturbou profundamente.

No meio dessa confusão, durante o final do verão de 1909, Ronald foi convocado para ir a Oxford fazer o exame de admissão. Ele pegou o trem, sentou miseravelmente na sala de exame da universidade e fez o seu melhor. Mais tarde naquele dia, antes de pegar o trem de volta a Birmingham, Tolkien juntou-se a um pequeno grupo reunido em volta do quadro de notícias na recepção das salas de exame e descobriu que havia falhado em conseguir uma bolsa de estudos, essencial para poder cursar a universidade.

Por algum tempo, durante a viagem de volta para a sujeira e as angústias de sua vida em Birmingham, Tolkien deve ter pensado que sua vida havia acabado. Havia perdido a garota que amava e falhado em se integrar ao mundo acadêmico – ele sabia que teria outra chance para fazer o exame no próximo ano, mas o seu fracasso foi outro duro golpe. Aquele Natal foi quase tão miserável quanto o de 1904. Tolkien se afundou em autopiedade e lamentou o seu destino em um diário que começou a escrever no primeiro dia de 1910.

E com o Ano Novo chegou uma pequena esperança de um futuro melhor. Os irmãos foram realocados para novos alojamentos a poucas ruas da residência dos Faulkner e Ronald soube que Edith seria enviada para Cheltenham muito em breve. Ele logo viu que não poderia suportar ficar longe dela por tanto tempo sem, ao menos, ter a chance de dizer adeus decentemente. Quebrando sua promessa ao padre Francis, ele combinou um encontro com Edith, para que pudessem passar uma última tarde juntos no campo. Eles se encontraram longe de Birmingham, em uma casa de chá onde não haviam ido antes. Ronald levou Edith a uma joalheria e comprou-lhe um relógio de pulso por seu aniversário de 21 anos e ela presenteou-lhe com uma caneta por seus 18. Naquela tarde, prometeram um ao outro serem fiéis e que se encontrariam novamente em três anos para continuarem de onde haviam parado.

Mas, de alguma maneira, a notícia deste encontro chegou até padre Francis e Ronald foi chamado ao Oratório para sofrer as consequências. Desta vez o padre estava furioso e profundamente magoado pelo fato de Ronald ter ignorado seus pedidos. Tolkien tentou explicar que queria simplesmente se despedir, mas seu guardião estava insensível a qualquer coisa que o jovem dissesse e determinou que Ronald não estava apenas proibido de ver ou falar com Edith até completar 21 anos; ele acrescentou a ressalva bastante cruel de que dali em diante não haveria qualquer forma de comunicação entre eles, nem mesmo uma carta.

Ronald ficou arrasado com isso e entrou em um estado de espírito miserável. Escreveu sobre seus infortúnios sem fim em seu diário, e ficava parado na esquina da Duchess Road na esperança de ver sua amada Edith passar caminhando ou pedalando. Ele rezou para que pudesse encontrá-la de vislumbre, "por acidente", e por um tempo não conseguia pensar em nada que não fosse Edith.

Mas até mesmo as oportunidades para aparições ocasionais de sua amada tiveram que parar. De alguma maneira, padre Francis foi mais uma vez alertado de que Ronald estava vendo a garota. Talvez ele tenha recebido notícias exageradas, mas desta vez a sua raiva transbordou de tal maneira que ele ameaçou acabar com a curta carreira acadêmica de Tolkien negando-lhe ajuda financeira para a faculdade.

Ronald havia sido proibido de manter qualquer tipo de comunicação com o seu amor, mas Edith não. Ela escreveu a Ronald uma última vez antes da separação dos dois e reiterou os seus sentimentos por ele. Inspirado por isso, no dia em que Edith deveria seguir para a estação para pegar o trem para Cheltenham, Ronald se viu mais uma vez errando pelas ruas na esperança de avistá-la. E contra todas as probabilidades, foi o que aconteceu: Ronald teve um vislumbre passageiro da garota que ele não voltaria a ver novamente por três anos, assim que ela passou pedalando pela rua a caminho da estação e de uma vida nova em Cheltenham.

Logo ficou claro para Ronald que a única coisa que poderia fazer agora era dedicar-se aos estudos. Se Edith mantivesse sua promessa, ele a encontraria imediatamente após seu aniversário de 21 anos, pois sabia que permaneceria fiel a ela. Se ele tinha esperanças em fazer algo de sua vida, ser bem sucedido em uma carreira e, finalmente, ser vitorioso nessa questão, teria de respeitar as regras do jogo.

Por mais doloroso que este período tenha sido, ele também ajudou a moldar Tolkien, a formar seu caráter. Ele aprofundou-se nos estudos, destacou-se academicamente e King Edward agora havia se transformado no foco de sua vida. Qualquer sentimento duro com padre Francis logo passou – ele entendeu que o seu guardião tinha as melhores intenções – e os dias casuais da infância no Oratório foram substituídos agora por atividades intelectuais sérias e um círculo próximo de amigos com os garotos mais velhos da escola. Ele também ficou mais interessado em esportes e, apesar de sua compleição delicada, tornou-se capitão do time de rúgbi. Gostava do jogo, mas no primeiro ano teve o nariz quebrado e mordeu a língua.[6]

Ele fundou um clube em King Edward que se reunia quase todos os dias na biblioteca depois da aula ou às vezes em torno do horário do chá em uma casa chamada Barrow's Stores na Corporation Street, no centro de Birmingham. O grupo se autodenominava Clube do Chá [*Tea Club*, no original] e era formado por quatro garotos que receberam o título de Bibliotecários – estudantes mais experientes autorizados a impor a disciplina aos colegas, título corrente sobretudo em algumas escolas britânicas. Mais tarde, dois deles decidiram que deveriam mudar seu nome para Barrovian Society (por causa da Barrow's Stores), mas isso causou uma discussão e foi finalmente decidido que deveriam juntar os dois nomes e, assim, passaram a ser conhecidos como Tea Club, Barrovian Society ou T.C., B.S., um nome que pegou.

Eles foram os garotos mais brilhantes naquele ano, aqueles que logo estariam enobrecendo as salas das universidades de Oxbrigde. O clube incluía Christopher Wiseman, Robert Gilson, filho do diretor, e Geoffrey Bache Smith, um garoto mais novo conhecido entre eles simplesmente como GBS. Toda tarde, quando se encontravam na biblioteca, faziam chá com uma chaleira e um fogareiro que levavam escondido e cada um deles trazia consigo bolo ou sanduíche. Durante o chá, eles discutiam suas obsessões em comum – línguas antigas e mitologia. Eles liam *Beowulf* e *Sir Gawain and the Green Knight*,[7] conversavam sobre música clássica e os assuntos correntes e repassavam aos demais qualquer nova descoberta feita no mundo dos livros, da arte e da "alta cultura". De várias maneiras, este pequeno grupo constituiu o modelo para os Inklings, o famoso grupo de intelectuais concentrado em torno de Tolkien, C.S. Lewis e outros catedráticos de Oxford. Era um grupo formado por jovens que

6 Tolkien sofria de um problema na fala, uma dificuldade de articulação das palavras, que pareceu piorar conforme envelhecia, e ele sempre responsabilizava a sua lesão no rúgbi.

7 *Sir Gawain e o Cavaleiro Verde* é um romance em versos aliterativos do século XIV, escrito em inglês médio. O personagem principal mencionado no título é um cavaleiro da távola redonda e sobrinho do rei Artur. Tolkien e E.V. Gordon são os responsáveis por uma das edições críticas mais celebradas, publicada em 1925. [NT]

compartilhavam as mesmas opiniões, os mesmos interesses, a mesma curiosidade intelectual e princípios elevados.

Em dezembro de 1910, Tolkien voltou a Oxford para uma segunda e última tentativa do exame de admissão. Desta vez, sentiu-se muito mais confiante e com alguma razão. Ele havia se preparado bem e era um aluno muito melhor e experiente para lidar com o tipo de questão que sabia que lhe perguntariam. E, na reunião em volta do quadro de notícias mais tarde, as suas esperanças e a sua confiança foram justificadas. Ele havia obtido um *Open Classical Exhibition* – uma bolsa de estudos concedida a um estudante, geralmente após um exame – para começar a estudar Antiguidade Clássica na Faculdade de Exeter no próximo mês de outubro.

Este era um tipo de bolsa de estudos um pouco menos prestigiada que a principal delas (a qual esperava conseguir e acreditava intimamente que merecia), mas ele não deixaria isso diminuir sua conquista. Esta bolsa de estudos pagava sessenta libras ao ano (ao invés das cem libras anuais da bolsa principal) e, somada a uma pequena bolsa do King Edward por ter entrado em Oxford, mais uma generosa mesada do padre Francis, ele poderia administrar as despesas durante o tempo do seu curso, desde que fosse frugal e modesto em suas predileções. Ficou tão empolgado que quebrou a promessa feita ao padre Francis e enviou um telegrama a Edith, contando-lhe as novidades, e ela enviou-lhe os parabéns anonimamente.

De volta a King Edward para seus dois exames finais, ele se sentiu melhor, como há muito tempo não se sentia. Edith certamente nunca se afastou de seus pensamentos, mas, mergulhando fundo em seus estudos, ele havia conseguido superar um dos grandes obstáculos em sua vida. Ele tinha agora que esperar apenas dois anos por Edith e, por aquela época, estaria de alguma maneira em seu segundo ano como um estudante de Oxford.

CAPÍTULO 3

Oxford

Birmingham situa-se a apenas cerca de oitenta quilômetros de Oxford, mas isso esconde o abismo entre as duas cidades. E, como que para enfatizar o fato de que ele havia se mudado, Tolkien chegou a Oxford em grande estilo – de carona no carro de um amigo, uma rara novidade naqueles dias. Era um dia escaldante e, por um tempo, Tolkien e seu amigo Dickie Reynolds não encontraram nenhum outro estudante até se darem conta de que todo mundo estava passeando de barco pelo rio.

Em 1911, a vida na Universidade de Oxford era dominada pelo sistema de classes britânico. Era um lugar para onde as mentes eruditas iam para aprender e estabelecer as suas carreiras através da capacidade de seus intelectos e determinações, mas era também uma espécie de parque de diversões para os filhos (e, muito raramente, as filhas) da aristocracia, jovens que sabiam que podiam passar por ali e ir embora com um Third – grau de terceira classe, um tipo de graduação na licenciatura britânica – antes de ocupar algum cargo na City – o centro financeiro e comercial de Londres –, no exército ou assumir alguma responsabilidade nos negócios de seus pais. Os estudantes de classe média e (bem mais raramente) da classe trabalhadora sobreviviam graças à bolsas de estudo. A maioria deles trabalhava duro, mas se divertia com os seus semelhantes e quase nunca se misturavam com os estudantes de classe alta, que eram atraídos sobretudo para as faculdades de Christ Church, Magdalen e Oriel. Para os ricos, era tudo muito como no romance *Brideshead Revisited*,[1] mas parte deste glamour contagiou os estudantes mais pobres; e como não poderia? Apesar da pouca interação entre as diferentes classes sociais, os meninos de classe média, em geral provenientes de escolas públicas, faziam muitas das mesmas coisas que os seus colegas mais ricos: aprenderam a beber e a fumar, descobriram os prazeres de jantar tarde da noite em seus quartos com amigos próximos. Alguns se depararam com coisas exóticas como o ópio e a cocaína e uns poucos foram até mesmo introduzidos ao sexo.

Tolkien era um típico estudante de classe média baixa em Oxford e, para ele, a percepção de que a vida de estudante lhe dava a chance de vivenciar muito mais do que o Oratório e os modestos prazeres que o T.C., B.S. poderiam oferecer, era mais poderosa do que qualquer inspiração para aprender ou expandir seus horizontes intelectuais. Mas, claro, ele havia crescido como um jovem convencional, conservador e respeitoso com a autoridade, qualquer que seja, e a noção desta liberdade assombrosa surgiu apenas de forma gradual.

Ele começou a fumar cachimbo e a beber cerveja. Passava mais tempo com os novos amigos do que estudando e gastava muito dinheiro se divertindo com eles. Assim como quase todos os seus contemporâneos, quando a conta da alimentação e das despesas de alojamento era colocada debaixo da porta de seu quarto todo sábado, ela invariavelmente trazia notícias piores do que as que ele havia previsto. E então, ao final do primeiro ano, tinha uma dívida bastante comum, mas (para ele) preocupante.

Havia também distrações mais intelectuais para ocupá-lo. Ele passou a frequentar associações de debate como a Essay Society e a Dialectical Society. Essas se pareciam com os encontros do T.C., B.S. na biblioteca do Colégio King Edward e Tolkien estava à vontade.

1 Publicado no Brasil como *Memórias de Brideshead*, o romance de 1945 do escritor inglês Evelyn Waugh evoca a melancolia dos tempos que já não voltam mais, no caso, a nostalgia do período áureo da nobreza inglesa. [NT]

Tolkien passava a maior parte do seu tempo em um universo completamente masculino. Isto era, em parte, regido pelos costumes sociais da época. Homens e mulheres não casados tinham permissão para se misturar somente quando acompanhados e as poucas mulheres que estudavam em Oxford frequentavam as aulas nas faculdades exclusivas para elas, como Lady Margaret Hall e St. Hilda. Tudo isso parecia natural para Tolkien e seus amigos e, em muitos aspectos, ele estava estendendo sua adolescência livre da presença feminina, desfrutando da companhia de outros homens. É certo que Tolkien havia encontrado Edith e, sozinho em seu quarto vazio com vista para a Turl Street, ainda ansiava por ela quando a agitação de uma noite de debate e bebida acabava. Mas os jovens que haviam vindo das escolas de todo o país e formado os seus próprios grupos como o T.C, B.S. queriam a companhia uns dos outros e, em suas mentes, mulheres simplesmente teriam arruinado esta dinâmica.

Ao menos para Tolkien, não havia nenhum indício de homossexualidade nisso. De fato, mais tarde, ele alegou que não sabia o que era isso até ser recrutado pelo exército. Este universo completamente masculino era mais parecido com a camaradagem de meninos brincando de caubói e índio ou de piratas.

E, claro, havia os estudos. E mais uma vez, Tolkien teve sorte em ter aulas com um professor inspirado. O doutor Joe Wright estava distante do estereótipo do professor de Oxford. Ele nasceu em um pequeno vilarejo do Condado de Yorkshire e aos seis anos foi enviado para trabalhar na fábrica de lã local. Não teve nenhuma educação formal, mas aos 15 anos começou a se dar conta de que todo um universo estava simplesmente fora de seu alcance – o mundo das palavras, da linguagem e da escrita. Ele aprendeu a ler e a escrever sozinho e começou a frequentar a escola à noite, onde estudou francês e alemão antes de migrar rapidamente para o latim. Aos 18 anos, tinha deixado a fábrica e criado sua própria escola noturna em um quarto de hóspedes na casa de sua mãe. Com o dinheiro que conseguiu levantar, resolveu viajar pela Europa e acabou indo para Heidelberg, onde se graduou e depois completou o doutorado. Nesse tempo, aprendeu russo, língua nórdica antiga, saxão antigo, inglês antigo e muitas outras línguas, contemporâneas e remotas. De volta à Inglaterra, Joe Wright estabeleceu-se em Oxford e foi nomeado professor adjunto de Filologia Comparada, um posto para o qual não poderia haver ninguém melhor preparado. Em 1892 (o ano em que

Tolkien nasceu), Wright escreveu *A Primer of the Gothic Language*[2] presenteada a Ronald por seu professor no Colégio King Edward.

Wright era um professor severo e muito exigente com Tolkien, mas ao mesmo tempo, Tolkien era um linguista extremamente hábil e perspicaz e o mestre logo se deu conta de que seu aluno possuía um amor profundo e puro pelas línguas, uma empatia natural pelo ritmo das palavras e dos sons. No colégio, Tolkien havia pesquisado profundamente o latim e o grego e, estimulado por professores entusiasmados, aprendeu um pouco de línguas antigas, como o finlandês e o nórdico antigo. O professor Wright conduziu e aprofundou Tolkien neste universo misterioso e pouco conhecido e mostrou-lhe como línguas de culturas tão diferentes e cronologicamente separadas continham conexões e temas intrínsecos e recorrentes.

Assim, o primeiro ano de Tolkien como estudante universitário passou tão rápido que ele quase não percebeu. Durante esse tempo, ele provavelmente foi mais feliz do que havia sido desde a primeira infância e conseguiu estabelecer um equilíbrio delicado entre os prazeres e as pressões da vida estudantil. Com certeza acumulou dívidas, mas isso era quase tão normal que se tivesse sido diferente, poderia ser considerado um excêntrico. Ele quase havia ignorado a religião durante aquele ano e frequentou a igreja apenas muito ocasionalmente, mas não havia perdido nada de sua fé e amor pela Igreja Católica e encontrou em Joe Wright um professor inspirador. A vida, o seu contentamento e o senso de bem-estar teriam sido completos, não fosse por uma coisa – Edith.

O trabalho e a diversão em Oxford proporcionaram a Tolkien uma distração da tristeza de estar forçosamente separado de Edith, mas seus sentimentos por ela não haviam diminuído em nada e, durante os seus primeiros dois anos na cidade, ele contava os dias para o seu aniversário de 21 anos. Finalmente, o momento havia chegado. Em 2 de janeiro de 1913, a noite anterior a seu aniversário, ele escreveu a carta para Edith que há muito tempo sonhava fazer. Nela, externou novamente seus sentimentos e expressou o desejo de que talvez pudessem se reencontrar depois de tanto tempo separados.

Na manhã seguinte, dia de seu aniversário, enviou a carta e esperou pacientemente pela resposta. Mas quando ela chegou apenas uns

2 Cartilha do Idioma Gótico, em tradução literal.

poucos dias depois, seus sonhos e esperanças foram momentaneamente destroçados, pois trazia as piores notícias possíveis; Edith havia noivado recentemente.

O noivo de Edith era um jovem chamado George Field, irmão de uma antiga amiga do colégio, Molly Field, que vivia em Cheltenham. Mas, apesar de que as notícias pudessem ter acabado com tudo entre Edith e Ronald, ela havia insinuado, em sua carta a Tolkien, que não estava verdadeiramente apaixonada por George, mas havia simplesmente chegado à conclusão de que Ronald não estaria mais esperando por ela. Com medo de ser esquecida, começou uma relação com um dos poucos jovens solteiros em seu círculo social.

Mas Tolkien sempre esteve esperando por ela e não tinha a menor intenção de deixar Edith escapar agora, não depois de esperar por tanto tempo. Em 8 de janeiro, pegou um trem para Cheltenham com o objetivo de resolver a questão. Edith estava lá na plataforma esperando por ele. Conversaram pela noite adentro e, quando Edith se convenceu de que Tolkien de fato ainda a amava, prometeu-lhe que romperia o noivado e aceitaria o pedido dele. No começo, o pobre George Field ficou mortificado por estar apaixonado por Edith, ainda que os seus sentimentos não fossem completamente correspondidos, porém ela já havia se decidido. Edith ignorou a fofoca dos vizinhos e o murmurinho dos antigos membros do seu círculo social em Cheltenham e começou a aguardar com expectativa o futuro com o jovem a quem tinha prometido lealdade três anos antes.

Tanto Edith quanto Ronald tiveram obstáculos difíceis para superar naquele inverno. Durante janeiro e fevereiro de 1913, Tolkien tinha que se dedicar sem descanso à preparação para o Honour Moderations em Oxford, um primeiro conjunto de exames que o levaria a graduar-se em Antiguidade Clássica. Ele não havia se dedicado como deveria em seu primeiro ano, isso significava que tinha que estudar em poucos meses o que deveria ter feito no ano inteiro. Com a distração do seu encontro com Edith e as viagens de ida e volta de Cheltenham, ele estava se esforçando para encontrar tempo para estudar. No final de fevereiro, fez as provas e não se surpreendeu quando alcançou apenas um Second Class, a segunda divisão mais alta nos resultados dos exames.

Os professores de Tolkien ficaram desapontados com ele. Ainda que alcançar um First Class fosse extremamente difícil, eles acreditavam que qualquer um, brilhante o suficiente para conseguir entrar em

Oxford e dedicado o bastante (presumivelmente porque eram tão gratos por terem entrado na universidade, de algum modo), deveria passar pelo primeiro ano com um First. No entanto, havia algo incomum em relação aos exames de Tolkien. Apesar de ter conseguido apenas um Second Class no geral, ele tinha feito uma prova quase impecável sobre sua disciplina preferida, Filologia Comparada, lecionada por Joe Wright. Os avaliadores não tinham apenas concedido-lhe um First nesta prova, mas escreveram uma nota especial a respeito da qualidade excepcional do trabalho de Tolkien. Como resultado disso, o Conselho de Professores, encabeçado pelo reitor de Exeter, doutor Farnell, recomendou que ele mudasse de curso, de Antiguidade Clássica para Língua e Literatura Inglesas.

Isso fez todo o sentido para Tolkien. Ele nunca havia demonstrado grande interesse naquilo que constituía a maior parte do curso de Antiguidade Clássica - o estudo da literatura grega e romana. Para ele, as mitologias antigas dos povos germânicos e as lendas escritas em nórdico (ou islandês) antigo eram infinitamente mais atrativas e, de alguma forma, mais honestas. O curso de Língua e Literatura Inglesas não era de forma alguma perfeito, mas era muito mais adequado a Tolkien do que o de Antiguidade Clássica. Ele era relativamente novo em Oxford e, como implicava o seu nome, dividia-se em dois aspectos distintos. Em uma parte, os alunos estudavam a estrutura e o desenvolvimento da língua desde a antiguidade até os tempos modernos e, na outra, esperava-se que lessem e analisassem obras literárias a partir do século XIV.

Os interesses de Tolkien se estendiam quase exclusivamente pela língua. Ele nunca havia demonstrado grande interesse pela literatura "moderna". Considerava Shakespeare superestimado e não gostava de muitas das peças do bardo. Não dedicava muito tempo a Dryden ou Milton e detestava os escritores "modernos", autores dos séculos XVIII e XIX, cujas obras integravam o cânone e eram parte essencial do curso de Língua e Literatura Inglesas de Oxford.

Felizmente, Tolkien passou a ter aulas com outro professor muito talentoso e versátil, Kenneth Sisam, um neozelandês apenas quatro anos mais velho do que ele. Em uma primeira impressão, Sisam parecia uma pessoa extremamente seca e introvertida, mas acabou por mostrar um domínio excepcional de sua disciplina e Tolkien rapidamente passou a admirá-lo. Ao começar este novo curso, Tolkien avançava penosamente através dos textos obrigatórios, mas se deliciava com a parte que lidava com línguas e influências recíprocas entre a cultura e a filologia. Esta troca teve um efeito positivo em seu percurso acadêmico, adequava-se ao seu temperamento e aos seus interesses profundamente arraigados e tornou-se um fator fundamental para levá-lo a seguir a carreira como filologista.

Enquanto isso, Edith Bratt logo se deparou com um problema tão intimidador para ela como as dificuldades que Tolkien encarava em suas provas. Por várias razões, o casal ainda não havia oficialmente noivado. Primeiro, havia o fato de que Tolkien estava angustiado em ter que contar a seu antigo tutor, padre Francis Morgan, sobre a união dos dois. Padre Francis, claro, não tinha mais nenhuma autoridade sobre Tolkien, mas velhos hábitos custam a desaparecer e Ronald provavelmente estava muito preocupado em relação ao que o padre poderia pensar. Segundo, Tolkien ainda não havia contado a nenhum de seus amigos sobre Edith. Nenhum dos seus companheiros no T.C., B.S., tampouco seus novos amigos na universidade tinham sequer suspeitado de sua existência. Mas a razão mais profunda para o atraso vinha do fato de que eles ainda tinham que providenciar a conversão de Edith à Igreja Católica.

Na cabeça de Tolkien, não havia dúvidas de que Edith iria se converter. Ele detestava a Igreja Anglicana, que representava o mal que havia levado sua mãe embora. Talvez seja estranho que, apesar de ressentir profundamente a maneira como sua família havia tratado sua mãe, Tolkien pareceu demonstrar poucos sinais externos de raiva para aqueles que ele responsabilizava. Mantinha relações cordiais com Walter Incledon e visitou a avó paterna e os avós maternos até a morte deles. Mas desprezava abertamente a instituição da qual eles faziam parte, a Igreja Anglicana.

Edith não era devota a ponto de frequentar a igreja, mas converter-se ao catolicismo lhe trouxe dificuldades. Primeiro e mais importante, ela não tinha o menor interesse pela Igreja Católica. Havia sido criada na Igreja Anglicana e as práticas católicas lhe eram totalmente estranhas. Ao longo da vida, deixou claro que não gostava do confessionário e sentia pouco do alívio espiritual que devotos do catolicismo, como Tolkien, afirmavam sentir ao expor a sua alma e ao ter seus pecados absolvidos. Além disso, ela não gostava da severidade da fé, odiava assistir à missa cedo e quando, mais tarde, teve problemas de saúde, se recusava resolutamente a jejuar ou a acompanhar o marido à missa das seis da manhã.

No entanto, Edith também tinha que lidar com dificuldades mais mundanas, mas não menos dolorosas, a fim de cumprir os desejos de Ronald. O senhorio em Cheltenham era "tio" Jessop, o chefe da família que havia lhe hospedado desde 1910, e outro protestante de poltrona que odiava a Igreja Católica. Edith sabia que, se fosse ter aulas para se converter ao catolicismo, seria convidada a deixar a casa de Jessop sem cerimônias. Além disso, apesar de Edith ter pouco interesse em religião, sua escassa vida social em Cheltenham era intimamente ligada à igreja da paróquia local.

Ainda assim, Edith sabia que se ela e Tolkien quisessem casar, não havia nada a ser feito a não ser curvar-se aos desejos de seu noivo. Pura e simplesmente, para Ronald, a conversão de Edith era imperativa. Ele indubitavelmente sabia que Edith não era entusiasmada, mas optou por ver isso como uma prova de amor por ele. Em sua cabeça, era impensável que a mulher com quem iria se casar não seguisse a mesma fé que Mabel Tolkien.

Foi uma maneira infeliz de retomar o relacionamento, um pobre começo para o que eles esperavam que seria um longo futuro juntos. Edith certamente ressentia-se do fato de que (como ela percebeu de maneira natural) havia sido obrigada a aderir ao catolicismo. Ela tolerava o processo, assim como a maioria das mulheres de sua classe social teria reagido em 1913. Ela também amava Ronald genuinamente; ele tinha boas perspectivas e certamente também a amava. Ele era ainda carinhoso e, na maioria das vezes, não menos atencioso do que qualquer outro homem que ela havia conhecido. Edith queria casar-se com ele desesperadamente, começar uma família e levar uma vida normal; não havia se adequado à vida de solteirona em uma cidade nada gentil e entediante como Cheltenham e agora tinha 24 anos; os anos estavam voando.

Pesando tudo isso, talvez fosse um pequeno preço a pagar. E assim, na primavera de 1913, Edith informou ao "tio" Jessop de sua decisão e, como havia previsto, ele exigiu que ela deixasse a casa assim que conseguisse encontrar outro lugar.

Sabendo antecipadamente qual seria a reação de Jessop, Edith já havia procurado uma nova casa e mudou-se para a cidade vizinha de Warwick com uma de suas primas, uma mulher de meia idade com as costas deformadas, chamada Jennie Grove. Elas logo encontraram quartos temporários e depois se mudaram para uma pequena casa ali perto. Edith começou a preparação com o pároco local, padre Murphy, que, para piorar as coisas, demonstrava pouco interesse no assunto.

Tolkien visitou Edith e sua companheira de casa em Warwick depois que o ano acadêmico havia acabado em junho e, pelo final do verão, o casal estava apto a receber a sua primeira bênção juntos. Tolkien estava radiante com isso e satisfeito por ambos finalmente poderem participar do mesmo culto. Ele escreveu a respeito em seu diário de forma emotiva, mas as memórias de Edith sobre a ocasião não ficaram registradas.

Não há dúvidas de que a relação de Edith e Ronald havia sido reforçada pelo fato de que, nos primeiros anos juntos, todos a sua volta pareciam decididos a fazer com que rompessem e, apesar de parecerem compartilhar tanto amor como qualquer outro jovem casal prestes a casar, eles também se irritavam um com o outro e brigavam com frequência. Há ainda o fato de que tinham sido separados por um longo tempo e o relacionamento deles antes de serem obrigados a se afastar havia sido muito curto; eles mal se conheciam. Pior ainda, durante esse período, ambos haviam mudado e seguido por caminhos muito diferentes. Depois de perder Edith, Tolkien havia encontrado consolo na companhia masculina, primeiro com os seus amigos da escola no T.C., B.S. e então com os seus comparsas em Oxford. Ele havia experimentado a liberdade e a independência da vida de solteiro, mas o mais importante, encontrou a academia.

De alguma maneira, Tolkien demorou a encontrar sua vocação. Ele tinha sido um aluno brilhante no colégio, mas quando ele e Edith moravam na Duchess Road, havia apenas uma vaga sugestão de que ele se encaminhava para o mundo acadêmico. Ele despertou o interesse pela academia apenas depois de ter se separado de Edith, e pode-se argumentar que a separação deles permitiu a expressão completa deste aspecto de seu caráter.

Edith nunca teve o menor gosto pelo mundo acadêmico. Quando criança, havia demonstrado um talento musical excepcional, mas isso ficara para trás. Ao contrário de seu futuro marido, ninguém havia encorajado Edith, ninguém havia dedicado tempo e trabalho para permitir que o talento dela se desenvolvesse tanto quanto deveria ter sido feito e, quando ela e Ronald se reuniram, qualquer esperança que poderia ter de se tornar uma musicista profissional, ou até mesmo uma professora de música, há muito desaparecera.

Além disso, as personalidades de Edith e Ronald nem sempre combinavam em tudo. Ela era uma jovem mulher alegre e independente, cuja energia fora sufocada por todos aqueles em torno dela. Quando criança, ela, como Tolkien, teve o seu quinhão de azar. Ficou órfã e mudou-se de uma casa para outra, sem nunca ter uma família propriamente dita. Ela sempre reprimia a sua amargura, mas ocasionalmente estourava, e com frequência, quando Ronald visitava a pequena casa em Warwick, o casal tinha brigas ferozes geralmente desencadeadas por algo trivial.

Tolkien também achava difícil expressar o seu amor por Edith que não fosse de uma maneira sentimental e um pouco paternalista, tratando-a nas cartas como "minha pequena" e descrevendo a casa de Warwick como a sua "casinha". Além disso, ele era superprotetor em relação a ela. Sua visão imatura do romance prático e moderno era fruto de sua inexperiência, mas ele também foi muito influenciado pelo que havia lido. O escritor Charles Moseley observou que Tolkien era, assim como muitos outros, e ao menos em parte, dirigido por uma imagem literária do romance:

> *Certamente, todos são afetados pelo que leem. Se você leva dias lendo livros e poemas sobre um mundo onde as mulheres são honradas, colocadas em um pedestal – até mesmo adoradas –, onde as principais virtudes do sexo masculino são a coragem, a honestidade, a honra, a generosidade, você no final vai pensar nestes termos (e talvez não sofra nenhum mal por isso).*[3]

Tudo muito bem, mas, para uma mulher que havia sido totalmente autoconfiante e independente de espírito por tanto tempo, isso deve ter sido exasperante. Naturalmente, Edith sentiu-se confusa. Seu noivo era capaz de obrigá-la a adotar a religião dele, mas demonstrava pouco interesse em seu talento musical e raramente tentava dividir com ela qualquer aspecto de sua vida acadêmica. Mas, ao mesmo tempo, ele a sufocava com suas demonstrações paternalistas e imaturas de afeto.

3 Charles Moseley, *J.R.R. Tolkien*, Northcote House Publishers, Plymouth, 1997, p. 16.

Talvez por conta destes argumentos, e para permitir a ambos um tempo para uma pequena reflexão, no verão de 1913, Tolkien viajou para Europa continental para um trabalho de férias onde cuidaria de dois garotos mexicanos. Juntos começaram um passeio pela França. Em Paris, o pequeno grupo encontrou-se com um terceiro jovem e duas tias, e esperava-se que Tolkien proporcionasse a todos um passeio cultural pela cidade.

Parecia uma tarefa bastante simples, mas logo se transformou em um desastre; teria sido melhor ir para Warwick, mesmo que isso significasse ficar discutindo com Edith. O primeiro sinal de problema veio quando, para o seu grande embaraço, Ronald descobriu que, apesar de dominar a filologia comparada e poder escrever ensaios intrincados sobre aspectos obscuros e arcaicos do nórdico ou do anglo-saxão, ele mal conseguia falar uma palavra em espanhol e até mesmo o seu francês se mostrou completamente inadequado. Isso significava que não conseguiria se fazer entender por seus companheiros mexicanos que não falavam inglês.

Além de tudo isso, ele descobriu rapidamente que tinha uma aversão profunda pela comida francesa e achou os nativos que conheceu, especialmente em Paris, grosseiros e mal-educados. Para piorar as coisas, os mexicanos que ele deveria estar ensinando não tinham qualquer interesse pela cultura francesa, insistindo, ao invés disso, em visitar o que Tolkien considerava pontos turísticos populares. Persuadido a levar a turma para a Bretanha por alguns dias, Tolkien pensou que pudesse ao menos consolar-se um pouco com a perspectiva da bela paisagem e a boa comida da região. Em vez disso, a turma acabou na costa, em Dinard, uma cidade litorânea, não muito diferente de uma versão menor de Blackpool, cidade costeira localizada no noroeste inglês - tão banal e comum para Tolkien quanto podia ser.

Mas as coisas ficaram ainda piores. Enquanto Tolkien caminhava por uma rua lateral da cidade com um dos garotos e a mais velha das duas tias mexicanas, um carro perdeu o controle e foi em direção a eles. Atingiu a velha senhora, que teve lesões internas graves e morreu poucas horas depois.

Foi um final desastroso para uma viagem desastrosa e Tolkien ficou aliviado quando finalmente conseguiu tomar as providências para a falecida tia retornar para casa e pôde então entregar a responsabilidade para a sua família enlutada. Subindo na embarcação para Dover, prometeu nunca mais aceitar um trabalho como esse.

Com um verão assim, Tolkien ficou aliviado quando seu terceiro ano em Oxford começou no outono de 1913. Sua relação instável com Edith, claro, ainda o preocupava, mas agora havia muitas coisas para distraí-lo. De fato, ele mergulhou na cena estudantil de Oxford muito mais do que havia feito anteriormente. Começou a adotar o que era, para ele, gostos bastante extravagantes. Com o dinheiro que havia ganhado durante a sua malfadada excursão francesa, comprou móveis novos e bastante em voga na época para o seu quarto, decorou as paredes com gravuras japonesas da moda e comprou um armário de roupas novas. Quando o clima estava ameno, ele passeava de barco em Cherwell e jogava tênis com frequência. Foi eleito presidente da Debating Society e fundou, com um pequeno grupo de amigos, um novo clube que chamaram de Chequers, cujas atividades principais envolviam jantares nos quartos um dos outros, onde serviam comidas finas e bebiam grandes quantidades de vinho e conhaque caros.

Enquanto isso, Edith levava uma vida muito diferente em Warwick. A cidade era bonita, se não à altura de Oxford, com sua própria universidade altamente respeitada e repleta de jovens; era certamente mais animada que Cheltenham, mas Edith quase não tinha vida social por lá. A sua colega de casa Jennie era a personificação do pesadelo de toda solteirona. Apesar de Edith achar nas cartas de Ronald um motivo a mais para irritar-se por conta dos detalhes da vida feliz que ele estava levando, ao menos elas vinham de um homem que a amava e com quem logo se casaria. Jennie era uma "solteirona profissional". Ironicamente, embora a vida fosse monótona e entediante para Edith, era só olhar para a pobre Jennie com sua corcunda e o peso dos anos sobre ela para perceber o fato de que, apesar dos hábitos irritantes de Ronald, tinha muito a agradecer. Talvez tenha sido isso, tanto quanto o seu amor por Ronald, que a manteve forte por este período.

Por essa época, Tolkien parecia ter encontrado um ritmo para sua vida e iria mantê-lo até a velhice. Ele deleitou-se com os prazeres da vida universitária, mas também estava produzindo alguns trabalhos muito bons. Apesar de noites sobre a garrafa de conhaque e de tardes preguiçosas olhando para os galhos de um salgueiro do chão de um barquinho, naquele ano ganhou o Skeat Prize em inglês oferecido pela Faculdade de Exeter e estava agora muito bem a caminho para terminar sua graduação com um First Class.

No começo de 1914, Edith foi aceita na Igreja Católica. A cerimônia foi em 8 de janeiro, data escolhida pelo casal para comemorar o primeiro aniversário de sua reunião. Algumas semanas depois estavam oficialmente noivos, e o noivado fora abençoado pelo padre Murphy, o mesmo que havia instruído Edith. Ambas as cerimônias foram realizadas na igreja local, em Warwick. Era um prédio sujo e feio, mas para os dois o ambiente não importava muito. Por essa época, passaram a aceitar o fato de que sua relação nunca viria a ser ideal, mas também a de ninguém era. Eles eram pessoas muito diferentes, com inúmeras perspectivas e interesses distintos. Ficaram separados por tanto tempo que levaram um período desproporcional para entender essas coisas e encontrar uma maneira na qual pudessem viver juntos e felizes, em harmonia.

Quando Tolkien voltou a Oxford em janeiro para o novo semestre, deve ter se sentido mais feliz do que nunca. Por incrível que pareça, ainda não havia falado sobre o seu relacionamento com Edith com os seus amigos de Oxford nem com os seus antigos colegas de colégio. Agora parecia ser o momento certo para contar a novidade. Ele escreveu para cada um dos membros da T.C., B.S. que prontamente enviaram-lhe congratulações. Como noivo da mulher que desejava desde os seus 18 anos, poderia agora mirar o futuro com esperança e confiança renovadas. Para Tolkien, o mundo parecia brilhar naquela primavera, sem nuvem alguma no horizonte. Como quase todo o mundo naquela época, nem ele, nem Edith ou mesmo qualquer um dos seus amigos poderiam saber que antes de o ano acabar, a Grã-Bretanha estaria em guerra e a vida de milhões de jovens, assim como Ronald Tolkien e Edith Bratt, encaminhava-se para um fim precoce e imprevisto.

CAPÍTULO 4

Amor e Guerra

Poucos lugares foram tão dramaticamente afetados pela declaração de guerra quanto a cidade de Oxford. Durante o final da primavera e começo do verão de 1914, assim que os dias de sol começavam a aparecer, a cidade estava repleta de jovens da universidade com suas namoradas. As mesas de jogos estavam cheias; o barulho de champanhe estourando ressoava alto, conforme os exames terminavam e começava a temporada dos jogos de verão. E então, como acontecia todo ano, a cidade esvaziava. Os estudantes endinheirados retornavam para as suas casas no campo ou embarcavam em barcos a vapor que seguiam para o exterior. Enquanto isso, aqueles que, como Tolkien, estavam na universidade graças a bolsas de estudo pegavam trens para as modestas casas de suas famílias em vilarejos afastados no campo ou entravam em trabalhos de férias para ganhar algum dinheiro para ajudar com as atribulações sociais marcadas para recomeçar poucos meses depois, em outubro.

Mas outubro de 1914 foi como nenhum outro na história da universidade, pois a política e o ódio racial profundamente enraizado estavam prestes a colocar o continente europeu a caminho do abismo. Em 28 de junho de 1914, o herdeiro do trono austro-húngaro, o arquiduque Franz Ferdinand e sua mulher foram assassinados por um terrorista sérvio em Sarajevo, um ato que desencadeou a desordem total. O governo austríaco imediatamente acusou a liderança sérvia de cumplicidade nos assassinatos e, em menos de um mês, o império Austro-Húngaro havia declarado guerra contra a Sérvia.

A Europa, um continente onde vinte ou mais Estados apenas conseguiram manter uma escassa estabilidade por uma geração, experimentava um "efeito dominó político" em grande escala. A Rússia, inimiga de longa data da Áustria, mobilizou-se contra eles; isso levou a Alemanha a declarar guerra contra a Rússia. A França, aliada russa, começou então a mobilizar suas forças e assim a Alemanha declarou guerra contra ela. A Grã-Bretanha, vinculada à Entente Cordiale[1] ao lado da França, foi assim impelida a entrar no conflito em desenvolvimento e, em 4 de agosto, declarou guerra contra a Alemanha e a Sérvia.

No outono de 1914, os estudantes de Oxford normalmente estariam aproveitando o primeiro High Table – jantar oferecido nos salões da Faculdade de Exeter – e jogando algumas partidas de tênis antes do frio ficar inclemente, mas, em vez disso, se viram em campos de treinamento. Aqui, eles eram preparados para os campos de batalha franceses, onde milhares de soldados profissionais já haviam sido mortos como membros da Força Expedicionária Britânica.

No começo da guerra, a Grã-Bretanha não tinha um exército recrutado, mas a guerra incitou paixões com uma velocidade considerável e assim, no outono, centenas de milhares de jovens haviam se voluntariado. Mas Tolkien não estava entre eles. Ele estava determinado a terminar sua graduação primeiro e optou por retornar a Oxford, adiando o serviço militar até o verão seguinte. Chegando a uma deserta estação de Oxford, durante a primeira semana de outubro, ele ficou chocado ao encontrar as faculdades quase completamente vazias, a universidade quase fechada. O único amigo que estava lá, dos dias de pré-guerra, era Colin Cullis, com quem havia fundado o clube Chequers no ano anterior. Cullis fora recusado pelo o exército como inapto para o serviço militar.

1 A Entente Cordiale reuniu o bloco militar que se opôs ao avanço dos Impérios Centrais, cooperando militarmente ao longo da guerra e recebendo depois a adesão de países como a Itália, a Rússia e os Estados Unidos. [NT]

Primeiro, Tolkien achou a vida na universidade vazia quase intolerável e, durante os primeiros dias, escreveu a Edith contando-lhe de seu tédio e desconforto. Mas então ele e Cullis decidiram que deixariam as salas vazias e sombrias da faculdade para dividir um quarto na St. John Street não muito longe de Exeter. Ao mesmo tempo, Tolkien juntou-se ao Corpo de Treinamento para Oficiais,[2] e assim poderia aprender a atirar na Universidade de Parks e preparar-se para um eventual alistamento. Ele surpreendeu-se ao descobrir que gostou de verdade daquilo.

Conforme o ano acadêmico passava, as notícias da guerra pioravam progressivamente. No clima nacionalista exacerbado do outono de 1914, falava-se que a guerra "acabaria no Natal", mas chegou-se a 1915, os meses corriam e o conflito alcançou um impasse desconfortável. Cada lado posicionou centenas de milhares de soldados nas trincheiras que se estendiam por quilômetros pelos campos agrícolas do norte da França. Umas poucas centenas de metros de terra-de-ninguém separavam os exércitos e cada ofensiva e contra-ofensiva mudava a posição da linha de frente por não mais que uma fração de quilômetro. Na primavera de 1915, os suprimentos de munição não conseguiam acompanhar a demanda e os combates foram menos intensos por um tempo. Mas isso foi apenas uma trégua temporária. Durante o primeiro ano de guerra, a batalha já havia custado a vida de milhões de homens apenas na frente ocidental e todos sabiam que, assim que os arsenais fossem restabelecidos, o bombardeio logo recomeçaria para levar a vida de outros milhões mais.

Com Oxford vazia, Tolkien poderia concentrar-se completamente no trabalho de uma maneira que nunca havia feito antes. Enquanto Edith passava cada dia maçante e monótono com a crescente miséria de ter que lidar com as restrições de guerra, Tolkien estava trabalhando seriamente e, em junho de 1915, fez o exame final em Língua e Literatura Inglesas. Poucos dias depois, soube que havia passado com um First.

Mas havia pouco tempo para celebrar e, por conta de suas responsabilidades no Corpo de Treinamento e com as dificuldades em viajar impostas pela guerra, ele não conseguiu nem mesmo chegar a Warwick para dividir seu triunfo com Edith antes de assumir a sua adiada

2 O Officers' Training Corps (no original) integra o Exército Britânico e oferece treinamento de liderança militar para estudantes em universidades britânicas. [NT]

incumbência como segundo tenente dos Fuzileiros de Lancashire, mesmo regimento de G.B. Smith, um dos amigos do T.C., B.S.

Mesmo assim, a guerra e seus horrores ainda pareciam muito distantes. Os campos de batalha mais próximos da frente ocidental ficavam a pouco mais de centenas de quilômetros de Oxford, e as famílias já estavam de luto pelos jovens mortos em Mons e Ypres, mas para aqueles como Tolkien, que haviam se enclausurado em centros acadêmicos ou tinham acabado de começar o treinamento, havia pouca evidência física do conflito.

Nestes dias de cobertura global dos acontecimentos e do acesso quase instantâneo às últimas notícias de qualquer canto do planeta, é difícil imaginar como poucas notícias chegavam em casa e como se demorava para consegui-las. Sem rádio ou TV, e com os jornais cobrindo a guerra nos mínimos detalhes, mas muito tempo depois dos acontecimentos e seus desdobramentos, ela parecia algo remoto. Mesmo a morte era mantida próxima ao front, já que os corpos ensacados e cobertos com bandeiras não eram enviados para casa.

Havia restrições para a gasolina, viajar era mais difícil do que costumava ser e o preço dos alimentos havia disparado, mas os civis que sobreviveram a esta guerra sofreram poucas das dificuldades que se tornaram uma das principais características da Segunda Guerra Mundial. Quase não houve bombardeios nas cidades britânicas durante a Primeira Guerra e os únicos soldados vistos pelos civis foram os recrutas entusiasmados embarcando em navios em Portsmouth, Southampton ou Dover, e os enfaixados, queimados e mutilados que retornavam para os hospitais ingleses.[3]

No quartel do campo de treinamento, pouco se esperava de Tolkien, não mais que aproveitasse o tempo ocioso até ser enviado para a França. Ele treinou e se exercitou, deixou o bigode crescer e fez mais treinamentos. Foram ministradas palestras sobre o papel do oficial, os métodos de guerra, as minúcias sobre a manutenção do armamento e a leitura de mapas. Da luxúria relativa de Oxford, onde jantava

3 Houve alguns ataques aéreos na Grã-Bretanha durante a Primeira Guerra. Na noite entre 19 e 20 de janeiro de 1915, Londres foi bombardeada por um zepelim do Exército alemão, o que causou mais raiva que pânico. Houve mais 18 ataques como este em 1915. O maior deles matou 59 pessoas em Londres, em 13 de outubro.

regularmente na faculdade, tinha acesso às melhores bibliotecas do mundo e desfrutava das salas comuns de estudo com poltronas de couro e um bom vinho do Porto, ele agora se encaminhava para um mundo completamente violento e brutal. No campo de treinamento, ele convivia com soldados profissionais e recrutas inexperientes, jovens saídos de fazendas e fábricas, homens que ele iria comandar e conduzir à batalha. O tempo disponível para se dedicar ao debate intelectual e à reflexão havia ficado para trás. Aqui, para Tolkien, a comida era intragável, ele dormia em um banco estreito, dividia uma latrina coberta com um telhado cheio de goteiras e, o pior de tudo, esta era uma vida de chatice sem fim.

Havia algumas distrações, porém. Ele comprou uma motocicleta com um amigo e, quando foi sua vez de usá-la, finalmente conseguiu ir visitar Edith em Warwick. Esta visita e as ocasiões em que Ronald poderia tirar alguns dias fora do campo de treinamento foram um oásis de felicidade para ambos. Eles se entendiam muito melhor agora, talvez os ressentimentos que Edith sentia tivessem sido superados pelas privações da guerra, a ansiedade constante de que a vida juntos poderia, em breve, ser dilacerada e tudo se perder.

Durante este tempo, Tolkien começou também a fazer suas primeiras anotações sobre mitologia, que iriam dominar seu pensamento a maior parte de sua vida. Naqueles dias de limbo, entre os estudos e as armas, as primeiras sementes do que se tornaria *O Silmarillion* estavam criando raízes em sua mente.

Depois de seis meses de treinamento básico, Tolkien optou por fazer a instrução especial parar tornar-se sinalizador. Na época anterior ao advento do rádio, os sinalizadores contavam com o código Morse e um sistema de mensagens que posicionava bandeiras de acordo com um código alfabético e Tolkien aprendeu como usar um telefone de campo, que funcionava através de longos cabos enfileirados através das trincheiras.

No Natal, Tolkien conseguiu passar algum tempo com Edith e durante esse período começaram a conversar sobre marcar uma data para o casamento. Em algum momento próximo, mais provavelmente perto do Ano Novo, Ronald seria enviado para o estrangeiro. Ambos sabiam que, durante os primeiros dezoito meses de guerra, a expectativa de vida média de um soldado não passava de algumas semanas.

O chamado "Grande Impulso"[4] iria começar a qualquer momento e as baixas seriam enormes. Era um momento assustador para se viver.

Após um breve debate, eles marcaram a data para 22 de março de 1916, uma quarta-feira. E novamente Tolkien informou o seu tutor, padre Francis Morgan, apenas poucas semanas antes da data, pois acreditava que ele iria desaprovar a união de alguma maneira. Mas sua ansiedade era infundada e padre Francis estava feliz por eles. Ele enviou suas mais entusiasmadas congratulações e se ofereceu para conduzir a cerimônia no Oratório em Birmingham, mas como Ronald demorou a dar a notícia, os preparativos já estavam sendo feitos pelo pároco da cidade de Edith, padre Murphy, para que eles se casassem na igreja católica moderna e feia no centro de Warwick.

Eles haviam esperado um longo tempo por este dia e, para eles, assim como para milhares de casais em toda a Europa, não havia a garantia de um futuro juntos. Essa guerra horrível já havia destruído a vida de tantos e iria interromper violentamente as esperanças e os sonhos de muitos, muitos mais antes de chegar ao fim. A vida, de repente, havia se tornado ainda mais frágil do que aquela que conheceram quando crianças, e ambos poderiam fazer pouco, a não ser depositar suas confianças em Deus.

Por esse período, Tolkien foi efetivado como tenente pleno e foi fotografado usando uniforme militar. Na fotografia, ele se parece com alguém tipicamente de seu tempo e de sua classe social. Seu cabelo é curto e penteado para trás, com uma visível divisão para a esquerda e o seu uniforme está impecável. Usa um bigode e seus traços são vigorosos, com sobrancelhas retas, um nariz fino e alongado e maçãs do rosto proeminentes. Ele não tem a beleza clássica, mas exala inteligência, integridade e determinação: Tolkien tem o rosto de um homem em quem se pode confiar, mas a preocupação com o seu tempo também está lá, em um olhar cheio de incertezas. Algumas semanas depois, ele finalmente foi colocado no front.

O navio que transportava Tolkien atracou em Calais, em 6 de junho, e ele então viajou pela estrada até o acampamento do exército britânico

4 O "*Big Push*" (no original) foi uma ideia pensada para acontecer no front de batalha, em Somme, França. Consistiu em bombardear os alemães sem parar por dias e noites seguidas, para enfraquecer suas defesas. Assim, os soldados britânicos poderiam tomar as trincheiras inimigas com um grande ataque. [NT]

situado em uma pequena cidade chamada Étaples. Aqui, ele passou as próximas três semanas sem nunca saber quando ou para onde seria encaminhado na batalha; foi um período novo e estranho, onde se fazia pouco mais do que ficar sentado tomando quantidades copiosas de chá, fumando cachimbo, conversando, lendo e, bem, esperando.

Era, uma vez mais, tedioso e estressante. O tédio aumentava com a falta de recursos; havia poucos livros ou jornais e uma simples caminhada estava fora de questão graças às ameaças constantes de atiradores e minas terrestres. Tolkien não se deu especialmente bem com os outros oficiais de sua companhia. Muitos deles eram soldados profissionais com quem tinha muito pouco em comum e consideravam homens como ele amadores, garotos da faculdade enfiados em uniformes de homens de combate. Tolkien preferia a companhia dos suboficiais e dos soldados de infantaria, que compunham a maioria do exército, mas as regras proibiam os oficiais de se tornarem amigos dos soldados comuns, pois tal familiaridade era percebida como potencialmente capaz de enfraquecer a disciplina.

O tédio era um dos problemas, mas a cada dia a situação ficava mais estressante. Desde o momento em que Tolkien recebeu as ordens e deixou as águas inglesas, ele se sentiu ameaçado, um alvo. Ele naturalmente tinha ouvido histórias sobre o front, e quem não tinha? Havia uma constante troca de homens entre o acampamento e as frentes de combate e um fluxo constante de soldados feridos e doentes cruzava seu caminho de volta para casa. Cada soldado tinha uma história para contar, cada um deles podia oferecer relatos dolorosos e únicos, mas consistentes, sobre os horrores que aconteciam há poucos quilômetros dali. Mas o estresse também vinha da falta de qualquer notícia oficial mais detalhada, da escassez de qualquer informação segura sobre os planos de combate sugeridos. Isso tudo, combinado com a espera sem precedentes, causava a maior angústia.

Mas então, inesperadamente, a monotonia foi quebrada. O 11º Batalhão, para onde Tolkien havia sido transferido recentemente, recebeu ordens para se deslocar para o nordeste, em direção ao front de combate. Parecia que o tão aguardado "Grande Impulso", a contra-ofensiva aliada, estava finalmente prestes a começar.

O ritmo mudou imediatamente. Um comboio de tropas os levou para Amiens, a capital do Departamento de Somme e da Região da Picardia, no norte francês, em torno de 120 quilômetros acima de Paris.

Do trem, esta terra parecia deserta, os povoados haviam sido encurralados pelos aliados de um lado e o exército alemão do outro. Chovia por semanas e os campos estavam alagados, os estranhos castelos ou chalés vislumbrados através das janelas embaçadas dos vagões estavam invariavelmente destruídos, as persianas pendiam tortas das janelas, os outrora enormes portões de bronze estavam entre pilhas de escombros molhados e desolados.

A bordo do trem, os soldados jogavam cartas e fumavam, o vagão se adensava com a fumaça dos cigarros Woodbine e do fumo para cachimbo. A roupa e os demais itens dos soldados foram colocados nas prateleiras de bagagem e preenchiam os corredores. Os suboficiais poliam suas botas e lubrificavam suas baionetas. Outros escreviam para casa, para suas namoradas ou mães. Não muito distante, eles já podiam escutar a explosão dos obuses e morteiros. Para a grande maioria deles, esta seria a última viagem de trem.

Continuou chovendo durante toda a estadia em Amiens, e a chuva não deu trégua quando o batalhão começou a marcha exaustiva em direção à comuna de Rumbempré, dezesseis quilômetros mais próximo da linha de combate. Os rugidos e trovões das armas ressoavam alto o tempo inteiro. Ocasionalmente, uma bomba passava chiando sobre as cabeças e o perigo sempre presente das minas terrestres e das balas dos atiradores os mantinha vigilantes.

Eles ficaram em Rubempré por trinta e seis horas. O lugar estava praticamente deserto e a única estrada que passava entre as casas explodidas e em ruínas estava esburacada e praticamente intransitável para veículos e cavalos. O batalhão dormiu em celeiros e em construções queimadas e bombardeadas, e telhados improvisados, apoiados em postes, davam um pouco de alívio para a chuva pesada.

E então eles estavam novamente seguindo em direção ao front e a comuna vizinha de Bouzincourt, onde se juntaram a um acampamento do exército melhor estabelecido. Isto era o mais próximo do front que eles chegariam antes de entrar no combate e um número expressivo de tropas britânicas estava reunido lá, acampado nas redondezas. Dificilmente se reconhecia Bouzincourt como um vilarejo agora, em ruínas, e o barulho dos veículos militares, das minas e dos morteiros tinham, mais ou menos, tomado o local. O exército havia erguido algumas barracas aonde alguns oficiais, incluindo Tolkien, foram alojados. Outros tiveram que se contentar com colchões molhados e rasgados em casas desertas, outrora estimadas por seus moradores, já há muito falecidos ou dispersos pela violência. A maioria dormia da melhor maneira que conseguia em campos ou na beira da estrada.

O "Grande Impulso" tornou-se um dos assuntos favoritos das conversas entre os soldados e os civis de volta para casa, mas foi uma campanha que acumulava atraso depois de atraso. Em torno de quatro meses antes, durante o final de fevereiro de 1916, os alemães, sob o comando do general Von Falkenhayn, aplicaram uma ofensiva surpresa contra os aliados em Verdun, no rio Meuse, no nordeste francês, e isso atrasou os planos para uma contra-ofensiva. Durante aqueles quatro meses, aconteceram perdas extremamente duras em ambos os lados, mas, em 1º de julho de 1916, o general Haig decidiu concentrar um exército de mais de 500 mil homens, auxiliados por uma força francesa menor, em uma localidade para abrir a contra-ofensiva e, assim era esperado, conduzir o exército alemão para fora da França.

Ela foi chamada de Batalha do Somme. No primeiro dia, 19 mil soldados britânicos foram abatidos pelas metralhadoras alemãs e 60 mil soldados de infantaria ficaram feridos. A maioria dos mortos e feridos estava a apenas poucos metros das trincheiras que haviam ocupado durante a preparação da ofensiva. Foi a maior perda em apenas um dia na história do exército britânico e a maior responsabilidade pelo desastre foi justificadamente depositada sob os ombros de Haig. O general se equivocara ao acreditar que o armamento alemão havia sido retirado do front depois de vários dias de bombardeio com artilharia pesada que precederam a ofensiva. Na verdade, uma grande parte do armamento alemão não chegou a ser atingido pelos bombardeios dos aliados. Entre os 19 mil mortos naquele dia, estava um dos amigos mais próximos de Tolkien, o companheiro do T.C., B.S., Rob Gilson, que havia servido no Regimento Suffolk.

Tolkien não soube da morte de seu amigo por mais de duas semanas. O seu batalhão foi mantido na reserva enquanto a primeira leva de tropas (entre as quais Gilson estava) foi lançada à frente de batalha para encarar as balas e granadas. Mas então, cinco dias depois do começo da batalha, foi a vez do 11º Batalhão se dirigir ao combate. Mesmo assim, Tolkien foi mantido em Bouzincourt; ele era um oficial na Companhia B e foi a Companhia A a primeira a pegar a estrada para o front.

Segundo informavam as cartas recentes, Tolkien sabia que dois de seus amigos, Rob Gilson e G.B. Smith, haviam sido colocados em acampamentos próximos e estariam lutando nas trincheiras, não tão distante do seu acampamento. Ele suspeitava que eles já tinham visto a batalha, mas não conseguiu confirmar. Então, no mesmo dia em que a Companhia A deixou Bouzincourt, Smith chegou ao vilarejo, junto com parte de uma companhia a quem foram concedidos alguns dias de descanso.

Eles conversaram e compartilharam xícaras de chá, assim como faziam na bolorenta biblioteca no Colégio King Edward, em Birmingham. Trocaram lembranças e brincaram com as palhaçadas dos amigos ausentes. Mas este lugar era a verdadeira antítese do ambiente gentil de suas juventudes. Os colegiais limpinhos e recém-formados haviam se tornado homens repletos de lama, os livros abriram caminho para as armas e ambos sabiam que estavam no olho do furacão.

Três dias após deixar o acampamento, a Companhia A retornou. Muitos tinham morrido e uma centena de homens (mais de um terço do total) estava ferida. Na sexta-feira, uma semana após estes homens serem enviados ao front, era a vez da Companhia B, de Tolkien. Naquela noite, sob o manto da escuridão, eles colocaram seus pertences sobre os ombros, vestiram seus capacetes, e marcharam para fora do vilarejo pela estrada lamacenta que se estendia por um quilômetro e meio de suas barracas até as trincheiras.

Duplamente curvados, como velhos mendigos cobertos por sacos,
De joelhos, tossindo como bruxas, atravessamos a lama,
E até para as assombrosas labaredas fizemos pouco caso,
E para o nosso distante descanso começamos a marcha insana.
Os homens marchavam dormindo. Muitos tinham perdido as suas botas,
E cambaleavam sobre a carnificina. Todos mancavam; todos cegos;
Bêbados de fadiga; surdos até mesmo à algazarra mais remota
Dos bombardeios desgovernados que espocavam atrás de todos.[5]

É assim que Wilfred Owen começa uma de suas mais famosas descrições das trincheiras da Primeira Guerra Mundial. Pouco mais precisa

5 Wilfred Owen, *Dulce Et Decorum Est* (*É doce e honroso*, em tradução literal). Oxford English Faculty, Oxford University, Facsimile S, f3 I 6r. [Versão livre do tradutor]

ser escrito. Confrontada com a investida de tanta dor e adjetivos inúteis que desmoronam sobre a página, a linguagem cotidiana falha.[6]

A companhia de Tolkien foi enviada para atacar a comuna de Ovillers, mantida por uma grande tropa alemã. Muitos dos companheiros foram mortos durante as primeiras horas do ataque, e seus corpos estilhaçados e torturados pelas balas de metralhadora. Tolkien lutou ao lado de seus soldados por 48 horas seguidas e teve uma sorte incrível ao sofrer não mais que cortes e arranhões. Ele então descansou por umas poucas horas e retornou ao combate para outras 12 horas seguidas antes de a sua companhia retornar a Bouzincourt.

De volta ao acampamento, mais exausto do que jamais havia imaginado ser possível, Tolkien encontrou um pequeno número de cartas que chegaram tão logo ele e seus homens haviam partido. Uma era de G.B. Smith comunicando as notícias que ele e os amigos temiam receber desde que a Batalha do Somme havia começado. Rob Gilson, amigo da escola, estava morto.

Tolkien ficou arrasado com a notícia. Na desordem da batalha, ele tinha visto homens morrerem na frente de seus olhos, sentiu o cheiro do sangue neles; e havia matado, mas não tinha perdido alguém próximo, ninguém tão fundamental para a sua própria vida. Era como se uma parte do seu passado tivesse sido cauterizada. No meio da morte e da destruição havia sido dor empilhada sobre dor; e agora, uma tristeza a mais a ser somada.

Ainda estarrecido com esta notícia, Tolkien retornou por várias vezes às trincheiras e, a cada vez, voltava de lá completamente ileso. Porém, mais do que nunca, ele agora estava consciente de sua própria mortalidade. Até a morte de Gilson, Tolkien se convencera de que ele e seus amigos estavam, de alguma maneira, imunes à morte, que sua ligação e o amor recíproco iriam protegê-los e fortalecê-los. Tal ideia é incrivelmente comum entre soldados que são obrigados a encarar a possibilidade da morte todos os dias, é vista por alguns como uma ilusão protetora, uma maneira de lidar com o perigo, o horror e a miséria aparentemente intermináveis.

6 Em vista disso, talvez, C.S. Lewis dedicou, em sua autobiografia, três capítulos inteiros à sua desagradável experiência na escola pública, mas apenas parte de um capítulo ao período nas trincheiras. "É muito distante do resto da minha experiência", ele escreve, "[...] e frequentemente parece ter acontecido com outra pessoa." (C.S. Lewis, *Surprised by Joy: The Shape of My Early Life*, Geoffrey Bles, Londres, 1995, cap. 12.)

A Batalha do Somme atravessou todo o terrível verão de 1916, e Tolkien viu-se constantemente em meio a ela. Encontrou-se com Smith uma vez mais em agosto e eles conversaram tristemente sobre o amigo morto e o outro membro fundador da T.C., B.S., Christopher Wiseman, que estava então servindo como oficial da Marinha Real Britânica. Agora, os dois homens estavam endurecidos pela guerra, amargos e raivosos. Tentaram quebrar a melancolia com leveza, mas tiveram sucesso apenas em parte. Seria o último encontro deles.

E assim, adiante, os exércitos continuaram com sua ação violenta por setembro e outubro, e até mesmo com os primeiros sinais da chegada do inverno, quando ventos fortes e chuva gelada varriam os campos destroçados e ressacados, as armas nunca cessavam. As trincheiras, mais do que nunca, ficaram tomadas pela lama; por vezes, chegava até a cintura, sempre com um cheiro fétido, infestada de doenças e ratos.

Havia pouca surpresa então com o fato de que, em Somme e em outros lugares por onde a guerra se estendia, mais homens ficavam doentes com febres e doenças misteriosas do que feridos na batalha. A reunião de sintomas de febre intensos era chamada de "febre de trincheira", uma infecção bacteriana (chamada de pirexia pelos médicos do campo de batalha) espalhada através de piolhos. Em novembro de 1916, depois de cinco meses na França, Tolkien foi mais um número a somar nas estatísticas médicas de soldados derrubados pela doença.

Ele estava em uma comuna chamada Beauval na época e, depois de sofrer uma forte febre por dois dias, foi levado para um hospital em Le Touquet, na costa francesa. Uma semana depois, como seus sintomas persistiam, foi decidido que deveria retornar à Inglaterra. Em 9 de novembro de 1916, Tolkien se encontrava em uma cidade que lhe era muito familiar, Birmingham.

Edith veio visitá-lo imediatamente e, entre os médicos, parecia haver alguma preocupação em relação à gravidade de seu estado. Ele foi mantido no hospital por seis semanas, mas não havia nada a ser feito. A febre de trincheira era uma doença séria e muitos soldados morreram por causa dela, particularmente se também estivessem enfraquecidos por lesões e ferimentos. Em uma época anterior à descoberta dos antibióticos e com pouca compreensão do mecanismo pelo qual a doença operava, o melhor que a ciência médica poderia fazer era manter os pacientes sob observação e bem alimentados.

Imediatamente após o casamento, Edith mudou-se para o vilarejo chamado Great Haywood, em Staffordshire, próximo ao campo de treinamento onde Tolkien havia sido colocado na preparação para a França. Ela novamente hospedou-se com a sua prima Jennie, em uma casinha arrumada no coração do pitoresco vilarejo, e morou lá durante todo o ano de 1916. Na terceira semana de dezembro, os médicos em Birmingham decidiram que Tolkien estava bem o suficiente para viajar e ele foi de trem com Edith para recuperar-se na casa em Great Haywood.

Esta foi uma época incrivelmente relaxante para Tolkien. Apesar da terrível experiência das trincheiras estar ainda fresca e dolorosa e de ter latente a ideia de que logo teria de voltar para a França, ele e Edith aproveitaram o tempo que suspeitavam que seria apenas um mero intervalo. Eles se esforçaram para tirar a guerra de suas cabeças, mas claro que era difícil. Estava frio e as restrições impostas pelo conflito tornavam a vida particularmente desconfortável; não havia gasolina o suficiente e as refeições eram leves. O pior de tudo, as notícias da guerra sempre pareciam ruins. Logo antes de deixar Birmingham, Tolkien tinha ouvido falar que Smith morrera por ferimentos causados por estilhaços que haviam gangrenado. Agora, dos quatros membros originais da T.C., B.S., somente Tolkien e Christopher Wiseman tinham sobrevivido aos dois primeiros anos da guerra.

A mudança constante do esforço militar e político só poderia oferecer confusão. Em novembro, Woodrow Wilson manteve a presidência dos Estados Unidos e, em 7 de dezembro, enquanto Tolkien recuperava suas forças em Birmingham, David Lloyd George havia se tornado primeiro-ministro do Reino Unido. Os laços britânicos e norte-americanos estavam se tornando mais fortes do que nunca e falava-se que, em breve, os Estados Unidos viriam unir forças na luta contra o Kaiser. Mas, para além de qualquer análise, havia a reação emocional à guerra, a total falta de sentido, a futilidade e o sentimento irrepreensível de que o futuro poderia ainda provar-se pior do que o presente. Estas impressões dominavam os pensamentos de muitos em toda a Europa naquele Natal e foram profundamente sentidas na casa em Great Haywood.

Numa tentativa de dissipar o clima sombrio, Edith tocava piano e Tolkien a desenhava. Eles saíam para caminhadas curtas, enrolados em cobertores que os aqueciam e os protegiam do vento cortante, e sentavam-se em volta da lareira para conversar, como raramente haviam tido chance de fazer anteriormente. Edith engravidou naquele mês e esta notícia trouxe alegrias e anseios. Que tipo de mundo eles poderiam oferecer à criança que começava a crescer no ventre de Edith? Era um pensamento compartilhado por muitos naquela época fria.

Durante o mês de janeiro, Tolkien pareceu estar se recuperando muito bem, mas, ao final do mês seguinte, teve uma recaída. Ficou doente de novo por três semanas, recuperando-se bem apenas para viajar novamente, desta vez para um posto em um acampamento em Yorkshire, onde as autoridades esperavam que ele fosse capaz de receber novo treinamento para a guerra.

Ronald viajou sozinho para o norte e Edith e Jennie seguiram logo depois. As mulheres encontraram quartos em Hornsea, um lugar deplorável, varrido pelo vento, na costa. A cidade era triste o suficiente durante os tempos mais felizes, mas agora estava quase totalmente deserta e completamente deprimente, coberta com um manto cinza e congelado, formado pelas nuvens do final do inverno.

Mas então, logo após sua chegada ao campo de treinamento, Tolkien ficou doente de novo. Dessa vez, os sintomas eram mais graves do que qualquer momento desde o seu retorno à Inglaterra e ele foi encaminhado a um sanatório próximo, em Harrogate. Lá, sua saúde melhorou mais uma vez e, em poucas semanas, retornou de novo ao acampamento.

E assim foi durante a primavera e o verão de 1917. Crises de enfermidade, às vezes graves, outras nem tanto, eram pontuadas por breves períodos de melhora. Este ciclo trouxe dificuldades imensas para Edith, assim como para o seu marido. No final do verão de 1917, com a gestação em estado avançado, o clima quente era desconfortável para ela e a hospedagem em Hornsea muito ruim, comparada às casinhas confortáveis que Edith havia dividido com Jennie desde antes da guerra. Não é de surpreender que ela estivesse ficando depressiva e ansiosa, e assim, em setembro, ficou decidido que Edith deveria retornar à Cheltenham para esperar as semanas finais de gravidez.

Em 16 de novembro, nasceu o primeiro filho do casal, um menino a quem deram o nome de John Francis Reuel. Edith teve o bebê em uma casa de saúde em Cheltenham, com a prima Jennie a seu lado. Tolkien só conseguiu visitá-la após quase uma semana, mas assim que Edith sentiu-se capaz de viajar, ela e seu filho recém-nascido pegaram o trem rumo ao norte e se mudaram para mais uma residência temporária, desta vez no pequeno vilarejo de Roos, próximo ao último acampamento do exército para onde Tolkien fora encaminhado.

Na Inglaterra, havia esperanças genuínas de que a guerra estivesse entrando em sua fase final e de que os aliados sairiam vitoriosos em breve. E havia boas razões para um pouco de otimismo, pois o desenho da guerra tinha mudado dramaticamente durante os últimos meses. Naquela primavera, os Estados Unidos declararam guerra contra a Alemanha e um constante fluxo de tropas, munição e armamentos estava chegando à Europa. A Marinha Real Britânica, que estava lutando com os alemães ao longo da costa europeia e no Atlântico por três anos e meio, era agora acompanhada por navios norte-americanos. Juntos, eles estavam aplacando a ameaça dos submarinos alemães, que vinham causando estragos aos navios mercantes e atrapalhando gravemente o suprimento de comida e munições que atravessava o Atlântico.

O envolvimento dos Estados Unidos marcou uma mudança decisiva no curso da guerra e ofereceu à Inglaterra uma nova esperança de que os aliados derrubariam as forças alemãs. Mas ainda havia grandes incertezas em relação à Rússia e ao front oriental. Em outubro e novembro de 1917, os bolcheviques, liderados por Trotski e Lenin, atacaram Moscou e tomaram o poder. A Rússia estava em turbulência, o país havia perdido alguns milhões de homens na luta contra a Alemanha e, em um movimento apelidado de "ofensiva da paz", os novos líderes pediram o fim do conflito.

Roos foi outro porto seguro para Edith e Ronald, outro pingo de felicidade e calmaria em meio ao caos e, pela primeira vez, eles poderiam permitir-se a esperança de que Ronald não teria que voltar à frente de batalha. Mas este devaneio durou pouco. Tolkien não foi chamado para lutar novamente na França, mas, em março, foi colocado em um acampamento em torno de cem quilômetros ao sul, em Penkridge, Staffordshire, e assim, uma vez mais, Edith, o bebê John e Jennie Grove estavam de mudança com ele. Então, assim que desfizeram as malas, o exército decidiu que Tolkien deveria retornar à Yorkshire.

Isso foi demais para Edith e ela recusou-se terminantemente a fazer outra mudança. Em vez disso, permaneceu em Penkridge e Ronald foi obrigado a viajar sozinho para Hull, onde logo se sentiu doente mais uma vez e foi encaminhado para outro hospital.

Agora, Edith encontrava-se perto da exaustão e perturbada emocionalmente. Tolkien havia ficado doente, entre melhoras e pioras, por mais de dezoito meses e, apesar de Edith poder contar com a sorte de ter um marido que havia sobrevivido à guerra, ela havia mudado de casa meia dúzia de vezes desde que seu marido voltara das trincheiras. Sua exasperação é compreensível e fica claro, a partir das cartas escritas a seu marido durante este período, que ela estava agora tentando aplacar a sua frustração. Em uma delas, ela assinalou, com um pouco de humor, que Ronald havia estado na cama por tanto tempo durante os dois anos, desde seu retorno da guerra, que não deveria sentir-se cansado nunca mais.

Mas agora o pior havia passado. Os aliados continuavam a sofrer com as pesadas baixas durante o último da guerra (Wilfred Owen perdeu a sua vida uma semana antes da rendição alemã, morto por tiros de metralhadora enquanto liderava seus homens na travessia do Canal de Sambre), mas, ao final de 1917, a maré do conflito havia virado.[7] Em 11 de novembro de 1918, o comandante supremo dos aliados, marechal Ferdinand Foch, aceitou a rendição alemã de um oficial do governo, *Herr* Matthias Erzberger, em um vagão de trem situado no espaço para manobras ao final da linha férrea, em Compiègne, França. No dia seguinte, Tolkien escreveu a seu comandante perguntando por um cargo em Oxford, assim ele poderia continuar os estudos até que fosse desmobilizado.

7 Segundo alguns relatos, os sinos estavam tocando em 11 de novembro de 1918, em Shrewsbury, para celebrar o armistício, quando o telegrama chegou à casa de Owen, informando aos pais de Wilfred da morte de seu filho.

CAPÍTULO 5

Mundos Fantásticos

Todo fã da obra de J.R.R. Tolkien sabe que o ciclo de livros que narram as relações da Terra-Média é único. A segunda metade do século passado viu a publicação de milhares de fantasias que devem muito a Tolkien, mas nenhuma delas ofereceu ao leitor o senso de plenitude e integridade que vem de *O Hobbit*, *O Senhor dos Anéis*, *O Silmarillion* e *Contos Inacabados*. E há uma razão muito boa para esta singularidade. Ao contrário de qualquer outro autor nos tempos modernos, quando não estava se reunindo com seus companheiros acadêmicos, Tolkien dedicava quase toda sua vida adulta, cerca de sessenta anos, a esta criação única. Em alguns aspectos, seu mundo interno, este da Terra-Média, tornou-se mais real para ele do que sua própria vida.

Mas como este projeto vasto, esta conjunção de uma realidade totalmente alternativa começou? Quais foram as influências que desencadearam a criação? E o que manteve Tolkien imerso e absorvido por tanto tempo?

Essas questões são complexas e alguns aspectos, difíceis de explicar, mas devemos ao menos tentar seguir o pensamento de Tolkien e procurar as raízes e os estímulos.

Primeiro, devemos olhar a natureza da primeira infância de Tolkien. Já vimos como ele amava os campos da Inglaterra e isto, claro, teve um grande impacto na maneira como visualizava grande parte de seu mundo ficcional. Como a maioria das crianças, Tolkien fantasiava e inventava brincadeiras onde monstros imaginários e feras terríveis perambulavam pela terra. Curiosamente, porém, estas imagens parecem ter ficado muito claras em sua cabeça, pois, quando passou a escrever, foi atraído por esta paisagem distante e imaginária. Quando não pôde mais brincar com Hilary, ele começou a criar personagens ficcionais que poderiam substituir o irmão mais novo. É isso o que fazem todos os escritores de ficção. Mas é significativo que o mundo imaginário de Tolkien tenha se enraizado quando ele era muito novo e ofereceu uma realidade alternativa extremamente complexa baseada no universo que se aproximava dos contos de fadas do começo de sua infância. Já adulto, Tolkien foi hábil em pegar essa visão simples e transformá-la em algo que continua a prender a imaginação dos leitores e a evocar uma mitologia verossímil e totalmente cativante.

E o desejo de produzir uma mitologia está no cerne da criação da Terra-Média de Tolkien. Ele começou a trabalhar no primeiro material, que mais tarde tornou-se parte desta grande saga, durante os anos finais da Primeira Guerra Mundial e queria escrever o que definiu como uma "mitologia para a Inglaterra". A partir dos estudos de línguas e culturas antigas que usavam estas línguas, ele chegou a conclusão de que, ao contrário da Islândia, da Escandinávia e da Europa Central, a Inglaterra não tinha um conjunto significativo de lendas escritas que formassem uma mitologia completa. A literatura inglesa antiga poderia oferecer somente fragmentos, ecos dos contos do rei Artur e vislumbres de um tempo há muito perdido. Como já vimos, Tolkien dava pouca importância a Shakespeare, por mais que alguns considerem que o bardo também havia registrado mitos e lendas, e o trabalho de Chaucer também oferecia pouca inspiração para ele. A Inglaterra não tinha nada perto da dimensão da mitologia islandesa, como a *Edda em Prosa*, descrita pelo historiador do século XIII, Snorri Sturluson, o poema épico *Beowulf* ou os contos mitológicos do épico finlandês *Kalevala*.[1] Cabia a ele, Tolkien raciocinou, corrigir isto.

1 Nota completa na página ao lado *.

Tolkien não foi o primeiro a sugerir isto. Em *Howards End* (publicado em 1910), E.M. Forster escreveu:

> *Por que a Inglaterra não possui uma grande mitologia? Nosso folclore jamais avançou além da delicadeza encantadora e as maiores melodias sobre o nosso mundo rural foram todas sopradas pelas flautas da Grécia. Por mais profunda e autêntica que possa ser a imaginação local, parece ter falhado nisso. Parou nas bruxas e nas fadas.*[2]

E quem melhor do que Tolkien para escrever algo assim? Ele era a pessoa perfeita para criar uma mitologia da Terra-Média, pois o autor de um trabalho como este precisava combinar uma imaginação disciplinada e ativa com uma compreensão da linguagem. As pessoas se surpreendem com frequência ao saber que Tolkien era um acadêmico em tempo integral e escrevia ficção, especialmente à noite e em momentos curtos; certamente, muitos de seus colegas professores em Oxford ficaram assustados pelo que Tolkien havia feito quando seus livros tornaram-se famosos. Mas foi, sobretudo, por causa desta dupla habilidade que Tolkien conseguiu produzir uma cultura fantástica, que era ao mesmo tempo hermética e consistente. Como Tolkien havia aprendido quando era um jovem garoto, a língua é mais do que meras palavras.

O estudo de uma língua é, na verdade, o estudo de uma cultura. Não deixa de ser curioso que, apesar de Tolkien ser professor de Inglês Antigo e conhecer intimamente as regras da língua, assim como a estrutura e os detalhes de talvez uma dúzia de línguas diferentes, seu conhecimento de francês e espanhol fosse apenas um pouco acima da média. Isto porque o interesse de Tolkien estava na relação entre língua e cultura. O estudo de um poema como *Beowulf* – um fascínio de Tolkien

2 E.M. Forster, *Howards End* (Globo, 2005, p. 306). Trad. de Cássio de Arantes Leite.

* *Edda em Prosa* é um mito de criação e o documento central da antiga religião islandesa, equivalente ao *Antigo Testamento* no cristianismo. *Beowulf* foi escrito por volta de 700 d.C. e seu autor é desconhecido. No poema, o herói, Beowulf, salva os dinamarqueses de um monstro, Grendel. Meio século depois, é assassinado pelo fogo de um dragão, enquanto salvava sua própria tribo, os Godos da Escandinávia. Acredita-se que o poema tenha derivado do folclore nórdico. Foi escrito logo após a introdução do cristianismo ao povo escandinavo e combina diversos elementos pagãos e cristãos. Talvez ainda mais próximo à criação de Tolkien esteja o *Kalevala*, baseado em uma tradição oral que acredita ter-se originado a pelo menos dois mil anos. A versão moderna chegou até nós graças aos esforços de um médico finlandês chamado Elias Lönnrot, que dedicou muitos anos de sua vida compondo o *Kalevala* a partir de poemas orais. E ele publicou a primeira edição escrita em 1835.

desde os tempos de colégio no King Edward – fornece grande quantidade de informações sobre como as pessoas dos países nórdicos viviam e pensavam no século XVII. Na verdade, *Edda em Prosa* e *Beowulf* nos dizem muito mais sobre os nórdicos do que qualquer coletânea de descobertas arqueológicas jamais poderia revelar.

Assim, a partir do estudo de línguas antigas, Tolkien começou a apreciar o conceito de mito, que atuava como um documento da cultura. Percebendo isso, ele poderia então começar a construir sua própria mitologia para descrever uma cultura ficcional, um completo universo ficcional, na verdade, cujas raízes estão assentadas nas línguas dos povos de seu reino fantástico. Para Tolkien, a língua, e particularmente as línguas dos elfos, forneceu a semente para o seu épico.

Mas, é claro, a fascinação e uma imersão completa na língua não foram as únicas qualidades de que Tolkien precisava. Outros três fatores foram igualmente importantes. Primeiro, ele precisava de um tipo de imaginação que pudesse moldar a linguagem e mover os personagens através do universo ficcional que havia imaginado. Segundo, de disciplina para continuar escrevendo e, terceiro, de uma razão para fazê-lo.

É justo dizer que o segundo e o terceiro motivos estão ligados, pois, sem um ímpeto inicial poderoso e uma necessidade íntima de criar esta ficção (ou subcriar, como Tolkien a definia),[3] é difícil imaginar alguém trabalhando noite adentro, semana após semana, mês após mês, ano após ano.

Quais foram as motivações e o ímpeto de Tolkien? O que o compeliu a criar a Terra-Média e por que esta levou os contornos que tem?

O desejo de Tolkien em criar uma "mitologia para a Inglaterra" tinha as suas raízes no fato de não haver nada no cânone literário inglês que, como um patriota, ele pudesse chamar assim, mas também tinha muito a ver com o fato de que produzir um épico desta magnitude era algo que ele *poderia* fazer, algo para o qual foi *preparado* para fazer. E foi esse feliz pensamento que lhe ocorreu assim que voltou para a Inglaterra doente com a febre de trincheira.

No entanto, devemos recuar um pouco mais para localizar a fonte original de sua inspiração, voltar aos tempos da amizade na época de colégio da T.C., B.S. Cada um dos jovens deste grupo, sentados com

3 Para Tolkien, somente Deus era dotado da capacidade de criar, os homens realizariam apenas subcriações. [NT]

seriedade em volta de suas xícaras de chá na biblioteca do Colégio King Edward, tinha um poderoso sentimento de destino. Cada um deles possuía uma confiança bem definida em sua própria destreza intelectual. Embora, como meninos, eles ainda não tivessem encontrado suas vocações e passassem muito tempo apenas flertando com ideias, acreditavam que fariam algo importante, algo significativo com suas vidas.

A última vez que todos eles haviam se encontrado foi durante as férias de Natal de 1914, na residência dos pais de Christopher Wiseman, que se mudara recentemente para uma casa bem grande e imponente, próxima ao parque de Wandsworth, ao sul de Londres. Sob a sombra da guerra, os quatro membros, Wiseman, Tolkien, G.B. Smith e Rob Gilson, todos homens de Oxbridge, convocados ou, como Tolkien, em preparação para suas obrigações militares, tiveram o que para eles era o fim de semana ideal, sentados conversando e simplesmente aproveitando as brincadeiras intelectuais. Claro, muito se conversou sobre a guerra: e como não? Mas eles tinham muitos outros interesses em comum; liam um para os outros, discutiam literatura, arte, política, assim como faziam quando estavam em uniformes escolares. Mas agora, cada um havia começado a encontrar um caminho, uma direção e foi durante aquele final de semana que Tolkien havia chegado à conclusão de que queria escrever. Ele não tinha, então, uma ideia clara para onde isso exatamente o levaria, mas acreditava que deveria começar a escrever poesia e, sendo totalmente desinteressado no verso moderno e compreendendo a importância e o alcance do poema épico, era inevitável que fosse dirigir sua atenção para esta antiga forma.

Mas então havia a guerra e a morte. Em menos de um ano, dois dos quatro, Gilson e Smith, estariam mortos e para os sobreviventes, Wiseman e Tolkien, o choque de mortalidade foi profundo. Smith descreveu em carta – apenas poucos dias antes de também ser fatalmente atingido – como a perda de Rob Gilson abalara o âmago da sua existência, mas que não quebraria a amizade deles. Os sobreviventes, acreditava Smith, aqueles que escapariam da guerra vivos e inteiros, deveriam representá-los, todos, e carregar a chama da T.C., B.S., para dizer o que a morte impedira de ser dito, para criar, produzir algo de que todos eles teriam se orgulhado.

Esta carta abalou Tolkien profundamente e, quando Smith morreu, suas palavras ficaram ainda mais comoventes. Em poucos dias, Tolkien começou a formular alguns dos primeiros elementos do que iria se tornar seu próprio épico, a sua mitologia da Inglaterra, para a T.C., B.S., para Gilson e Smith.

Se isso mostra como Tolkien foi impulsionado para a subcriação, o que então já estaria lá que nos ajuda a entender a direção que seguiu? Ele era, claro, um linguista e um estudante de cultura antiga e de mitologia, então isto certamente ofereceu-lhe uma vantagem, mas por que ele se voltou para a mitologia e para as línguas antigas em primeiro lugar?

Para responder a esta questão, precisamos voltar ainda mais, para um tempo antes da T.C., B.S., para um amor mais antigo e profundo - Mabel Tolkien.

Uma força poderosa e constante através da vida de Tolkien foi o amor por sua mãe, e uma crença enorme no fato de que ela havia morrido jovem pela rejeição ao seu catolicismo. Esta convicção reforçou a própria fé de Tolkien e o conduziu à religião, tornando-se talvez o aspecto mais importante de sua própria vida.

Mas é certamente mais do que uma coincidência que Tolkien tenha se interessado pela língua e mitologia antigas quase exatamente ao mesmo tempo que perdeu sua mãe. Poderia ter sido isso, então, uma parte do subconsciente de Tolkien ressentido com o catolicismo, ressentido com o fato de que a Igreja havia levado a sua mãe? Não poderia este aspecto íntimo ter buscado um reino não cristão, uma alternativa pagã e radical, um lugar onde não houvesse uma fé tradicional?

Um dos aspectos mais surpreendentes da mitologia de Tolkien é que, como as antigas tradições nas quais se baseava, ela descreve um mundo destituído de cristianismo. A Terra-Média é um mundo que, em linguajar cristão, havia "caído em desgraça", mas não havia se redimido.[4] Em outras palavras, é o mundo da primeira infância de Tolkien, um tempo e um lugar anterior ao encontro de sua mãe com a Igreja; Sarehole talvez, ou Bloemfontein, um mundo no qual sua mãe é jovem e saudável, um mundo onde eles estão juntos. Em seu subconsciente, a cada noite em que Tolkien retomava seu manuscrito, a cada noite em que deslizava o papel por sua máquina de escrever, ou começava uma ilustração com tinta e aquarela, ele retornava para os braços de sua mãe.

4 Este aspecto da Terra-Média é analisado mais detalhadamente no capítulo 12.

E quem poderia censurá-lo? Que outro poderoso impulso poderia haver? Esta suposição não leva em conta nada de magia, tampouco diminui as suas sensacionais realizações. A morte de sua mãe e suas razões proporcionaram a Tolkien um ímpeto inconsciente, algo que ele quase com certeza nunca se deu conta, mas é claro que isso apenas não iria nos dar a Terra-Média. Tolkien deve ter encontrado a força interior para seguir adiante, sozinho em seu escritório tarde da noite, pois assim retornava metaforicamente ao começo de sua infância, mas ainda teve que moldar uma mitologia inteira, produzir personagens e enredos convincentes e então estruturar uma vasta variedade de material da forma mais legível possível.

Esta façanha é ainda mais surpreendente quando consideramos que Tolkien estava realmente escrevendo no vazio. Além do fato de estar trabalhando sem qualquer apoio de um editor e sem razão para acreditar que seus livros jamais seriam lidos por mais que alguns amigos próximos, temos que lembrar que praticamente não havia precedentes para o que ele estava tentando fazer.

Em termos de popularidade global, o gênero fantástico é hoje um dos mais importantes, mas quando Tolkien começou a escrever, a "ficção fantástica" (ou os "romances épicos" como é chamada por alguns) estava muito à margem e era sempre incluída entre as obras seminais de ficção científica.

No entanto, a fantasia tem uma linhagem própria, longa e distinta. Há muitas e variadas discussões sobre quem foi o primeiro autor do gênero, assim como ainda há algum debate sobre o que constitui a fantasia e como ela se distingue da ficção científica. O grego Luciano de Samósata, que viveu durante o século II d.C., possivelmente foi o primeiro; suas "sátiras luciânicas" provavelmente são os exemplos mais antigos de fantasia que sobreviveram e serviram de modelo para muitas obras posteriores. Mais tarde, durante o século XV, o intelectual inglês e estadista Thomas More reavivou o estilo de Luciano e compôs o seu clássico *Utopia* (1516), imitado por muitos incluindo o herege italiano Tommaso Campanella, que foi perseguido e torturado pela Inquisição pelo que escreveu em seu livro *A Cidade do Sol* (1602).

Ligeiramente à esquerda destes esforços está uma das fantasias mais famosas, *As Viagens de Gulliver*, de Jonathan Swift, publicada em 1726, na qual o nosso herói viaja para terras bem distantes da realidade de sua própria vida requintada. O talento de Swift era bastante singular e, por causa da complexidade de sua história mais famosa, teve vários imitadores, mas poucos bem sucedidos. Mas os séculos XVIII e XIX produziram um número crescente de ficções significativas que poderiam ser classificadas como fantásticas, incluindo *Viagem Subterrânea de Nicola Klim* (1741), de Ludvig Holberg, *Micromégas* (1752), de ninguém menos que Voltaire, e claro, *Frankenstein* (1818), de Mary Shelley.

Outro autor que teve grande influência sobre futuros escritores de fantasia foi Walter Scott, cujos romances escritos no começo do século XIX reuniam realismo histórico e fantasia. Hoje, Scott é mais bem conhecido por seus contos de cavalaria, sobretudo *Ivanhoé*, publicado em 1819, e seus romances Waverley: *Guy Mannering* (1815), *Tähdistälukija – O Antiquário* (1816) e *O Anão Negro*, publicado no mesmo ano. Ele era um erudito talentoso e pesquisava o tema de seus romances com um cuidado meticuloso. Elementos da escrita de Scott ainda podem ser vistos na ficção fantástica do século XXI, sobretudo naquela situada em um "panorama medieval alternativo".

Um século mais tarde, com o advento da era tecnológica, a ficção científica e alguma ficção fantástica começaram a atrair o interesse do público leitor. As obras de Júlio Verne e H.G. Wells são talvez os melhores exemplos do gênero daquele tempo, mas seus livros, mais notavelmente *Vinte Mil Léguas Submarinas* (1870), de Verne, e *A Máquina do Tempo* (1895), de Wells, eram bastante distintos da fantasia ou da ficção romântica, pois lidavam com mundos *possíveis*, "realidades" reconhecíveis, onde a inovação científica e tecnológica desempenhava um papel central na trama. A fantasia afastava-se da ficção científica por essa época, pois, ao invés de trabalhar com ideias científicas e futurísticas, os escritores do gênero preferiam ambientar suas histórias dentro de mundos alternativos que poderiam ser tão distantes da "realidade" quanto eles desejassem.

Um dos mais importantes escritores de fantasia no final do século XIX foi o irlandês Lord Dunsany. Nascido Edward John Moreton Drax Plunkett em 1878, o 18º Barão de Dunsany foi educado em Eton, tornou-se amigo próximo do colega irlandês W.B. Yeats e escreveu em torno de setenta livros durante sua carreira que se estendeu por meio século. Como Tolkien, Dunsany foi acadêmico e ocupou a cadeira de Literatura Inglesa na Universidade de Atenas, escrevendo ficção no tempo livre. Seu primeiro livro, publicado em 1905, era uma coletânea de contos fantásticos chamada *The Gods of Pegana* e seguiu escrevendo outros, incluindo *The Sword of Welleran*. Ele cunhou o termo "além do nosso conhecimento" para descrever o gênero no qual atuava, a descrição de mundos onde quase tudo poderia acontecer e onde as regras gerais de nosso mundo físico não seriam necessariamente aplicáveis.

Tolkien certamente leu muito dos livros e contos de Dunsany, mas pouco registrou suas impressões sobre eles. Ficou muito entusiasmado com eles quando jovem, mas depois veio a considerá-los superficiais e concebidos com atenção insuficiente aos detalhes. Sua principal queixa em particular dizia respeito aos nomes escolhidos por Dunsany. Tolkien tomou um grande cuidado para se certificar de que todos os seus nomes foram obtidos usando regras linguísticas sensatas e era crítico a Dunsany, que simplesmente evocava-as sem aplicar qualquer conhecimento específico.

No entanto, fica claro que alguns aspectos dos contos de Dunsany alojaram-se na memória de Tolkien. Um exemplo vem do conto "The Hoard of the Gibbelins" (1912), em que Dunsany descreve os gibbelins (duendes ou orcs) sendo aqueles que comem, "como se sabe, nada mais nada menos que homens". Em outra história, "The Distressing Tale of Thangobrind the Jeweller" (1912), seu herói tem um encontro horrível com Hlo-hlo, a aranha idolatrada, e, em um dos romances de maior sucesso de Dunsany, *The King of Elfland's Daughter* (1924), Alveric do Vale de Erl vai além dos campos que conhecemos e retorna com a filha do rei de Elfland à morada élfica.

Mas uma influência maior que Dunsany, e uma que Tolkien foi muito feliz em reconhecer como tal, foi William Morris, nascido em 1834. Seus pais eram evangelistas ricos o mimaram tanto a ponto de fazer dele um tipo solitário. Quando tinha sete anos, tornou-se fascinado pela cultura medieval e todas as coisas relacionadas à cavalaria, cavaleiros errantes e proezas heroicas. Este interesse foi cultivado pela grande paixão de Morris pelos escritos de Walter Scott e, em particular, a série de romances Waverley. Isso cresceu a ponto de tornar-se uma obsessão e, quando tinha nove anos, o pai coruja ainda o presenteou com um pônei e uma pequena armadura, assim o pequeno William poderia vivenciar suas fantasias nas profundezas da Floresta de Epping, próxima à casa da família.

Morris era estudioso e altamente criativo. Interessava-se por arte, livros e história e, conforme crescia, começou a substituir as brincadeiras pela criação. Ele se saiu bem na escola e foi enviado para estudar na

Faculdade de Exeter, em Oxford, sendo admitido em 1853, 58 anos antes de Tolkien. Sua intenção original era estudar para entrar na Igreja, mas logo foi tomado pela vida artística. Quando seu pai morreu, William herdou uma renda anual de 900 libras esterlinas, que era mais do que o suficiente para viver sem a necessidade de um trabalho convencional.

Influenciado por Chaucer, Keats e Tennyson, a ficção de Morris era baseada no imaginário medieval, mas misturada com um mundo alternativo inteiramente criado pelo autor. Ele tornou-se uma figura de destaque no que ficou conhecido como o Movimento dos Artistas Pré-Rafaelitas e era próximo de Dante Gabriel Rossetti, Edward Burne-Jones e Algernon Charles Swinburne. Sua primeira obra publicada foi um poema intitulado *The Earthly Paradise*, que ele começou em 1861. Então, durante o final da década de 1860, Morris tornou-se profundamente interessado na mitologia islandesa e seguiu adiante os estudos até conseguir publicar uma tradução do islandês para duas histórias antigas, *A Saga de Gunnlaug Língua-de-Cobra* e *A Saga de Grettir, o Forte*.[5]

Pela metade da década de 1870, Morris uniu sua devoção de uma vida inteira pela cultura medieval e a tradição da cavalaria inglesa com seu conhecimento de mitologia antiga, para criar o épico *The Story of Sigurd the Volsung and the Fall of the Niblungs*. Em seguida, vieram suas narrativas mais famosas, *The House of the Wolfings* (1888) e *The Wood Beyond the World* (1894). Dois anos depois, publicou *The Well at the World's End* que era, com suas mais de mil páginas – e até o surgimento de *O Senhor dos Anéis*, de Tolkien –, a mais longa obra de fantasia jamais publicada.[6] Ela também carrega algumas das marcas da ficção heroica que seria integrada à própria saga épica de Tolkien. A história elaborada por Morris se passa em um mundo muito próximo do nordeste da Inglaterra durante a Idade Média, mas, significativamente, como a Terra-Média, é um mundo imerso na magia e inteiramente intocado por qualquer forma de cristianismo.

5 *Gunnlaugs saga ormstungu* e *Grettis saga*, no original. No Brasil, há duas edições traduzidas diretamente do islandês para o português por Théo Moosburger: *Três Sagas Islandesas* (Editora UFPR, 2007), e *Saga dos Volsungos* (Hedra, 2009). A tradução para o castelhano coube a ninguém menos que Jorge Luís Borges, outro grande autor por elas influenciado. [NE]

6 Em tradução literal, respectivamente: *A História de Sigurd, o Volsung e a Queda dos Niblungs*; *A Casa dos Wolfings* e *O Bosque Além do Mundo* e *O Bem no Fim do Mundo*. No Brasil, o único livro de Morris publicado até o momento é *Notícias de Lugar Nenhum* (Perseu Abramo, 2002). [NE]

Esta série de livros posteriores foi extremamente importante para Tolkien, que somente descobriu Morris de verdade no começo de seu terceiro ano em Exeter, em 1913. Quando, naquele outono, ele ganhou o Prêmio Skeat de Inglês, usou parte das cinco libras que recebeu pelo prêmio para comprar um belo exemplar encadernado em couro de *The House of the Wolfings*.

Não há dúvidas de que Morris indicou o caminho para Tolkien e o seu estilo elegante (que apenas ocasionalmente deslizava para algo mais floreado). Como este pequeno trecho de *The Wood Beyond the World* ilustra, sua escrita tinha um "sentimento" similar a alguns dos escritos mais poéticos de Tolkien, sobretudo certas passagens de *O Silmarillion*:

> *Vimos lá um navio alto, que anteriormente havíamos notado com dificuldade, um navio todo preparado, com seus botes para fora, e homens a postos em seus remos prontos para rebocá-lo dali quando o cabo de reboque se soltou, e aparentemente os marinheiros estavam esperando um ou outro vir a bordo. Então Walter ficou assistindo ao referido navio de braços cruzados, e conforme olhava, ei!, um pessoal passava, abram caminho! Esses eram três; primeiro veio um anão de cor marrom-escuro e hediondo, com braços compridos e orelhas excessivamente grandes e caninos que se projetavam como as presas de uma besta selvagem. Estava vestido com um opulento casaco de seda amarelo, e revelava em sua mão um arco, protegido por um grande machado. Depois dele veio um homem feito, de aparência jovem, de escassas vinte primaveras; de cara honesta como uma flor; olhos verdes, cabelo castanho, lábios cheios e vermelhos, magro e de corpo delicado. Sua vestimenta era simples, um vestido verde curto e apertado, que deixava à mostra a tornozeleira de ferro na perna direita. O último dos três era uma senhora, alta e imponente, de aspecto tão radiante e roupas magníficas [...]*[7]

Houve outros escritores populares da época que fizeram muito para estabelecer o gênero fantástico. Henry Rider Haggard, melhor lembrado por seu romance formidável, *As Minas do Rei Salomão* (1885), e Edgar Rice Burroughs que misturava fantasia e ficção científica,

7 William Morris, *The Wood Beyond the World*, Dover Press, Nova York, 1972.

estavam se tornando populares no começo do século XX. James Branch Cabell era outro, cuja obra mais famosa, *The Biography of the Life of Manuel* (publicado em 18 volumes entre 1927 e 1930), se passava em um Estados Unidos alternativo. Como Morris, Cabell criou um mundo onde a magia e a tradição mitológica substituíam a religião convencional. Seus livros causavam indignação e um deles, *Jurgen: A Comedy of Justice* (1919), foi banido por muitos anos.[8]

Um contemporâneo mais significativo próximo a Tolkien e um homem que estava começando sua própria e ampla ficção fantástica quase ao mesmo tempo foi o escritor inglês Eric Rucker Eddison. Em 1922, publicou um romance intitulado *The Worm Ouroboros*, onde o personagem principal, um homem chamado Lessingham, é transportado para um mundo alternativo chamado Mercúrio, onde é atraído para uma batalha épica ao tentar mediar um conflito entre tribos em guerra.

Tolkien alegou que não havia lido a obra de Eddison até a década de 1940 e ainda descartou rispidamente qualquer sugestão de que *The Worm Ouroboros* havia sido uma influência literária. Não há razão para acreditar em outra coisa. Há poucos paralelos entre, digamos, *O Senhor dos Anéis* e qualquer uma das ficções de Eddison, exceto o fato de ambientarem - o denominador comum de quase todas as fantasias - a criação em uma realidade alternativa e consistente. No entanto, é interessante notar que, como Morris e Tolkien, Eddison era fascinado pela mitologia nórdica. Em 1926, ele publicou um romance viking, *Styrbiorn the Strong* e, como Morris antes dele, levou adiante a tradução de uma antiga fábula épica islandesa, *Egil's Saga Skallagrimssonar*.[9]

Tolkien encontrou Eddison muitas vezes em Oxford pois ele era convidado por C.S. Lewis para participar dos encontros dos Inklings quando estava na cidade. No entanto, segundo as recordações de Tolkien, Eddison era uma pessoa de caráter bem desagradável e agressivo, que considerava a escrita de Tolkien "suave". Tolkien, porém, manifestou sua opinião de que Eddison era provavelmente o melhor escritor de fantasia de sua geração.

Assim, foram esses, então, os precursores da iniciativa literária de Tolkien. Ele era um grande fã de Morris, havia lido e gostava de Walter

8 Em tradução literal, respectivamente, *A Biografia da Vida de Manuel* e *Jurgen: Uma Comédia de Justiça*, ambos sem edição no Brasil. [NE]

9 Respectivamente, as obras de Eddison: *O Verme de Ouroboros*; *Styrbion, O Forte* e *Saga de Egil Skallagrimssonar*, em tradução literal.

Scott e Dunsany. Deve ter lido Swift e mergulhado na ficção científica versátil de escritores como Verne e Wells. Foi introduzido e influenciado pela tradição mitológica dos povos nórdicos e das lendas germânicas, íntimo de *Beowulf*, assim como do pano de fundo fragmentado das tradições do inglês antigo e do inglês médio. Era familiarizado com Chaucer, completamente desinteressado em Shakespeare, impassível diante dos escritores da "era moderna" (de George Eliot a T.S. Eliot, passando por Charles Dickens) e sua própria imaginação literária era dirigida primeiramente pela criação de línguas e, a partir disto, a subcriação de culturas, lendas de povos distantes e criaturas mitológicas.

Tudo começou em 1914. Tolkien havia se interessado por versos antes do seu encontro derradeiro com os outros membros da T.C., B.S. Seu primeiro esforço conhecido é chamado "The Voyage of Earendel the Evening Star",[10] no qual ele se refere a um marinheiro, Earendel, e menciona pela primeira vez Westerland, que se tornou, em *O Silmarillion*, a terra dos imortais que fica no oeste distante. O poema de Tolkien extrai muito de sua atmosfera e de seu imaginário de uma série de poemas religiosos anglo-saxões chamada *Christ of Cynewulf* [*Cristo de Cynewulf*, em tradução literal], na qual um anjo de nome Earendel desempenha uma importante função. Este foi um dos períodos históricos que Tolkien havia estudado em sua graduação no ano anterior, e "The Voyage of Earendel the Evening Star" marca o início da inter-relação próxima entre o universo imaginário de Tolkien e aquele habitado pelos escritores da mitologia nórdica.

Tolkien ficou satisfeito com o seu esforço e começou a pensar imediatamente em expandir o assunto do poema em uma lenda mais ampla e talvez uma série de fábulas interligadas. Durante o final de 1914 e o começo do ano seguinte, Tolkien escreveu uma coletânea de poemas. No começo, achou difícil relacioná-los aos temas de "The Voyage of Earendel the Evening Star" e, em vez disso, explorou uma variedade de ambientes imaginários. Ele escreveu "Sea Chant of an Elder Day" ["Canto Marinho de Um Tempo Antigo", em tradução literal], um esforço um pouco exagerado onde experimentou o realismo na linha

10 "A Viagem de Earendel, Estrela Vespertina", em tradução literal. O poema integra a coletânea *The Book of Lost Tales Part Two* (1984), inédito no Brasil. Retomado em *O Silmarillon*, Earendel emprestaria seu epíteto, "Evenstar" ("Estrela Dalva", como é conhecido o planeta Vênus, a primeira estrela da noite), a Arwen. [NE]

do maior poeta romântico inglês, William Wordsworth (1770-1850). Não foi um grande sucesso, e seu amigo mais próximo, Christopher Wiseman, aconselhou-o a tentar reinar em sua língua e aprender a controlar a expressão. No poema seguinte, Tolkien voltou-se ao amor por Edith. Ele levou o conselho de Wiseman em conta, o escreveu em um estilo mais claro e simples e este teve mais sucesso. Ele escreveu, então, um poema chamado "O Homem da Lua Desceu Muito Cedo" ("The Man in the Moon Came Down Too Soon", no original) publicado muitos anos depois na coletânea *As Aventuras de Tom Bombadil*[11] e, no começo de 1915, sentiu-se confiante o suficiente para escrever algo a Edith, uma leve e bem-humorada cantiga chamada "Goblin Feet".[12]

Ainda que o trabalho mais original e interessante de Tolkien permanecesse nos esforços lentos e silenciosos, ele estava ampliando uma pequena sugestão de um conto incluída em "The Voyage of Earendel the Evening Star". Por essa época, estava trabalhando no que chamou de sua "linguagem de fadas sem sentido" por muitos anos e agora havia se transformado na base de um sistema linguístico versátil e autêntico, que iria, ao final das contas, formar as duas línguas élficas, o Quenya (ou Élfico Profundo) o Sindarin, falado por outros grupos de elfos da Terra-Média. Foi quando ele se deu conta de que poderia combinar suas imagens de um povo élfico com o princípio de uma ideia mais ampla, manifestada em "The Voyage of Earendel the Evening Star", onde as peças começaram a se encaixar e a mitologia da Terra-Média e as três eras do mundo começaram a ganhar vida.

Na primavera de 1915, enquanto estudava para os exames finais em Oxford, Tolkien começou "Lay of Earendel", sobre as viagens terrestres de Earendel, o marinheiro das estrelas, que viaja para a terra de Valinor. Lá, ele encontra duas árvores, uma que produz frutas douradas e outra, frutas prateadas. Este poema tem apenas relação passageira com a obra narrativa que Tolkien produziria depois e que o levaria a seus célebres livros, talvez parecendo-se a um poema que um príncipe élfico poderia declamar em Valfenda ou a uma história de fundo para um episódio em *O Silmarillion*. Decisivamente,

11 Originalmente em 1962 e, no Brasil, em 2008 pela Martins Fontes. [NE]

12 O poema foi publicado no mesmo ano, na *Oxford Poetry* e em diversas outras coletâneas, integrando o volume 1 de *The Book of Lost Tales*. O goblin é um ser parecido com o duende no folclore nórdico. Seus similares portugueses, os "tardos" e os "trasgos" parecem não ter migrado para o Brasil. [NE]

no entanto, ele colocou Tolkien no caminho certo e abriu todo um universo de possibilidades.

O ano de 1916 começou com alegria quando Tolkien e Edith finalmente se casaram, mas então a sorte de Ronald começou a minguar. A frustração se seguiu quando ele recebeu a sua primeira carta de recusa da editora Sidwick and Jackson, para quem havia enviado uma pequena coletânea de seu trabalho poético. Então seguiu-se uma dramática mudança de intensidade na vida de Tolkien. A vida acadêmica foi eliminada e substituída pelo treinamento militar e os rigores da guerra. O ano que havia começado com tanta promessa e otimismo terminava com morte por todos os lados, doença e pouca esperança para o futuro.

Tolkien nunca mais falou em escrever sua mitologia, nem durante a calmaria, nem nas esperas longas e aborrecidamente angustiantes entre as missões, mas uma parte de sua mente nunca esteve longe de planejá-la e imaginá-la. A guerra, e em particular a morte de dois de seus amigos mais próximos, serviu para focar a imaginação de Tolkien e estimulá-lo a sérios esforços depois que voltou para a Inglaterra. Mas há poucas dúvidas de que o que vivenciou durante a Batalha do Somme influenciou imensamente a sua escrita mais tarde.

Em um capítulo posterior, iremos considerar aspectos específicos de como as experiências de Tolkien no período de guerra tiveram impacto em seus enredos e personagens. Mas, como muitos destes detalhes foram cruciais para seu sucesso literário, depois que sua participação na guerra havia acabado, o sangue, a dor e a barbaridade das trincheiras trouxeram elementos para seu trabalho com uma crueldade nova e importante. Tolkien, à sua maneira idiossincrática, começou a imaginar um universo onde as forças das trevas lutam contra as forças da luz, o mal absoluto contra o bem absoluto. E assim, convalescendo na Inglaterra com visões do inferno e do heroísmo ainda frescas em sua mente, o verdadeiro trabalho de Tolkien havia começado.

O ambiente no qual este trabalho começou não poderia ter sido mais diferente da lama e da imundície do Somme. Great Haywood, o idílico vilarejo inglês onde Edith morava desde o começo de 1916 e para onde Tolkien foi enviado para descansar e tentar recuperar sua saúde, proporcionou um cenário pacífico e tranquilo.

Como vimos no último capítulo, este foi um tempo em que Tolkien e Edith ficaram mais próximos do que jamais haviam estado. Foi talvez a única vez em suas vidas em que não tiveram de dividir suas emoções com mais ninguém, sem compromissos profissionais e logo antes do primeiro filho nascer. Não é de se admirar, então, que a essência daquilo que se transformou em *O Silmarillion* seja uma combinação de romance, heroísmo e tragédia, pois estas eram as forças dominantes na mente de Tolkien no final de 1916; o impulso romântico foi Edith, os elementos de heroísmo e tragédia vieram da guerra.

Tolkien comprou um caderno barato e escreveu na capa: "O Livro dos Contos Perdidos".[13] Imediatamente, começou a preenchê-lo com fragmentos de histórias, poemas, desenhos e passagens mais detalhadas de sua subcriação, a sua própria mitologia. O primeiro conto completo (que por fim tornou-se um dos últimos episódios em *O Silmarillion*) foi "A Queda de Gondolin", que descreve uma batalha terrível aonde nosso herói, Earendel, o marinheiro, ajudou os elfos e os homens de Gondolin a lutar contra o ser supremo do mal, Morgoth.[14]

As memórias recentes das trincheiras sustentam este conto do começo ao fim; era o heroísmo e a tragédia vindo à tona e, com esta primeira narrativa completa, Tolkien foi capaz de seguir adiante para moldar o épico completo. Trabalhando incansavelmente durante todo o ano 1917 e de 1918, o drama completo e abrangente começou a se desenrolar.

"O Livro dos Contos Perdidos", ou *O Silmarillion*, é, naturalmente, formulado a partir da "lenda" tradicional, uma fábula do bem contra o mal. O drama começa realmente na Primeira Era, quando um elfo artesão, Fëanor, o noldor, cria três grandes joias, chamadas Silmarils. Estas pedras preciosas contêm a luz das Duas Árvores de Valinor que iluminam as terras imortais e são adoradas por todos os elfos e os valar (semideuses que trabalham para O Único e guiam o mundo). Na verdade, elas são tão bonitas que um dos valar, o renegado Morgoth (um Lúcifer pagão, talvez), deseja as joias, foge para a Terra-Média e, para completar, envenena as Duas Árvores em uma maldosa atitude de despedida.

Os elfos ficam tão enfurecidos com este ato que perseguem Morgoth decididos a recuperar seus preciosos Silmarils, e então começa

13 Esse seria o nome dado, mais tarde, aos primeiros dois volumes da *History of Middle-earth* (1983-1996), editada em doze volumes bem mais tarde por Christopher Tolkien; toda essa antologia encontra-se inédita no Brasil. [NE]

14 Earendel (Tolkien mudou mais tarde a grafia para Eärendil), descobre-se, é parte homem, parte elfo. É explicado mais tarde em *O Silmarillion* que ele é o filho de Tuor de Edain (os ancestrais dos númenorianos) e de Idril, filha de Turgon, rei dos elfos profundos de Gondolin.

uma série de guerras, um ciclo de lendas e fábulas envolvendo um vasto elenco de personagens, uniões de homens e elfos que lutam por séculos para recuperar as belas criações de Fëanor.

O Silmarillion é, em sua essência, uma história profundamente triste. Os elfos (os noldor) nunca podem vencer a guerra de verdade, da qual a queda de Gondolin é apenas uma pequena parte. Por fim, depois de muita dor e perda, eles conclamam os valar para ajudá-los. Os valar, no fim das contas, se compadecem dos noldor e vão para a Terra-Média. Segue-se uma batalha titânica, os valar esmagam Morgoth e destroem a sua fortaleza nas montanhas de Thangorodrim.

No entanto, esta é uma vitória de Pirro, e daí a tristeza. Na batalha final, a cidade élfica de Beleriand é engolida pelo mar, duas das três Silmarils são perdidas para sempre e muitos dos noldor ficam exilados na Terra-Média, onde morrem em guerras posteriores com Sauron durante a Segunda Era ou permanecem em número menor até o fim da Terceira Era.

E é esse aspecto da lenda, mais do que qualquer outro, que derivou mais claramente das experiências de guerra de Tolkien. O sentido de que nunca há uma vitória completa e que todo triunfo sempre é manchado pela perda é um elemento poderoso no universo de Tolkien. Através de todo o seu ciclo épico, a vitória é sempre alcançada com um custo atroz, o sucesso sempre é, ao final, parcialmente temperado com o fracasso. Um tom de tristeza, fragilidade e impermanência fundamenta tudo a respeito da Terra-Média.

Este pessimismo se estende até o mais romântico episódio em "O Livro dos Contos Perdidos". Em "De Beren e Lúthien", uma história com alusões a *Romeu e Julieta* e *Tristão e Isolda*, um homem, Beren, filho de Barahir, o chefe da Primeira Casa de Edain, esbarra com a princesa élfica Lúthien, filha de Thingol Greycloak, rei dos elfos de Doriath, enquanto ela dança no bosque. Eles se apaixonam e juntos desempenham um papel crucial na luta contra Morgoth. Eles exigem a devolução de uma das Silmarils da fortaleza de Morgoth, mas no momento do triunfo, Beren é atacado por um lobo lançado por seus inimigos e morre nos braços de sua amada. Lúthien Tinúviel, a imortal princesa dos elfos, escolhe morrer como uma mortal e assim acompanhar seu amado Beren.

Tolkien provavelmente escreveu esta história durante a primavera de 1918, meses depois de seus primeiro filho, John, ter nascido. A inspiração para começá-la veio quando Edith dançou para ele no bosque, perto de uma de suas casas temporárias durante a guerra, em Roos, Yorkshire. Por isso Tolkien sempre associou "Beren e Lúthien" a ele e Edith. Em sua mente, os esforços do casal que descreve na história refletiam as batalhas da vida real que ele e Edith tinham enfrentado e vencido. De todas as coisas que escreveu, "Beren e Lúthien" era a sua história favorita e, quando Edith morreu, 53 anos depois que a história foi escrita, Tolkien insistiu para que a sua lápide carregasse a inscrição:

EDITH MARY TOLKIEN
1889–1971
LÚTHIEN

As histórias que agora enchiam seu caderno significavam muito para Tolkien, mas ele não tinha uma ideia muito clara do que fazer com elas. Como veremos, mais tarde em sua carreira, *O Hobbit* já havia se tornado um sucesso quando Tolkien empreendeu suas primeiras tentativas para publicar *O Silmarillion*, e é fácil ver por que aquela obra era especial. Ele havia colocado tanto de si mesmo nela, coisas que amava, coisas que temia e que odiava. Nitidamente, é um documento muito pessoal e tornou-se uma obra que dominou sua vida. Ele nunca conseguiu finalizá-la de verdade. Mesmo já idoso, alguns meses antes de sua morte, em 1973, Tolkien ainda estava fazendo emendas e alterações no texto e examinando os detalhes da epopeia. E mesmo durante aqueles primeiros anos, quando o primeiro caderno havia sido completamente preenchido e seus contos da Terra-Média começaram a se espalhar por vários outros cadernos, ele sabia que este era o seu grande ato de subcriação. No começo dos anos 1970, ele não conseguia admitir que a fábula estivesse completa, pois ela havia tomado vida própria há muito tempo e acabou por absorvê-lo. Ele se tornava mais e mais identificado com a história, em um nível quase excessivo.

Em 1918, assim que deixou o exército para trás e começou a construir uma carreira, estava por vir uma vida como acadêmico, marido e pai dedicado. Ele podia apenas desejar que a obra, que o havia ocupado por quase dois anos, receberia um dia a atenção que ele sempre soube que ela merecia. Embora não tivesse como saber, a escrita de seu primeiro rascunho de *O Silmarillion* foi simplesmente o começo da batalha e suas tentativas de se tornar um escritor publicado tiveram reviravoltas estranhas e maravilhosas durante as décadas seguintes.

CAPÍTULO 6

A Caminhada

O Dia da Vitória trouxe com ele uma incrível alegria e alívio. A uma da tarde o Big Ben soou pela primeira vez em quatro anos. Centenas de milhares de britânicos espalharam-se pelas ruas e o centro de Londres ficou lotado com a multidão que celebrou o dia inteiro e se estendeu pela noite fria. Um observador declarou que parecia "uma gigantesca saída do colégio".

Ao final do conflito, 10 milhões de homens, mulheres e crianças tinham morrido e a guerra havia exaurido os recursos das grandes nações europeias. Mas também tinha mudado a cara da civilização ocidental. O Império da Prússia, que levara mil anos para ser formado, através de guerras e casamentos, dissolveu-se em pouco mais de cinquenta meses. E de suas cinzas, quatro "novos" países foram criados pelas nações vitoriosas – Áustria, Tchecoslováquia, Hungria e Iugoslávia. Em uníssono, o povo europeu prometeu que nunca mais iria repetir tal carnificina novamente.

Tolkien estava em Hull quando as notícias chegaram, mas não tinha intenção de permanecer no exército mais tempo do que precisava. Ele já havia pedido permissão para retornar à sua vida acadêmica e durante este período recebeu uma oferta de trabalho em Oxford. Poucas semanas depois, seu pedido foi concedido. Ele estava livre para pegar

Edith, o pequeno John e a sempre presente Jenni Grove em Penkridge, onde estavam morando desde a primavera, e juntos viajariam para Oxford, o lugar que Tolkien há muito considerava sua casa.

O trabalho, o primeiro de Tolkien, era como linguista para o *The New English Dictionary*, que estava então sendo compilado em Oxford, em um lugar com salas pequeninas e mofadas, no meio do prédio do Museu de História das Ciências, na Broad Street, perto do centro da cidade.

Era um cargo extremamente mal remunerado, mas serviu ao propósito de levar Tolkien de volta a Oxford com uma atividade que lhe rendia algum dinheiro e, no começo de 1919, quando começou a trabalhar, provavelmente sabia que esta era apenas uma ocupação temporária.

O *The New English Dictionary* era um projeto excepcionalmente grande que havia começado em 1878 pelas mãos de um editor dedicado, chamado James Murray, falecido em 1915, depois de dedicar quarenta anos de sua vida ao projeto.[1] Os primeiros 22 anos do projeto tinham levado os compiladores da letra A a H e agora eles estavam na segunda fase, cobrindo as letras do alfabeto que ainda faltavam. Coube a Tolkien trabalhar em algumas palavras que começavam com W.

Era o tipo de trabalho que exigia uma atenção meticulosa ao detalhe e um profundo conhecimento da língua, mas era extremamente maçante. Tolkien tinha as habilidades linguísticas para se sobressair no trabalho, mas sabia que deveria trabalhar com uma perspectiva mais ampla de uma vida acadêmica. Ele ficou responsável por apenas algumas palavras por um tempo e precisava pesquisar a fundo suas raízes e significados. Ele deveria encontrar as intrincadas ligações entre estas palavras em inglês e seu equivalente em uma dúzia de línguas, incluindo línguas arcaicas (como o inglês antigo) e traçar a maneira como evoluíram. Apenas uma pequena parcela deste material iria aparecer na obra final, mas os compiladores acreditavam que tudo que se pudesse saber sobre a palavra deveria ser levantado, assim, as duas ou três linhas que iriam constar do dicionário seriam precisas e definitivas. Muitas vezes, a pesquisa de uma única palavra, quando Tolkien realizava uma análise e um relatório completos, tomava uma semana.

1 Para uma descrição extremamente divertida de como o dicionário começou e a história humana por trás dele, leia *O Professor e o Louco: Uma História de Assassinato e Loucura Durante a Elaboração do Dicionário Oxford* (Companhia de Bolso, 2009), de Simon Winchester.

Durante os primeiros meses em Oxford, os Tolkien alugaram um pequeno apartamento na St. John Street, próximo ao prédio do museu. Era apertado e desconfortável, mas ele logo seria capaz de dar aulas particulares no apartamento e isto complementaria seu salário minguado. Assim, no verão de 1919, ele decidiu que poderiam bancar um aluguel de uma pequena casa não muito longe, na Alfred Street.

Isso proporcionou uma grande melhora na qualidade de vida da família. Ali havia muitos quartos, eles puderam contratar uma empregada e, o mais importante para Edith, conseguiram recuperar seu piano do depósito, tirar a poeira e assegurar-lhe um lugar privilegiado na sala de estar. Também era muito mais prático com um ambiente para ensinar estudantes universitários e Tolkien tinha a grande vantagem para conseguir lecionar para alunas mulheres, pois a presença de sua esposa e de Jennie Grove significava que as jovens não precisavam de um acompanhante.

De fato, Tolkien descobriu que realmente era um professor muito bom. Era popular entre os estudantes, o trabalho deles melhorava consideravelmente e ele gostava dessa nova ocupação. Na primavera seguinte, com um pequeno grupo de alunos fechado para o restante do ano acadêmico, Tolkien calculou que poderia largar o trabalho no *The New English Dictionary*.

Ele deve ter se sentido atipicamente confiante, pois mesmo depois de Edith ter acabado de anunciar que estava grávida de seu segundo filho, persistiu no projeto. Isso coincidiu com a confirmação de sua vontade de seguir de fato a carreira acadêmica. Ele havia descoberto que possuía o dom de comunicar seu próprio entusiasmo com seu tema de pesquisa e sabia que trabalhar como linguista fora da universidade, em empregos como o do *The New English Dictionary*, definitivamente não era para ele.

No verão de 1920, Tolkien soube que a cátedra de Língua Inglesa na Universidade de Leeds ficou vaga depois que o professor de Inglês, F.W. Moorman, morreu afogado acidentalmente. Sem comentar nada com Edith, ele se candidatou ao cargo e ficou surpreso quando uma carta chegou a Alfred Street convidando-o para uma entrevista.

Ele tinha poucas expectativas e quando recebeu tal convite, pensou que iria concorrer com candidatos muito mais experientes, e assim teria poucas esperanças de ser bem-sucedido. Mas, depois de passar um dia na universidade e se dar extremamente bem com o novo professor de Inglês, George Gordon – quem o havia convocado –, ele começou a pensar que poderia ter uma chance, afinal. Alguns dias depois, a oferta oficial para o cargo chegou e ele teve que contar a Edith que teriam que se mudar.

Ela ficou compreensivelmente aborrecida, pois queria acreditar que a vida de viajante agora acabara e eles ficariam em Oxford, uma cidade da qual começava a gostar. Mas ficou claro que não tinham outra opção. Para Tolkien, isto era um grande passo a frente em sua carreira e ele simplesmente não poderia recusá-lo.

A cidade de Leeds não é um lugar atrativo e nunca foi. O centro da cidade era dominado por sombrias casas geminadas (com dois aposentos em cima e dois embaixo, apenas quatro no total). Cada casa tinha um pequeno quintal concretado e elas se espremiam em ruas estreitas e sem árvores. A universidade era igualmente nada atrativa – hoje seria chamada de "universidade de tijolos vermelhos" –, muito distante do esplendor de Oxford.[2]

Para Tolkien, os primeiros meses nesse novo emprego foram particularmente depressivos. Com Edith permanecendo em Oxford para ter o bebê, ele foi obrigado a viver em um pequeno quarto e sala perto da universidade. Viajava para Oxford toda semana, no último trem da sexta-feira, e voltava no domingo. Na verdade, as coisas estavam tão miseráveis que se candidatou a outros dois cargos acadêmicos. O primeiro era para a Cátedra Baines, na Universidade de Liverpool, e o outro era um novo cargo, a Cadeira De Beers, na Universidade da Cidade do Cabo, sustentado pela famosa mina de diamantes da família de mesmo nome.

Tolkien foi ignorado pelo Departamento de Inglês em Liverpool, mas ficou abalado ao ouvir que o cargo na Cidade do Cabo seria seu, caso ele o quisesse. Ele deve ter refletido bastante sobre isso em seu pequeno e acanhado quarto durante aquele inverno congelante. Não se lembrava de nada dos primeiros anos na África do Sul, isso havia se tornado para ele quase um passado lendário, mas apesar de estimulante, uma mudança para a Cidade do Cabo traria consigo seus próprios problemas.

2 Universidades do século XIX (Manchester, Birminghan, Liverpool, Leeds, Sheffield e Bristol) – por isso a referência ao estilo de construção –, que estariam em um segundo nível de qualidade no ranking das escolas britânicas, logo após às Oxbridge. [NE]

Enquanto estava tentando decidir o melhor a ser feito, Edith deu à luz ao segundo filho do casal, Michael, e logo após ela decidiu que estava pronta para viajar para o norte. Tolkien havia encontrado uma pequena casa perto da universidade, no número 11 do conjunto habitacional St. Mark's Terrace e, no começo de 1921, a família se mudou para lá. Parecia óbvio que ele não pudesse esperar que Edith concordasse em se mudar para o exterior e assim deixou passar a oferta da Cidade do Cabo.

Anos mais tarde, Tolkien se perguntava com frequência se havia tomado a decisão certa em relação a isso. Antes de se estabelecer em sua carreira e se tornar um escritor de sucesso, meditou sobre o fato de que esta poderia ter sido a grande chance de fazer algo estimulante em suas vidas. Mas, para a surpresa de ambos, com a chegada da primavera e a família reunida em Leeds, perceberam que estavam começando a gostar de viver lá.

A partir da Alfred Street, em Oxford, a expectativa de mudança encheu-os de temor, mas por razões completamente diferentes, eles encontraram muitas coisas boas em Leeds. Edith preferia o clima menos formal da cidade, diante do ambiente refinado das faculdades de Oxford, e rapidamente fez amizade com as mulheres dos colegas de Ronald.

O Departamento de Inglês administrado por George Gordon era pequeno, mas estava crescendo. A universidade não tinha nada da exuberância das faculdades de Oxbridge e Tolkien teve que dividir uma sala com Gordon e o professor de Francês, os três apertados em um espaço que era um quarto do tamanho das salas suntuosas disponibilizadas para um professor de Oxford. As janelas eram sujas, a pintura descascava e a vista não se comparava às quadras exuberantes e ao antigo arenito de Exeter. Mas a paisagem e o conforto material não eram tudo. Tolkien respeitava e gostava de Gordon e rapidamente tornou-se querido entre seus alunos de inglês. A maioria deles vinha das cidades próximas, muitos de famílias de classe média baixa, e eram, quase todos, dedicados e comprometidos. A rica experiência com o elitismo em Oxford havia demonstrado a ele que inteligência e civilidade tinham o seu valor, mas, quando casadas com a preguiça e a arrogância, de nada serviam. De alguma maneira, os jovens que estudavam inglês em Leeds tinham aspectos parecidos com a personalidade de Tolkien, seu estoicismo e sua dedicação. Estes homens tiveram que superar as condições em que nasceram, assim como ele também teve.

E as coisas ficaram ainda melhores. No começo de 1922, um jovem acadêmico, que havia sido aluno particular de Tolkien dois anos antes na pequena casa da Alfred Street, chegou à Universidade de Leeds para ocupar o cargo de professor-assistente no Departamento de Inglês. Eric Gordon (nenhuma relação com George Gordon) era um erudito excepcionalmente brilhante, que compartilhava a obsessão de Tolkien pelas línguas antigas. Ele havia ganhado uma Rhodes Scholar[3] e, ainda em Oxford, teve muitas conversas agradáveis fora do âmbito acadêmico com Tolkien.

Logo estavam colaborando em publicações. A primeira delas foi um glossário para uma vasta coleção com trechos de inglês médio publicada no final de 1922, e então eles começaram a trabalhar no que iria se tornar a primeira publicação significativa de Tolkien, a nova edição do poema em inglês médio *Sir Gawain e o Cavaleiro Verde*.[4] Escrito por um poeta anônimo de Midlands Ocidentais, na região central da Inglaterra, por volta de 1380, o poema é um romance aliterativo (caracterizado por sons que se repetem no início de palavras contíguas), onde o protagonista, um dos cavaleiros do rei Artur, Sir Gawain, sobrevive a dois testes. O primeiro é degolar o diabólico Cavaleiro Verde; o segundo, resistir à tentação de cometer adultério com a esposa de um certo Lorde Bertilak.

Este era um dos poemas favoritos de Tolkien e Gordon e um dos textos mais importantes para os alunos dos cursos de inglês médio. Quando foi finalmente publicado pela editora Clarendon, de Oxford, em 1925, estabeleceu-se imediatamente como o texto padrão da faculdade e assim permaneceu por muitos anos.

Mas Tolkien e Gordon também eram amigos e fizeram muito para tornar o departamento de Inglês em Leeds mais interessante. Criaram o Viking Club para professores e alunos, que não tinha relação com muitos dos outros clubes e sociedades com as quais Tolkien estava envolvido. Havia o interesse intelectual em comum, proporcionado pelo estudo das línguas nórdicas e outras línguas e tradições antigas, mas foi pensado para ser realmente divertido, um alívio da academia. Os participantes gastavam a maior parte do tempo escrevendo versos

3 Uma das muitas bolsas de estudos oferecidas anualmente pela Universidade de Oxford para estudantes de países como África do Sul, Estados Unidos e Alemanha. [NT]

4 Publicado no Brasil pela Francisco Alves, 1995. [NE]

indecentes e engraçados, que eram lidos em voz alta, depois de grandes quantidades de cerveja no bar da faculdade, e serviu para fazer de Tolkien e Gordon praticamente os professores mais populares dali.

Enquanto isso, a vida doméstica de Tolkien continuava a ficar mais complicada, e suas responsabilidades maiores. No começo de 1924, Edith engravidou novamente, algo que não a agradou. A perspectiva de criar três crianças na pequena casa no St. Mark's Terrace não era nada boa e eles logo se mudaram novamente para uma casa maior e não muito distante, no número 2 da Darnley Road, em West Park. Havia poucas dúvidas se Tolkien deveria ter permanecido em Leeds toda a sua carreira e, por muitas razões, ele e sua família teriam sido felizes lá. Certamente não estava ganhando muito dinheiro, mas recebia um rendimento extra, corrigindo as provas para o School Certificate durante as férias de verão. Eles conseguiam apenas bancar umas férias curtas nas cidades litorâneas próximas a cada verão e havia uma oportunidade para que pudessem comprar em breve uma pequena casa própria. Além disso, Tolkien foi encorajado, em 1924, quando um novo cargo de professor foi criado no Departamento de Inglês de Leeds. Ele foi nomeado e ocupou o cargo em outubro, apenas um mês antes do nascimento de Christopher Reuel, o terceiro filho do casal.

Esta nova nomeação talvez tenha sido o suficiente para manter Tolkien em Leeds por mais algum tempo. Com ela, veio junto mais dinheiro e era um progresso importante, ainda que faltasse algo em sua carreira. Ele não ajudava sentindo que poderia fazer melhor por si mesmo e por sua família crescente. Foi, certamente, um feito notável ter ocupado tal cargo pela relativamente pouca idade de 32 anos, mas não havia como fugir do fato de que era em uma universidade pequena e provinciana. Apesar de não ter dito nada, Tolkien mirava postos mais elevados, talvez uma posição em Londres ou em uma das Oxbridge.

Ele não fez nada a respeito, mas logo no começo de 1925, uma oportunidade ideal apareceu. O professor de Inglês Antigo em Oxford, William Craigie, havia aceitado um cargo nos Estados Unidos e a posição mais desejada na área de Tolkien tornou-se inesperadamente disponível. Naturalmente, ele não pôde resistir.

Outros três candidatos se interessaram, todos mais experientes e melhor colocados para o emprego do que Tolkien. Portanto, apesar de suas ambições, parecia que iria ficar em Leeds por mais algum tempo. Mas então, um dos candidatos decidiu não participar da seleção, outro recebeu uma oferta e declinou, e restaram Tolkien e Kenneth Sisam, que havia sido um dos seus professores universitários em Exeter, dez anos antes.

Os professores que deveriam escolher o novo ocupante do cargo discutiram a questão por um bom tempo. Sisam era de longe mais experiente e era popular na universidade. Tolkien era uma espécie de incógnita. Havia ainda um elemento esnobe e elitista que influenciou alguns dos professores a ver o cargo ocupado por Tolkien na Universidade de Leeds como algo menos digno do que era. Mas Tolkien também tinha amigos e, além disso, o homem que lhe deu seu primeiro emprego acadêmico, George Gordon, havia se mudado para Oxford dois anos antes e era agora professor de Literatura Inglesa por lá.

Depois de um prolongado debate, os votos dos professores foram divididos igualmente entre Sisam e Tolkien, mas, influenciado por Gordon, o vice-reitor – que tinha direito ao voto de Minerva – escolheu o jovem professor de Leeds.

Não há dúvidas de que Tolkien foi genuinamente surpreendido. Em sua carta de renúncia ao vice-reitor da Universidade de Leeds ele deixou claro que, com tão pouca experiência, não previra de modo algum que lhe seria oferecido um emprego tão ilustre e que, ao invés disso, tinha a expectativa de permanecer em sua feliz posição na universidade ainda por muitos anos.

Para Edith, significava ainda mais agitação, mas foi um salto notável para Ronald e ela estava muito feliz por ele. Ela tinha começado a se estabelecer em Leeds, mas no fundo suspeitava que não viveriam lá para sempre, que seu brilhante marido não se contentaria por muito tempo em não ser o melhor.

J.R.R. TOLKIEN

CAPÍTULO 7

Vida Acadêmica

Ao descer do trem, vindo de Leeds até Oxford, é bem provável que Tolkien tenha contemplado por um momento sobre o quão longe havia chegado, em tão curto tempo. Lá se iam apenas 16 anos desde sua primeira incursão a Oxford, ainda jovem estudante, tentando passar com muito esforço no exame de admissão da universidade. Junto a isso a paixão, seguida do abandono e do inevitável fracasso na prova. Entretanto, um ano depois, retornaria para mais uma tentativa e, no outono de 1911, ingressou na Faculdade de Exeter. E ei-lo aqui, em outubro de 1925, recém-nomeado professor de Inglês Antigo. Mais uma vez sozinho na estação – Edith e os meninos ficaram em Leeds enquanto ele se ajeitava no novo emprego e procurava uma casa apropriada para a família –, porém, em todos os outros aspectos, sua vida havia se transformado. No que dizia respeito à sua vida acadêmica, ele chegou lá; havia atingido o auge de sua profissão.

Nos primeiros meses em Oxford, Tolkien estava muito ocupado, mas também extremamente feliz; parecia um regresso ao lar. Ele logo se viu bastante envolvido com o ensino e as funções administrativas, além de novas responsabilidades e atribuições. Como professor no departamento de Inglês de Oxford, agora fazia parte de um panorama social intenso. Era requisitado a participar de jantares, a representar sua escola, a orientar pós-graduandos e a fazer parte da política acadêmica de forma entusiasmada. Tomar outra postura seria considerado um equívoco e poderia dar margem para o falatório. Somado a todo esse novo contexto, ele deveria encontrar uma casa apropriada para a família, mas de todas as suas novas tarefas, esta era a que Tolkien estava mais bem acostumado.

No final de 1925, Tolkien encontrou uma casa grande e confortável na Northmoor Road, uma rua repleta de verde, no coração do mundo acadêmico de Oxford, ao norte do centro da cidade e de seus grandes prédios universitários. O número 22 da Northmoor Road era uma casa nova e atrativa, com um jardim grande e bonito. Roseiras subiam pela porta da frente e um caminho de pedra terminava em uma rua margeada por árvores e quase totalmente desprovida de carros. Era um lugar perfeito para criar a família e, logo após o Natal, Edith e os meninos – John agora com oito anos, Michael com cinco e Christopher que havia acabado de completar um – mudaram-se. Finalmente, haviam encontrado alguma estabilidade e os Tolkien permaneceram na Northmoor Road até 1947. A única mudança durante esse período foi para a casa vizinha, no número 20, quando eles a compraram do editor Basil Blackwell, em 1929.

Graças ao fato de Oxford ter ficado quase intacta após os bombardeios alemães, durante a Segunda Guerra Mundial, a Northmoor Road, cerca de um quilômetro e meio do centro da cidade, hoje difere pouco do que era durante os anos 1930. As duas casas ocupadas pelos Tolkien não mudaram tanto assim desde quando o professor de Inglês Antigo e sua crescente ninhada viveram lá. A rua em que professores e suas famílias moram permanece praticamente a mesma, apesar de, hoje em dia, poucos deles continuarem por duas décadas ou mais como os Tolkien. O número 20 da Northmoor Road é uma casa maior, mas continua a ser muito mais feia do que a casa do número 22. Ela é coberta com chapisco, assim como quando os Tolkien a compraram, e seu desenho assimétrico não é agradável, embora o vasto jardim compense.

A ida para Oxford marcou uma mudança significativa no estilo de vida da família Tolkien. As casas claustrofóbicas e as ruas cobertas de sujeira das cidades industriais ao norte do país haviam ficado para trás. Pela primeira vez, Edith sentiu que tinham encontrado a casa perfeita e seu marido, o emprego perfeito. No que diz respeito a Tolkien, não havia mais a vista desagradável da janela de seu escritório nem a necessidade de compartilhar sua sala com alguém. Ele pedalava para o trabalho por ruas silenciosas e margeadas por árvores, até surgir na St. Giles, a larga avenida que liga o norte de Oxford ao centro da cidade. A Faculdade de Merton, considerada sede do departamento de Inglês, fica atrás da igreja cristã de Meadow, que se estende até o rio Cherwell. No verão, os jardins da faculdade ficam radiantes com as flores multicoloridas. As reuniões na faculdade eram sobre temas amenos, durante as quais o chá era servido em xícaras chinesas e os funcionários ofereciam biscoitos.

Tolkien firmou-se em seu novo cargo imediatamente. Esperava-se que ele ministrasse uma série de disciplinas a cada ano e isso exigiu pouca preparação, pois, na sua essência, o curso era pouco diferente de Leeds, já que George Gordon havia usado o curso de Oxford como modelo para sua antiga faculdade. Algumas aulas eram ministradas na Faculdade de Pembroke (a qual ele era afiliado oficialmente), mas aconteciam com mais frequência nos prédios das Examination Schools, na High Street, cujo principal propósito era organizar e aplicar os exames da universidade.

As salas de aula nas Examination Schools eram vastas, com pé-direito alto, ricamente decoradas com colunas de estuque e paredes pintadas de cor pastel. As tábuas de madeira ecoavam a cada passo e a voz do professor ressoava. Algumas aulas, como as de Literatura Medieval, eram sempre cheias: todos os estudantes de Inglês eram obrigados a frequentá-las. Para outros cursos, Tolkien ensinava a pequenos grupos sobre assuntos mais específicos. Ele nunca se restringia aos temas estudados e estava propenso a divagar, de modo que, para alguns alunos, tornou-se uma espécie de jogo ver por quanto tempo conseguiriam levar seu professor para longe do previsto no currículo. Um estudante recorda-se como pensava na época que Tolkien era "tão louco como um chapeleiro" – numa referência ao personagem de *Alice no País das Maravilhas* –, pois deixava repentinamente o tema da disciplina de lado e começava a falar sobre duendes e elfos, metade murmurando para si mesmo, metade falando com a classe.

Tolkien adorava uma plateia e gostava especialmente de aulas nas quais podia se expressar de verdade. Ele tinha um amor profundo e constante por sua matéria e era excelente em transmiti-la a seus alunos, de tal maneira que poucos poderiam esquecer sua entrega apaixonada e vigorosa.

De todas as disciplinas de Tolkien, aquelas que tratavam de *Beowulf* eram, para muitos, as mais memoráveis. No começo da série de aulas, ele iria caminhar silenciosamente pela sala, subir no púlpito e, repentinamente, irromper com as linhas de abertura de *Beowulf*, quase gritando as palavras, enchendo a sala de aula com as estrofes altas, profundas e ressonantes. Seu rosto se contorcia enquanto ele falava as poderosas palavras em seu original inglês antigo: "Hwæt wē Gār Dena in geārdagum, þēeodcyninga þrym gefrunon, hu ða æþelingas ellen fremedon". ("Então, as lanças dinamarquesas em tempo idos e os reis que as haviam governado tinham coragem e grandeza. Temos ouvido a respeito daqueles feitos heróicos dos príncipes.")

Causava uma impressão memorável. O poeta W.H. Auden, grande admirador de Tolkien, com quem se correspondeu a partir de meados dos anos 1950, participou como estudante de uma das aulas sobre *Beowulf* e disse certa vez, em uma carta a seu antigo professor, que nunca havia esquecido a maneira como ele tinha impressionado a plateia com o impacto dramático do trecho, e como este permanecia em sua memória desde então.

O que fazia de Tolkien um professor tão bom era sua personalidade exuberante. Ele podia ser introvertido, até mesmo sem manter contato com os outros, mas era um comunicador nato, não importando se individualmente, como em suas aulas particulares, ou com uma plateia, como aquelas que ele encantava durante as aulas sobre um assunto tão misterioso e complexo como o inglês antigo. Isto foi bem resumido pelo escritor Desmond Albrow, que, muitos anos depois, recordou como havia conhecido Tolkien, quando foi seu aluno em seus estudos na Northmoor Road. "Ele era um professor", Albrow escreveu, "que se parecia com um... Tolkien usava cordões e jaqueta esportiva, fumava um cachimbo que lhe dava um ar pacífico, gargalhava aos montes, às vezes murmurava quando seus pensamentos ultrapassavam as palavras, olhava para os meus olhos - então idealistas - como se fosse o jovem ator Leslie Howard.[1] Havia um senso de civilização, uma lucidez cativante e uma sofisticação."[2]

1 Ator britânico (1893-1943), imortalizado pelo papel de Ashley Wilkes, em ...*E o Vento Levou* (1939). [NT]

2 Desmond Albrow, *Catholic Herald*, 31 jan. 1997.

Tolkien tinha algo de ator. Na época do King Edward, ele gostava das peças teatrais do colégio e, como aluno da graduação, envolveu-se com o teatro. Nos clubes e sociedades das quais foi membro proeminente, se orgulhava de fazer discursos, participar de debates ou ler amostras de sua própria ficção sem qualquer inibição e, já mais velho, até gostava de gravar a si mesmo lendo em élfico, usando um dos primeiros gravadores caseiros de fita cassete.

Ele adorava se fantasiar e mais de uma vez deliciou-se em assustar seus vizinhos na Northmoor Road, surgindo na rua vestido como um viking empunhando seu machado, antes de pedalar para uma festa a fantasia na faculdade. Apesar de começar a alegar, já na meia idade, que não gostava ou não aprovava o teatro, dizendo considerar o teatro moderno vulgar, tinha um profundo senso de entrega dramática. Quando estava bem humorado, podia facilmente abandonar a cara fechada, mais que um clichê do professor acadêmico, e fazer uma brincadeira contida. Uma vez, em uma loja de Oxford, uma vendedora demorou bastante tempo para atendê-lo, seguindo adiante com o que quer que fosse que estivesse fazendo. Então, para se vingar, quando chegou a hora de pagar, Tolkien entregou à mulher sua dentadura, junto com o dinheiro.

Durante um breve período, nos anos 1930, quando a família adquiriu um carro, Tolkien provou ser, no máximo, um motorista errático. O primeiro carro, apelidado de "Jo", por conta das duas primeiras letras do seu número de registro, foi um Morris Cowley, construído a apenas alguns quilômetros da Northmoor Road, na fábrica de automóveis Cowley. Tolkien teve uma série de pequenos acidentes com ele, mas foram suficientes para convencer Edith que estaria mais segura usando transporte público e, invariavelmente, ela se recusaria a entrar no carro se Tolkien estivesse dirigindo. Mais assustador ainda era seu hábito de ignorar os sinais de trânsito e cruzar a rua principal a caminho de uma rua lateral sem olhar e gritando "Carreguem suas armas que eles fugirão!"

A simplicidade de Tolkien para com os outros era útil a sua nova posição, pois, para ter sucesso como acadêmico em uma posição importante no corpo docente, era preciso talento e temperamento. Tanto para fazer política, como para lecionar sua própria disciplina. O cargo de professor também vinha acompanhado de deveres administrativos, que Tolkien achava entediante ao extremo. Ele odiava a mentalidade mesquinha e detestava a burocracia e o excesso de formalidade, mas quando uma questão significava muito para ele, batalhava pelos assuntos administrativos tão bem quanto qualquer um.

Uma batalha como esta ocupou Tolkien logo após sua chegada. A Faculdade de Língua e Literatura Inglesas era, em muitos aspectos, como uma sociedade infeliz de homens e mulheres. Ao contrário de muitas matérias com um currículo principal igualmente interessante para todos, muitos estudantes (os filólogos) estavam mais interessados na língua do que na literatura. Estes ressentiam-se em ter que ler um conjunto de textos de Chaucer, Shakespeare e outros ícones da tradição literária, enquanto, ao mesmo tempo, o grupo de literatura inglesa via pouca razão em estudar os poemas antigos como *Beowulf*.

Tolkien acreditava que durante o último ano do curso de Língua e Literatura Inglesas, os estudantes deveriam poder se especializar em seu próprio campo de interesse. Os devotos de literatura inglesa poderiam dizer adeus para o inglês médio e antigo e se concentrar em textos mais modernos. Já aqueles fascinados pelo cânone literário pré-chauceriano poderiam igualmente ser dispensados da necessidade de se debruçar sobre qualquer coisa escrita depois do século XIV.

É surpreendente, talvez, que tal aprimoramento lógico, simples e óbvio tenha tido qualquer oposição, mas certamente foi o que aconteceu. De fato, em 1925, quando Tolkien sugeriu pela primeira vez uma mudança curricular, quase ninguém na faculdade o apoiou. Mas, gradualmente, teve sucesso em persuadir muitos dos tradicionalistas, que se opunham a mudanças, de que o seu método seria um aperfeiçoamento. Reconhecidamente, levou seis anos até que as reformas fossem implementadas, mas dentro do mundo acadêmico da época, esta revisão era como a queda de um raio. Tolkien procedeu bem na Senior Common Room – uma sala usada com fins sociais pelos professores e outros membros superiores da faculdade – e ele era um comunicador persuasivo. Não era nem bajulador, nem um sectário agressivo, mas simplesmente sabia como se relacionar.

Em paralelo a estas diversas responsabilidades, Tolkien também desempenhava o papel de homem de família. Em 1929, quatro anos após se estabelecer em Oxford, a casa recebeu uma quarta criança, a filha que Edith há muito esperava: Priscilla. No entanto, ao mesmo tempo que a vinda do bebê trouxe a eles enorme alegria, foi mais uma pequena aflição nas crescentes responsabilidades de Tolkien. Ele tinha 37 anos e estava no auge de sua carreira acadêmica. Ser um professor em Oxford atraía elogios e status social, mas não era um cargo incrivelmente bem remunerado, e ele era obrigado a continuar corrigindo provas para o School Certificate (o que ele fez todos os verões por vinte anos).

Na verdade, a impressão que se tem a partir dos diários e cartas de Tolkien, entre 1925 e o final dos anos 1960, sugere que ele estivesse sempre trabalhando de alguma forma e que sua agenda era cansativa. Ele acordava cedo e geralmente recebia um aluno na Northmoor Road antes de se dirigir para Oxford para dar aula. Havia reuniões frequentes na faculdade para lidar com assuntos administrativos sem fim. Após o almoço, às vezes daria outra aula ou voltaria para casa para corrigir provas ou ensaios dos alunos. Sempre havia cursos para serem preparados, avisos para serem dados aos colegas, cartas a escrever, conselhos para participar. Além de tudo isso, em comum a maioria dos acadêmicos, esperava-se que Tolkien contribuísse com a literatura de seu campo de estudos publicando ensaios acadêmicos.

No entanto, Tolkien não tinha uma grande paixão em escrever para seus colegas acadêmicos. Ele teve uma enorme satisfação durante o começo de 1920, compilando a nova edição de *Sir Gawain e o Cavaleiro Verde* com Eric Gordon em Leeds, mas nunca gostou muito de escrever para obedecer ou cumprir os imperativos de sua posição acadêmica. Mesmo assim, produziu um respeitável conjunto de textos e até mesmo obteve sucesso em fazer algo legível e interessante que, para a maioria das outras pessoas, poderia ter sido algo extremamente monótono. Escrevia com frequência para o *The Review of English Studies*, a *The Oxford Magazine* e muitas outras revistas literárias. Completou um estudo-chave sobre um texto em inglês médio chamado *Ancrene Wisse and Hali Meiohad*,[3] cujo fragmento chegou a aparecer em *Essays and Studies by Members of the English Association*, publicado pela editora Clarendon, de Oxford, em 1929, e era um colaborador regular do *Transactions of the Philological Society*.

Estas colaborações satisfaziam sua vida profissional como um professor de Oxford, mas, é claro, havia sempre uma outra parte do seu

3 O *Guia para Anacoretas* (em tradução livre) é um manual monástico escrito no início do século XIII. Os anacoretas eram monges cristãos ou eremitas que viviam em retiro, solitariamente, sobretudo nos primórdios do cristianismo, dedicando-se à oração e à produção de textos litúrgicos, a fim de alcançar um estado de graça e pureza de alma pela contemplação. [NT]

intelecto que precisava de um escape. Mesmo gostando bastante do seu trabalho acadêmico, este pouco fez para canalizar sua imaginação fértil e multifacetada. Assim, tarde da noite, quando a família estava dormindo, ele colocava seu chapéu de escritor e submergia em um mundo fantástico.

Naturalmente, era preciso uma concentração especial para levantar a caneta depois de um dia cheio de trabalho que demandava muito mentalmente, mas Tolkien tinha autodisciplina e energia para sentar-se em sua mesa no escritório, por volta das dez horas da noite até uma ou duas da manhã, lutando com tramas complicadas e caracterizações belamente esculpidas. Então, depois de algumas horas de sono, a cada novo dia, o ciclo se reiniciava.

Havia também a família, a quem Tolkien era devoto. De alguma maneira, ele sempre se organizava para encontrar tempo para suas crianças, não importando quão grandes eram as exigências que consumiam a sua energia. Era um pai extremamente carinhoso e, mesmo sendo incomum para sua época, não tinha o menor embaraço em demonstrá-lo. Beijava seus filhos em público com frequência. Nas muitas centenas de cartas que escreveu a eles, em diferentes momentos de suas vidas, sempre as endereçava nos termos mais amorosos, como "Meu Caríssimo", e invariavelmente assinava como "O seu pai" ou "Com todo o amor do seu pai".

Uma das maneiras de expressar o seu afeto era escrever a eles todo final de ano uma carta "do Papai Noel". Cada uma delas contava às crianças as últimas aventuras do Papai Noel e o seu trabalho sazonal, e era acompanhada de muitas ilustrações. Estas cartas foram guardadas com muito amor pela família Tolkien e reunidas para serem publicadas como *Cartas do Papai Noel*, em 1976.[4]

Tolkien escreveu a primeira carta em 1920, quando John tinha três anos. Talvez sua inspiração fosse a descoberta, entre seus papéis, de uma carta que sua própria mãe havia escrito ao Papai Noel, em seu nome, quando J.R.R. Tolkien tinha apenas dois anos. O envelope da primeira carta de Tolkien a John era endereçado à senhora Tolkien e ao senhor John Francis Reuel Tolkien, Alfred Street, 1, Oxford, Inglaterra. Dentro, uma carta descrevendo a casa do Papai Noel, junto com

4 *Letters From Father Christmas* (no original). *Cartas do Papai Noel* ganhou sua primeira edição no Brasil pela WMF Martins Fontes, em 2012. [NT]

ilustrações produzidas cuidadosamente. A partir de então, a cada ano, o envelope trazia um selo novo, desenhado e pintado exclusivamente para ele, e dentro poderiam ser encontradas notícias do Polo Norte reportando as últimas experiências e atribulações do Papai Noel. Gradualmente, as histórias se tornaram mais elaboradas e um grupo de personagens, incluindo o Grande Urso Polar, a Grande Foca e os Elfos da Neve, foi apresentado.

Reunidas, as cartas do Papai Noel eram uma bela relíquia de família e demonstram o seu percurso, conforme vai mudando com a passagem dos anos. Em 1924, as cartas a John haviam se tornado cartas para John e Michael. Depois disso, e pelos próximos anos, os destinatários eram "John, Michael e Christopher Tolkien" e, em 1929, lia-se no envelope "J&M&C&P Tolkien, Northmoor Road, 22, Oxford, Inglaterra", com a carta endereçada aos "Queridos Meninos e Menina". Mas então, conforme o tempo passava e os meninos cresciam, temos envelopes endereçados a cada vez menos Tolkiens, até 1938, quando Christopher, agora com 14 anos, é considerado velho demais para essas coisas e Priscilla, com nove, torna-se a única a receber as cartas. E assim permanece até 1943, quando a última carta para Priscilla é assinada com "Muito amor do seu velho amigo Papai Noel".[5]

Tolkien claramente amava escrever estas cartas e apreciava criar outras histórias para as suas crianças. Algumas delas eram inventadas nas férias e começavam quando uma das crianças notava um aviso na estrada, uma placa de rua ou quando encontravam alguém incomum. Uma delas envolvia o incansável major Road Ahead (Siga Adiante, em tradução livre) que estava constantemente tentando alcançar o obscuro e inescrutável Bill Stickers (Colador de Cartazes), que aparecia em uma placa onde se lia "Coladores de cartazes serão processados".

Em 1925, Tolkien compôs uma história para John e Michael (Christopher ainda era um bebezinho), que começava quando Michael perdia um cachorro de brinquedo na praia e crescia continuamente em uma coleção complexa de aventuras chamada *Roverandom*.[6] O personagem principal era um cachorro chamado Rover, que havia sido transformado em um brinquedo por um mago, e se perdeu na praia até ser resgatado por Psamathos Psamathides, o mago da areia. Tolkien escreveu

5 J.R.R. Tolkien, *Letters From Father Christmas*, George Allen and Unwin, 1976, Londres, p. 154.
6 Publicado com o mesmo título no Brasil pela WMF Martins Fontes, em 2002. [NT]

esse conjunto de histórias e as ilustrou com aquarela. Uma das melhores pinturas (preservada hoje em uma coleção mantida pela Biblioteca Bodleian em Oxford) foi chamada de "Os Jardins do Palácio Merking" e acompanhava uma aventura na qual Rover viaja através do oceano.

Outras histórias favoritas incluíam uma série sobre dois misteriosos personagens chamados Maddo e Owlamoo, que tinham aparecido nos pesadelos de infância de Michael Tolkien. Maddo era uma mão com luvas e sem braço, que podia rasgar as cortinas do quarto de dormir e sacudi-las para cima e para baixo no escuro, e Owlamoo era uma coruja feia que se encarapitava em cima do armário. Outra fábula envolvia um boneco holandês de Michael e havia ainda um rapazinho chamado Timothy Titus.

Este período foi extremamente criativo para Tolkien e sua imaginação fértil era estimulada pela reação positiva que sempre teve de suas próprias crianças. Produziu um grande número de desenhos e ilustrações, pinturas de dragões, duendes e outras criaturas estranhas. Outra criação popular foi Sr. Bliss, um homem magro e alto que tinha um carro amarelo e se envolvia em todo o tipo de confusão. Tolkien ficou particularmente satisfeito com essa história que fez uma cópia revisada e a encadernou.

O personagem de Tom Bombadil também apareceu pela primeira vez nessa época, e uma série de histórias onde ele é o personagem principal foi publicada mais tarde como *As Aventuras de Tom Bombadil*. Estas envolviam também Goldberry, uma família de texugos, Old Man Willow e Barrow-wight, que, nesta história, era um fantasma de um monarca morto há muito tempo e enterrado debaixo das Dunas de Berkshire.[7] Apesar de Tolkien não ter nenhuma ideia de que um dia estes personagens iriam aparecer na história do Anel, Bombadil (além de Goldberry e os demais) praticamente não mudaram entre a sua primeira aparição e a forma que tomaram em *O Senhor dos Anéis*.

Tolkien também gastou bastante de seu tempo livre produzindo aquarelas de dragões, algumas das quais forneceram a base para suas pinturas posteriores usadas para ilustrar *O Hobbit*. O dragão de Tolkien foi fortemente influenciado por sua paixão infantil pelo *Red*

7 *As Aventuras de Tom Bombadil* apareceram pela primeira vez na *The Oxford Magazine*, v. LII, n. 13, fev. 1937, p. 464-5, Oxford Oxonian Press.

Fairy Book, de Andrew Lang, que tinha um conto chamado "Sigurd e Fafnir", sobre um dragão particularmente dramático. Uma das melhores ilustrações de Tolkien, dos anos 1920, era uma aquarela de um dragão enrolado com o título baseado em uma frase de *Beowulf*, "hringboga heorte gefysed" ("o coração da fera enrolada estava agitado").[8] Uma década depois, alguns meses antes da publicação de *O Hobbit*, em 1937, Tolkien participou de uma palestra de Natal para crianças, intitulada "Sobre Dragões", no museu da universidade em Oxford, e usou esta pintura para ilustrar sua fala.

Quando pesquisamos o trabalho de Tolkien e consideramos em particular a erudição e a profundidade de uma obra-prima como *O Silmarillion*, é fácil esquecer o quanto ele adorava escrever para crianças e isso se deve, em grande medida, ao fato de ter quatro em casa. *O Silmarillion* e *O Senhor dos Anéis* aparentemente são livros para adultos (apesar de mais tarde sempre terem sido apreciados por leitores de todas as idades), mas Tolkien gostava profundamente de desenvolver histórias que haviam surgido como fábulas orais espontâneas, contadas na hora de dormir ou usadas para aliviar o tédio de uma longa viagem. E ele sempre avaliou profundamente as reações das crianças às suas histórias. Já um autor famoso, tinha uma alegria particular em dar palestras para crianças e sofria ao responder a qualquer jovem que havia escrito a ele sobre os seus livros. Segundo uma mulher que, quando criança, foi vizinha de Ronald e Edith, Tolkien sempre testava suas histórias com ela e as demais crianças que brincavam na rua.

E assim era Tolkien na meia idade; um professor e acadêmico profissional, um pai de família e um invocador de sonhos e contos de fadas. Vista de longe, a sua vida era extremamente regrada e simples, mas o seu mundo interior, o mundo da subcriação era bem agitado, o extremo oposto de sua aparência convencional. Esta era a vida particular do homem que moldava lendas e desenvolveu uma mitologia completa. Mas, antes de considerarmos isso e os resultados de seu trabalho, devemos nos voltar para outro aspecto de sua personalidade; J.R.R. Tolkien, o homem que apreciava a companhia de mentes criativas como ele, em um mundo exclusivamente masculino.

8 *Beowulf*, linha 2.561.

J.R.R. TOLKIEN

CAPÍTULO 8

Mundo dos Homens

Tolkien e C.S. Lewis encontraram-se pela primeira vez em 11 de maio de 1926 em uma reunião do departamento de Inglês na Faculdade de Merton. Tolkien era professor de Inglês Antigo na universidade há pouco mais de dois semestres e Lewis tinha sido recém-nomeado membro superior e professor de Língua e Literatura Inglesas na Faculdade de Magdalen, também em Oxford.

A princípio, eles pareciam bastante cautelosos um com o outro e Lewis confidenciou a seu diário: "Tolkien conseguiu encaminhar a discussão diretamente para a proposta dos exames preliminares de Inglês. Tive uma conversa com ele mais tarde. É um sujeitinho tranquilo, pálido e fluente... pensa que toda a literatura foi escrita para a distração de *homens* entre trinta e quarenta anos... Não há nada de nocivo nele: precisa apenas de um ou dois bons tapas".[1]

Essa é uma lembrança bastante curiosa do primeiro encontro deles e infelizmente não temos nada de Tolkien com o que comparar. Se ignorarmos o estilo bem bobo e arrogante, diz muito sobre Tolkien

1 C.S. Lewis, Diário em 11 maio 1926, The Lewis Papers, the Wade Collection, Wheaton College, Wheaton, Illinois, EUA.

naquela época. Este foi o período em que ele estava começando sua campanha para alterar a estrutura do curso de Inglês de Oxford e a maneira como Lewis descreve Tolkien, conduzindo com sucesso a conversa diretamente para o tema que queria, confirma o que já sabemos sobre ele – era bom orador e proselitista. Também parecia que alguns na faculdade estavam começando a se incomodar com as convicções de Tolkien e por algum tempo depois do primeiro encontro Lewis estava longe de apoiar seus planos.

O outro comentário estranho vem das anotações de Lewis a respeito dos sentimentos de Tolkien sobre a utilidade da literatura. Tolkien era claramente um homem bastante antiquado e tinha opiniões contundentes sobre os papéis adequados para homens e mulheres na sociedade, mas o comentário de que a literatura foi "escrita para a distração de *homens* entre trinta e quarenta anos" parece bem distante da sua personalidade. Talvez Lewis tenha colocado palavras em sua boca, ou fosse apenas uma bravata, pois ele tinha alguma experiência com mulheres intelectuais. Em sua própria família, sua tia Jane, com quem havia morado por um curto período em 1904, foi uma das primeiras mulheres a se graduar em ciências e ele a considerava uma mulher notável.

Pela época em que se conheceram, Lewis e Tolkien tinham muito em comum. Lewis era quase sete anos mais jovem, mas ambos lutaram nas trincheiras e, apesar de não ser familiarizado com a língua islandesa como Tolkien, também era fascinado pelas implicações misteriosas da mitologia nórdica e pela literatura em inglês antigo.

Vindo de circunstâncias e experiências bem diversas, acabaram por se encontrar por conta do brilhantismo intelectual de ambos. Lewis era filho de um advogado bem-sucedido de Belfast, na Irlanda. Seus pais o haviam batizado Clive Staples, mas desde a infância ele se apresentava como Jack e foi assim que seus amigos o chamaram a vida inteira. Estudava na exclusivista Faculdade de Malvern quando ganhou uma bolsa de estudos para a University College em 1916. Era um acadêmico excepcional e conseguiu um First em Humanidades, em 1920, seguido dois anos mais tarde por outro First (em Greats);[2] um feito verdadeiramente memorável, especialmente quando levamos em conta que Lewis lutou na guerra e foi ferido em ação, em 1918.

2 O curso especializado em Humanidades, Filosofia e História Antiga na Universidade de Oxford. [NT]

Talvez por conta de sua origem relativamente privilegiada, Lewis parecia mais refinado do que Tolkien, seus interesses eram mais amplos e era uma figura muito mais incomum de várias maneiras. Enquanto Tolkien era um esposo respeitável e pai de quatro crianças, Lewis levava uma vida completamente às avessas, era considerado um boêmio, quase esquisito para os padrões da época. Não era casado, mas dividia a casa com uma mulher divorciada e muito mais velha, Janie Moore, uma irlandesa miseravelmente instruída que Lewis havia conhecido durante a guerra, quando ela tinha 45 anos e ele, apenas 19. Eles viviam em uma casa grande e irregular, chamada The Kilns, próxima do Monte Shotover, em torno de oito quilômetros do centro de Oxford. Lewis viveu lá por 33 anos, de 1930 até a sua morte em 1963, e era, sobretudo, um lugar alegre, repleto de livros e papéis. Havia um enorme lago no jardim onde Lewis e Tolkien sempre nadavam no verão.

Mas, toda vez que Lewis se referia à sua companheira, a chamava de "senhora Moore" e ela era tanto uma mãe quanto uma amante para ele. Ela também era algo misteriosa para os amigos de Lewis. Jack nunca levava a senhora Moore para as atividades sociais; muitos dos que o conheciam bem a encontravam muito raramente, nas poucas vezes em que a visita dos amigos a The Kilns coincidia com sua presença em casa. Tolkien, que, ao final da década de 1920, era um dos amigos mais próximos e confidente de Lewis, sabia quase nada sobre a tal mulher, exceto que ela parecia ter uma influência emocional estranha sobre Jack. Muitos em Oxford a consideravam algo tola, pois, a partir das menções ocasionais que Jack fazia a seu respeito, ela parecia tagarelar abundantemente e era conhecida por ser quase insanamente possessiva com Lewis.

A amizade próxima que crescia entre Tolkien e Lewis foi inevitável. Muitos dos outros professores de Oxford eram particularmente tediosos que não tinham nada além em suas vidas a não ser o trabalho. (Em um de seus primeiros livros, *O Regresso do Peregrino*, Lewis satirizou tais figuras como o "senhor Sensível", definindo-os como brilhantes e inteligentes, mas de mente fechada e superficiais.)[3] Lewis era entusiasmado para escrever ficção e poesia e tinha grandes planos. Em

3 Em tradução brasileira publicada em 2012 pela Ichtus Editorial. *The Pilgrim's Regress: An Allegorical Apology for Christianity and Reason and Romanticism*, "uma apologia alegórica para o Cristianismo, a Razão e o Romantismo". [NT]

relação a isso, encontrou em Tolkien uma alma gêmea. E ainda, cada um deles foi atraído por um tipo de amizade com a qual tinham tido contato desde os dias de colégio, um mundo masculino que ganhou uma importância ainda maior para eles durante a guerra. Mas a amizade entre eles também se desenvolveu por conta da experiência intelectual compartilhada e através de uma crítica bem cuidada dos esforços literários de um com o outro.

Em poucos meses após o primeiro encontro, os dois homens passaram a se reunir regularmente na sala de Lewis em Magdalen, uma suíte mal e pobremente mobiliada. Cortinas pesadas de veludo adornavam as janelas, a mesa era coberta com enormes pilhas de papéis e os livros ficavam espalhados pelo chão ou em pilhas escoradas contra a porta. Geralmente, sentavam-se próximos à lareira e discutiam literatura ou história noite adentro, cada um revisando os manuscritos do outro.

Logo após o primeiro encontro, Tolkien emprestou a Lewis um rascunho de "The Gest of Beren and Lúthien" (que mais tarde tornou-se "The Lay of Beren and Lúthien"),[4] que Lewis encheu as margens com comentários construtivos. Ele parece ter se dado conta rapidamente de que Tolkien poderia ser sensível a críticas. Assim, nos comentários mais duros, Lewis disfarçou as suas opiniões escrevendo sob o nome de críticos fictícios "Schick", "Peabody" e "Pumpernickel", e cada um deles tinha algumas palavras a dizer.

Mas talvez Lewis não precisasse ter ficado tão preocupado. Estava certo ao considerar seu amigo como suscetível a críticas, mas Tolkien podia certamente aceitar a opinião daqueles que respeitava. Muitos anos antes, seus amigos no T.C., B.S. haviam lhe alertado sutilmente para aquilo que perceberam como uma direção equivocada e, ao final

4 Respectivamente, "Gesta de Beren e Lúthien" e "Balada de Beren e Lúthien", em tradução literal. "Gesta" ou "canções de gesta" é um gênero narrativo relatando façanhas e feitos, surgido na Idade Média, enquanto as baladas, também gênero do período, apresentam estrutura mais rígida poeticamente. "The Gest of Beren and Luthien" era o antigo nome que Tolkien dava para o poema "The Lay of Leithian" (o nome original de *The Lay of Beren and Lúthien*), sendo Leithian a versão anterior do nome de Lúthien. "The Lay of Leithian" – publicado como o terceiro capítulo do livro *The Lays of Beleriand* (terceiro volume da série *The History of Middle-earth* (1983-1996), inédita no Brasil) – é uma balada, em forma de poema épico com cerca de 14 cantos, mas que não foi completamente concluída. Tolkien começou a escrever a versão em prosa "The Lay of Leithian" para enviar aos seus editores na George Allen and Unwin, mas abandonou no meio, ficando a história parte em prosa, parte em versos em formas inacabadas. Após a morte de Tolkien, seu filho Christopher compilou os escritos para formar *O Silmarillion*, e assim colheu trechos de ambas as versões, o que resultou no capítulo 19, "De Beren e Luthien", desta obra. [NE]

dos anos 1920, com dois de seus mais antigos amigos mortos e Lewis profundamente ligado a ele, havia poucos homens que Tolkien respeitasse mais. De forma impressionante, quando o manuscrito de "The Gest of Beren and Lúthien" voltou, Tolkien avaliou cada comentário e praticamente reescreveu a história inteira.

Mas, se a literatura havia sido um estímulo à sua amizade, ela logo cresceria em outras direções, pois ambos também gostavam de uma boa conversa com outros homens, de cerveja forte e de ler em voz alta para os outros, de textos antigos a seus próprios escritos.

Apenas algumas semanas antes de se conhecerem, durante o segundo semestre de Tolkien como professor de Inglês Antigo, ele havia formado um grupo de leitura de islandês chamado os "Coalbiters". O nome derivava da palavra islandesa *Kolbíter*, que significa "aqueles que chegam tão perto do fogo no inverno que mordem a brasa" e seu propósito era apenas reunir interessados nas tradicionais sagas islandesas, então lidas em voz alta pelos participantes.

Por volta do outono de 1926, Tolkien havia convidado Lewis para se unir aos Coalbiters e, apesar de pouco conhecer o islandês, ele foi sagaz em aprender, arriscando-se, aos poucos, a ler passagens mais ambiciosas em voz alta. Entre os Coalbiters, Lewis não era o único acadêmico novato em islandês. Alguns membros eram experientes linguistas, incluindo G.E.K. Braunholtz, professor de Filologia Comparada em Oxford, e R.M. Dawkins, professor de Grego Moderno e Cultura Bizantina, mas outros eram até menos experientes em línguas antigas do que Lewis. Um professor de Inglês da Faculdade de Exeter, o aristocrático Nevill Coghill, não sabia nada de islandês e o antigo chefe de Tolkien na Universidade de Leeds e professor de Literatura Inglesa em Oxford, George Gordon, também era apenas um iniciante entusiasmado.

Assim como em todos os clubes semelhantes, este era tanto uma desculpa para reunir-se com os amigos, compartilhar de noites bebendo cerveja e ter algum alívio das pressões do dia a dia de trabalho, quanto um estudo levado a sério. Mas o objetivo original do grupo era ler todas as sagas islandesas mais importantes, o que, no começo dos anos 1930, haviam alcançado. Em consequência disso, os Coalbiters começaram a diminuir gradualmente suas atividades, e Tolkien e Lewis tornaram-se membros de outro clube literário chamado os Inklings. Fundado por um aluno da graduação, Edward Tangye Lean, o clube se reunia toda semana na University College.

Lean também era o editor da revista universitária *Isis* e um jovem autor ambicioso, que havia criado o clube para que os membros pudessem ler uns aos outros suas obras inéditas. Em 1933, Lean deixou Oxford para começar uma carreira no jornalismo e na rádio e o clube parou de se reunir, mas, um semestre depois, alguns dos membros originais, incluindo Tolkien e Lewis, decidiram recomeçar os encontros e adotaram o antigo nome para suas reuniões informais na sala de Lewis em Magdalen. Ninguém sabe realmente porque usavam o nome Inklings, mas tanto Tolkien, quanto Lewis gostavam dele por sua ambiguidade, a sugestão de que seus membros estivessem debatendo "grandes ideias", além de adequar-se a acadêmicos e escritores, cujas vidas haviam sido construídas sob grandes quantidades de tinta.[5]

Os primeiros encontros dos Inklings aconteciam toda quinta-feira à noite na espaçosa sala de Lewis em Magdalen, mas, em 1939, também passaram a se reunir regularmente nas manhãs de terça-feira em um pub na St. Gilles, chamado de Eagle and Child (carinhosamente conhecido por todos como Bird and Baby).[6]

O pub foi ampliado desde aqueles tempos e a sala onde os Inklings se reuniam ficava então na parte de trás do bar. Hoje, tornou-se uma espécie de santuário para os Inklings, com fotografias de Tolkien, Lewis e Charles Williams decorando as paredes. Aqueles que participam dos "passeios Inklings", que acontecem toda quarta-feira de manhã durante os meses de verão, param ali para vivenciar o ambiente. Na parede do bar há uma grande placa que diz:

C.S. LEWIS

Seu irmão W.H.L. Lewis, J.R.R. Tolkien, Charles Williams e outros amigos se reuniam toda terça-feira de manhã entre os anos 1939-62 na sala dos fundos de seu pub favorito. Estes homens, popularmente conhecidos como "Os Inklings", reuniam-se aqui para beber cerveja e discutir, entre outras coisas, os livros que estavam escrevendo.

5 O termo *ink* significa tinta e *ling* um sufixo dando valor depreciativo ou diminutivo, algo como os "Tinteiros". *Inkling*, no entanto, significa uma ideia, noção ou suspeita repentina. [NE]

6 A placa ao lado de fora do pub retrata Ganimedes bebê [ou "criança" como em inglês, *child* ou *baby*], um príncipe de Troia, sendo levado pela águia [*eagle* ou *bird*, pássaro em tradução literal] de Zeus, o pai dos deuses e dos homens, na religião da Grécia Antiga. Acredita-se que esta cena tenha inspirado a ilustração de Tolkien com Bilbo no ninho de águia usada em *O Hobbit*.

Este não era o único pub que os Inklings frequentavam. Eles gostavam do King's Arms, perto da Biblioteca Bodleian, do White Horse e do Mitre, no centro de Oxford, mas, como diz a placa, o Bird and Baby era o favorito. Aqui, Tolkien leu pela primeira vez trechos do que ele chamou de "O Novo Hobbit", *O Senhor dos Anéis*, enquanto Lewis contou-lhes sobre Nárnia e a sua mitologia cósmica, além de uma de suas criações mais aclamadas, Screwtape, e seu demônio aprendiz, Wormwood.[7]

Todos estes homens já se foram, mas se você chegar ao Bird and Baby antes de qualquer outro cliente, conseguir ignorar o tráfego lá fora, o zumbido do sistema de resfriamento da cerveja *lager* australiana e o dono do bar ajustando o som para os estudantes, talvez consiga imaginar Tolkien (Tollers', como o chamavam) inclinando sua cadeira para trás, escavando seu cachimbo, a cabeça cercada de fumaça, enquanto Lewis lê algumas páginas amarrotadas a sua frente. Em volta da mesa, estão sentados outros três ou quatro Inklings, talvez Hugo Dyson, Nevill Coghill e Christopher Williams. Cada um deles escuta atentamente, dando um gole ocasional em seu *pint* de cerveja.

O núcleo dos Inklings consistia de sete ou oito contemporâneos. Lewis e Tolkien foram os fundadores. Nevil Coghill, Warren (Warnie), o irmão mais velho de Lewis, e Hugo Dyson, professor de Literatura Inglesa na Universidade de Reading, também participaram das primeiras reuniões, junto com um amigo médico, Robert Havard (conhecido, por alguma razão misteriosa, como Humphrey). Charles Williams juntou-se mais tarde, em 1939. Nem todos eram homens literatos. Warnie era oficial do exército diplomado em Sandhurst, mas havia começado a escrever livros de história durante os anos 1940; Humphrey era católico e um homem de Oxford, o que o tornava querido por Tolkien, mas sem inclinações literárias, além de ser um grande admirador dos esforços de seus amigos; Nevill Coghill era um membro superior da Faculdade de Exeter e um estudioso de inglês médio que ganhou fama acadêmica por sua tradução de *Os Contos da Cantuária*, de Chaucer, e tornou-se professor de Literatura Inglesa de Oxford em 1957. Ele também tinha um grande interesse no teatro e cuidou de muitas produções suntuosas em Oxford. A mais famosa delas foi uma espetacular encenação ao ar livre de *A Tempestade* [de William Shakespeare]

7 Publicadas em uma coletânea chamada *The Screwtape Letters*. No Brasil, *Cartas de Um Diabo a Seu Aprendiz*, Editora Vozes, 1994. [NE]

durante o verão de 1949, representada em um palco construído próximo a um lago atrás da Faculdade de Worcester. Coghill foi professor universitário de W.H. Auden e, durante o período em que frequentava os encontros dos Inklings no Bird and Baby, também dava aulas a Richard Burton que atuou em várias de suas produções.

Claro que era um clube extremamente exclusivo. Os integrantes pouco mudaram, exceto quando Lewis encontrava alguém e o convidava quando de suas próximas visitas a Oxford. Todo associado tinha que respeitar critérios severos; tinha que ser sociável, interessado ou envolvido com a escrita, tinha que gostar de beber, ser amigo de C.S. Lewis, mas muito mais importante, tinham que ser homens.

Nenhuma mulher jamais foi admitida neste clube de homens mais seleto entre todos. Segundo a lenda, em 1943, a escritora de romances de detetive e peças de teatro sobre temas religiosos, Dorothy Sayers, apareceu no Bird and Baby esperando ser convidada a se juntar aos homens em volta da mesa, mas foi educadamente convidada a se retirar.[8] Era muito importante para estes homens que os Inklings permanecessem um ambiente exclusivamente masculino.

Lewis capturou bem o ambiente das reuniões dos Inklings nas cartas para amigos e em seus ensaios. Eles geralmente se reuniam à noite, mas ele, Tolkien e Williams liam com frequência um para os outros nas manhãs esfumaçadas na sala de Lewis. "Tente visualizar", Lewis escreveu, "uma sala de estar no andar de cima, com janelas que dão para o norte no 'bosque' da Faculdade de Magdalen, em uma segunda-feira de manhã ensolarada por volta das dez horas. O professor e eu, ambos em um confortável sofá Chesterfield, acendemos os nossos cachimbos e esticamos as pernas. Williams na poltrona a nossa frente arremessava seu cigarro na lareira, retirava a pilha extremamente pequena de folhas soltas em que habitualmente escrevia – elas vinham, creio eu, de um bloco de dois centavos para memorandos – e começava."[9] Em outro lugar, Lewis descreveu as reuniões típicas envolvendo pelo menos meia dúzia de Inklings em "assuntos estridentes" e imaginou que qualquer um que por ali

8 Tolkien considerava Dorothy Sayers uma escritora com bastante competência, mas achava algumas de suas obras "vulgares".

9 C.S. Lewis, "Williams e Arthuriad" (parte de Williams and Lewis, *Arthurian Torso*), Oxford University Press, Oxford, 1948, p. 1.

passasse teria pensado que eles estavam conversando sobre "assuntos picantes ao invés de teologia".[10]

Hoje, talvez seja fácil subestimar a influência dos Inklings. O professor Kilby, curador da Coleção Wade, onde muitos dos papéis de Lewis estão guardados, conheceu Tolkien brevemente durante os anos 1960 e escreveu: "Os Inklings, como uma organização, são mais a nossa concepção depois do fato consumado do que jamais foi na realidade".[11] Com isso, ele estava afirmando que o grupo de indivíduos que se reuniam nos pubs de Oxford e discutiam literatura, religião ou o que quer que ocupasse sua imaginação não viam a si mesmos como um grupo literário da mesma maneira que, digamos, o Grupo de Bloomsbury[12] se via. Mas isso não prejudica em nada o fato de que eles *eram* imensamente influentes. Em 1997 (logo após as primeiras pesquisas apontarem Tolkien como o autor mais popular do século e colocarem o romance de Lewis, publicado em 1950, *O Leão, a Feiticeira e o Guarda-Roupa*, em uma das primeiras colocações), o jornalista Nigel Reynolds comentou: "[A pesquisa] sugere que os Inklings, um clube que se reunia para beber em Oxford nos anos 1930, têm sido uma força mais poderosa que o Grupo Bloomsbury, o Algonquin, de Nova York, a turma de Hemingway em Paris ou o grupo de escritores de W.H. Auden e Christopher Isherwood nos anos 1930".[13]

Para Tolkien, o tempo feliz, tranquilo e próspero dos Inklings provavelmente durou até o fim da Segunda Guerra Mundial, época em que ele estava lutando para terminar o terço final de "O Novo Hobbit". Mas, em poucos anos, sua relação com alguns dos outros membros havia começado a azedar. A evidência deste interesse decrescente vinha do fato de que as partes finais do que viria a se tornar *O Senhor dos Anéis* não foram lidas nos encontros dos Inklings e os seus camaradas foram deixados nas fronteiras de Mordor com Frodo e Sam.

Entre os anos de 1946 e 1947, quando Tolkien estava participando de cada vez menos encontros, os Inklings começaram a se reunir com

10 Carta não publicada para Arthur Greeves, 11 jan. 1944, citada em Clyde Kilby, *Tolkien and the Silmarillion*, Harold Shaw Publishers, EUA, 1976, p. 73.

11 Ibid., p. 67.

12 Grupo de artistas e intelectuais britânicos que existiu entre 1905 e o fim da Segunda Guerra Mundial, formado por romancistas, ensaístas, pintores, críticos, economistas e jornalistas como Virginia Woolf, E.M. Forster, John Maynard Keynes, Duncan Grant, Clive Bell e Leonard Woolf, entre outros. [NT]

13 Nigel Reynolds, *Daily Telegraph*, 20 jan. 1997.

menos frequência na sala de Lewis e passaram a frequentar outro pub em Oxford chamado The Roebuck (agora Oz Bar) na Market Street. Este local era dividido de maneira não oficial em dois. No andar de cima, ficava uma sala grande com pesadas cortinas de veludo nas janelas, um bar, um piano e uma pequena cozinha onde a comida era servida, e era quase que exclusivamente um domínio universitário. No andar debaixo, ficava o bar aberto a todos.

Os Inklings se reuniam lá quase toda semana, mas Tolkien, ao menos, não estava muito interessado nesse tipo de lugar, que não tinha nada da nobreza do Bird and Baby. De fato, parecia que no Roebuck bebia-se mais do que se lia, pois a lembrança mais marcante que os habitantes da cidade mantinham do bar debaixo era o barulho dos soldados da Primeira Guerra cantando tão alto que podiam ser ouvidos através do teto. Lewis sempre gostou de cantar junto em coro, mas isso realmente não era algo que Tollers' apreciava.

Tolkien e Lewis foram próximos por talvez vinte anos, de 1926 a 1946, mas então a relação começou a esfriar e, no começo dos anos 1950, quase nada do antigo entusiasmo entre eles havia permanecido. As reuniões dos Inklings continuaram até talvez um ano após a morte de Lewis, em 1963, mas então Tolkien já havia parado há muito de frequentá-las e os amigos de outrora se encontravam apenas raramente. As razões pelas quais a relação se desfez são tão complexas como a própria amizade e, a fim de tentar entendê-las, devemos considerar alguns dos aspectos menos atrativos da personalidade de Tolkien.

Por muitos anos, Tolkien foi um grande admirador de Hugo Dyson e Warnie Lewis. Ele permaneceu próximo de Christopher Wiseman e havia formado, quando jovem, uma ligação íntima com os outros membros do T.C, B.S. Ele também desfrutava de muitas relações cordiais com outros acadêmicos em Oxford, mas, para Tolkien, Jack Lewis era um amigo muito especial, a quem poderia abrir seu coração, de quem poderia aceitar a crítica detalhada e, de todos os Inklings, ele via a si mesmo e a Lewis como sendo os que mais tinham gostos e opiniões semelhantes, além de intelectualmente iguais. Mas Tolkien era um homem muito ciumento e inusualmente possessivo em relação a seus amigos. Ao mesmo tempo, ficava ressentido com facilidade caso alcançassem o sucesso e o reconhecimento.

Lewis era ciente da insegurança de Tolkien e de suas inclinações egoístas. No comecinho de 1939, ele foi capaz de escrever a seu irmão Warnie como "os julgamentos de Tolkien, além de frequentes e severos, são geralmente de tal natureza complicada como se fossem impenetráveis".[14]

Os sentimentos de Jack em relação a Tolkien nunca foram tão intensos. Tinha um respeito ilimitado por ele, apreciava enormemente a sua companhia e ganhou muito com essa relação, mas, ao mesmo tempo, era no geral, um indivíduo mais expressivo e menos ortodoxo que Tolkien. Vivendo com a bastante estranha senhora Moore, Jack não tinha o estilo de vida familiar e convencional de seu amigo. Estava muito mais rodeado de amigos que Tolkien e, em alguns aspectos, possuía uma mentalidade mais liberal e era capaz de desfrutar uma vida pessoal mais livre. Estas diferenças acrescentavam um dinamismo à amizade, mas a partir do final dos anos 1930, três coisas foram lentamente mudando entre o par: a conversão religiosa de Lewis, o seu sucesso comercial e, finalmente, mas talvez a mais importante, as amizades de Lewis.

Lewis havia sido criado como um protestante de Ulster,[15] mas, quando se tornou adulto, descartou completamente qualquer forma de fé religiosa. Tolkien foi percebendo aos poucos, mas quando entendeu, rapidamente começou a ver isso, de alguma maneira, como uma responsabilidade sua – iluminar e instruir seu amigo nos mistérios da doutrina religiosa. Como consequência, tiveram muitas e longas conversas sobre religião.

Apesar de Lewis ter se considerado agnóstico durante a metade da década de 1920, havia refletido profundamente sobre religião. Logo após a guerra, chegou ao que chamou de um "novo olhar" no que diz respeito ao conservadorismo religioso. Nesta abordagem filosófica, ele considerava a doutrina cristã apenas mais um mito como todos os outros. Mas, aos poucos, esse ponto de vista começou a mudar. Pela época em que conheceu Tolkien, em 1926, ele estava ficando confuso a respeito de algumas das mais profundas questões da fé e, inicialmente ao menos, o conservadorismo de Tolkien o confundiu ainda mais.

Lewis achava difícil aceitar o fato de que seu novo amigo era um dos homens mais interessantes, intelectuais e inteligentes que ele jamais havia conhecido e ainda um cristão devoto – e católico, para começar. Ele poderia ter descartado as profundas crenças de Tolkien

14 *Letters of C.S. Lewis*, editado por W.H Lewis, Geoffrey Bles, Londres, 1966, p. 287.

15 Uma das quatro províncias históricas da Irlanda, dividida em nove condados, dos quais seis, atualmente, localizam-se na Irlanda do Norte e três na República da Irlanda. [NT]

como uma ilusão, mas não o fez. Tentou separar o intelecto da fé, sugerir que alguém pode ter um intelecto altamente sintonizado, mas sua fé derivar de algo bem distante e mais poderoso, embora isso não se confirmasse em um exame mais minucioso.

Em vez disso, Lewis foi por um caminho completamente diferente. Embora não se possa dizer realmente que Tolkien tenha convertido Lewis, a descrição de suas próprias crenças religiosas e suas competentes explicações do sentido e das nuances sutis fizeram muito para que Lewis reconsiderasse a sua posição. Durante os primeiros cinco anos de amizade entre eles, de 1926 a 1931, a postura de Lewis em respeito à religião modificou-se consideravelmente. Logo após este período, ele havia concluído que existia um Deus, mas sua percepção do divino não era a mesma do conservadorismo cristão. Era talvez mais próxima ao Deus de muitas religiões ocidentais, quase um Deus panteísta, que era a fonte de inspiração, a origem da Natureza, bem distante de qualquer representação bíblica.

Entre os muitos debates intensos e frutíferos que Tolkien e Lewis tiveram, houve um que se destacou como um momento decisivo, marcando a circunstância em que Lewis passou de agnóstico a crente.

Foi em um sábado à noite, 19 de setembro de 1931. Amigo de Lewis e Tolkien, Hugo Dyson - também ele cristão - estava fazendo uma de suas visitas frequentes a Oxford e havia jantado com Jack e Tolkien em Magdalen. Ele estava bem ciente das conversas que seus dois amigos haviam tido sobre o assunto e entusiasmado para juntar-se a eles. Depois do jantar, os três saíram para um passeio e a conversa naturalmente voltou-se para o cristianismo. Lewis havia se entrincheirado em sua visão panteísta de Deus e, por conta disso, não podia começar a adotar o dogma cristão, que em seu âmago requer uma crença em Cristo e uma convicção resoluta de que Jesus foi enviado para morrer na cruz com o objetivo de salvar nossas almas. Lewis só podia aceitar isso como sendo nada mais que um mito. Ele, como Tolkien, era um estudioso das mitologias antigas, das fábulas de heróis e da salvação moral pagã. Para ele, a história de Cristo era simplesmente apenas outra lenda, outro mito que não era mais preciso ou significante para ele e o mundo moderno do que qualquer outro. E lá no fundo, ele acreditava, mitos eram claramente mentiras.

Tolkien escutou cuidadosamente o que seu amigo disse e quando Lewis chegou a essa conclusão, ele ergueu os braços, como se dissesse

"Como você pode acreditar que a história de Cristo não passa de uma lenda antiga?" Então Tolkien respondeu com um argumento que mudou o rumo da vida de Lewis.

Mitos, declarou ele, com certeza não são mentiras. Mitos derivam de um núcleo verdadeiro e carregam consigo um significado cultural muito específico. O cristianismo é baseado naquilo que Lewis considerava o "mito de Cristo". Muito bem então, Tolkien argumentava, chame-o de mito se assim quiser, mas ele é construído a partir de eventos reais e inspirado em uma verdade profunda. Em última instância, nenhum mito é uma mentira, acreditava Tolkien, e o "mito" que reside no centro do cristianismo fornece um caminho a ser seguido em busca dos aspectos não materialistas de cada ser humano, uma estrada para uma verdade espiritual mais profunda.

A revelação não chegou instantaneamente, mas é claro que esta conversa fez Lewis pensar a respeito do problema da fé de uma maneira bem diferente daquela a qual estava acostumado. Lewis nunca aceitou alguns aspectos do conservadorismo cristão; parecia que seu intelecto sempre ficava no caminho de sua fé. Uma vez escreveu para um amigo: "Como eu – eu, mais do que ninguém – poderia chegar a acreditar numa história ridícula e improvável como essa?"[16] No entanto, duas semanas após seu debate com Tolkien e Dyson, Lewis estava escrevendo a um amigo, Arthur Greeves, contando-lhe que havia deixado suas convicções de longa data para assumir uma nova posição na qual poderia finalmente aceitar Cristo; em outras palavras, ele agora se considerava "um cristão".

Além de demonstrar a influência de Tolkien sobre o pensamento religioso de Lewis, a conversa daquela noite de setembro também oferece uma visão fascinante da maneira como estes dois homens raciocinavam e como esse processo alimentou a escrita de ambos. A ideia de que o cristianismo é um mito verdadeiro está no cerne daquilo que Lewis passou a seguir a partir daí em sua carreira literária. Ela é o princípio por trás de seus famosos livros sobre Nárnia (que Tolkien desprezava) e de sua trilogia de ficção científica, *Além do Planeta Silencioso* (1938), *Perelandra* (1943) e *Aquela Força Medonha* (1945).[17] Ao relacionar Cristo

16 Carta para Sheldon Vanauken, 17 abr. 1951, em "Memoirs of the Lewis Family", the Wade Collection.

17 Todos publicados no Brasil pela WMF Martins Fontes. [NE]

com um enredo intelectual, algo bastante familiar para Lewis (o sentido do mito), era quase como se primeiro pudesse intelectualizar a religião e a partir daí deixá-la se tornar uma paixão instintiva.

Ironicamente, essa importante conversa em setembro de 1931 deu nova força para a relação entre Tolkien e Lewis, mas também plantou as sementes do desentendimento que tiveram mais tarde. Tolkien havia esperado sinceramente que Lewis adotasse o catolicismo e, mesmo dois anos depois, foi capaz de escrever em seu diário que sua amizade com Lewis, "além de ser constantemente estimulante e prazerosa, tem me feito muito bem pelo contato com um homem ao mesmo tempo honesto, corajoso, inteligente – um acadêmico, um poeta e um filósofo – e um devoto, ao menos depois de uma longa peregrinação, de Nosso Senhor".[18]

Mas Tolkien subestimou seriamente seu amigo. Em vez de se aproximar do catolicismo, Jack voltou-se para as suas raízes, para uma forma de protestantismo irlandês que, é claro, Tolkien abominava. Quando o homem que ele havia ajudado a encontrar Deus tornou-se então "um dos inimigos" e não apenas isso, mas um convertido famoso, a amizade entre eles começou a desmoronar.

De sua parte, Lewis não tinha apreço pelos católicos ou pelo catolicismo. Ele e seu irmão, Warnie Lewis, geralmente referiam-se aos católicos irlandeses como "bog-trotters"[19] e quando Tolkien mencionava sua devoção religiosa ou começava a falar sobre o que Lewis via como práticas religiosas francamente absurdas e misteriosas, mal conseguia controlar seu desgosto.

Mas, por serem ambos escritores, a conversão de Lewis tornou-se especialmente dolorosa para Tolkien. Depois de encontrar Deus, Cristo e se tornar um crente, Lewis logo passou a ser um defensor do cristianismo, algo que o fez famoso muito além de Oxford. Com o que Tolkien considerava uma pressa indecente, Lewis publicou *O Regresso do Peregrino* (1933). Mais tarde, *Cartas de Um Diabo a Seu Aprendiz*, basicamente escrito durante 1940 e 1941, quando cuidava de suas tarefas nos ataques aéreos na Segunda Guerra, foi publicado em capítulos

18 Humphrey Carpenter, *The Inklings: C.S. Lewis, J.R.R Tolkien, Charles Willians and their Friends*, George Allen and Unwin, 1978, p. 52.

19 "Andarilhos do pântano", em tradução literal; o termo "*bog*" era usado pejorativamente para se referir aos irlandeses das classes mais baixas. [NT]

em uma revista cristã e fez sucesso mundo afora quando saiu em livro, em 1942. Tolkien não gostou desse livro e acreditava, provavelmente com alguma razão, que Lewis não havia dado tempo a si mesmo para chegar a um entendimento claro de sua percepção religiosa e que havia se precipitado e impresso seus pensamentos sem permitir que amadurecessem.

Durante o final dos anos 1940 e começo dos 1950, Lewis produziu uma longa sequência de livros bem-sucedidos comercialmente, cada um deles de natureza completamente diferente, cobrindo uma extensão de gêneros, mas também levando adiante a temática subjacente de usar alegorias para retratar seu ponto de vista religioso. *Além do Planeta Silencioso* e, mais tarde, os livros de Nárnia, começando com *O Leão, a Feiticeira e o Guarda-Roupa*,[20] todos seguiram o mesmo caminho da alegoria religiosa.

Lewis dedicou *Cartas de Um Diabo a Seu Aprendiz* a Tolkien, e na cópia que autografou para seu amigo acrescentou: "Um pagamento simbólico de uma grande dívida". Mas, ironicamente, Tolkien não se importou com a história, considerando-a bastante banal e feita de maneira apressada. E ainda, a sua verdadeira objeção a ela era, na verdade, mais pessoal. Em muitos aspectos, Tolkien era quase um católico fundamentalista. Acreditava que o diabo e seus demônios realmente existiam e, portanto, seria bastante temerário desdenhar de assuntos sérios como este.

Mas o grande alvo do desprezo de Tolkien estava reservado para a obra mais famosa e bem sucedida de Lewis, *As Crônicas de Nárnia*. Lewis começou a ler trechos dela nas reuniões dos Inklings, durante a primavera de 1949. Todos os membros dos Inklings haviam ficado hipnotizados pela leitura de *O Senhor dos Anéis* por Tolkien, durante a década em que ele os havia levado da Vila dos Hobbits até a fronteira de Mordor, mas agora Lewis estava trabalhando em sua própria mitologia em um ritmo incrível e apresentando passagens extensas, sempre escritas em questão de dias. Tal pressa foi uma das causas da contrariedade de Tolkien, mas ele também odiou a história e considerou-a repleta de contradições e inconsistências. Ele era extremamente exigente com seu próprio trabalho e esperava a mesma qualidade e integridade de seus amigos.

20 Publicado no Brasil em diversas edições, a última também pela WMF Martins Fontes. [NE]

Tolkien não fez nada para esconder o seu desgosto e declarou abertamente nas reuniões que não hávia mesmo gostado de *O Leão, a Feiticeira e o Guarda-Roupa*. Um dos alunos de Lewis, Roger Lancelyn Green, começara a participar ocasionalmente dos encontros dos Inklings e ouviu alguma das leituras de Lewis de um trecho inicial do livro, durante as reuniões de que Tolkien recusou-se a participar. Mais tarde, quando Tolkien esbarrou com Green na rua e o estudante começou a falar sobre Lewis, Tolkien declarou: "Ouvi que você está lendo a história infantil de Jack. Ela realmente não funciona, você sabe!"[21]

Mas havia outros motivos que irritavam Tolkien, além da rapidez de sua escrita. Em meados dos anos 1940, Lewis havia se tornado um escritor famoso. *Cartas de Um Diabo a Seu Aprendiz* tinha vendido quase 250 mil exemplares e seus romances de ficção científica estavam saindo da gráfica na média de um por ano, colecionando mais aplausos e reconhecimento mundial. *O Hobbit* havia se saído muito bem, mas agora seu autor estava se dedicando a uma espécie de continuação, *O Silmarillion*, e não conseguia encontrar nenhuma editora realmente importante interessada no projeto. Tudo ficou ainda pior quando, poucos meses depois de terminar *O Leão, a Feiticeira e o Guarda-Roupa*, Lewis tinha editores fazendo fila em sua porta para conseguir os direitos do livro. Não é coincidência que, em outubro daquele ano, as reuniões dos Inklings toda quinta-feira na sala de Lewis, em Magdalen, acabaram e o grupo se encontrava com menos frequência e formalidade somente nos pubs de Oxford.

Para acrescentar, Tolkien também começou a suspeitar de que Lewis houvesse se "apropriado" de seu trabalho. Ele acreditava haver ecos de suas ideias nos livros de Lewis e que seu amigo tinha retrabalhado e reutilizado alguns dos nomes que havia criado. Um exemplo era "Tinidril" que, segundo Tolkien suspeitava, seria uma combinação dos seus "Tinúviel" e "Idril". O exemplar de Tolkien do livro de Lewis *Perelandra* contém uma anotação feita a mão, especialmente irônica, onde se lê: "Uma garrafa que parece de uma boa safra (?), espero!"[22] Lewis tinha um amplo círculo de contatos e relações e de vez em

21 Roger Lancelyn Green e Walter Hooper, *C.S. Lewis: A Biography*, Collins, Londres, 1974, p. 241.

22 Este livro encontra-se agora na Wade Collection, no Wheaton College, Wheaton, Illinois, EUA. É interessante perceber, no entanto, que o personagem de Lewis, Vermebile [Wormwood, no original], o aprendiz do demônio de *Cartas de Um Diabo*, antecede Gríma Língua-de-Cobra [Wormtongue, no original], o espião de Saruman de *O Senhor dos Anéis*.

quando conhecia alguém com quem rapidamente se empolgava, quase chegando a uma admiração excessiva. Em seguida, tentava aproximá-lo de seus amigos de longa data. Ele fez isso muitas vezes durante a relação com Tolkien, mas a ocasião mais irritante foi quando Lewis conheceu o escritor Charles Williams. Poucos dias depois de conhecê-lo, Lewis estava contando a seus amigos de Oxford o quanto ele era incrível. Descreveu Williams como "um homem feio com sotaque meio *cockney*.[23] Porém, ninguém pensa mais nisso depois de cinco minutos que ele começa a falar. Seu rosto torna-se quase angelical. Tanto em público como em particular, ele é, de quase todos os homens que conheci, aquele cujas palavras mais transbordam com *amor*. É simplesmente irresistível".[24] Estes eram os comentários tipicamente exagerados de Lewis, mas Charles Williams estava para se tornar mais do que um amigo passageiro e logo iria rivalizar com Tolkien pela afeição de Jack.

Williams era o mais velho dos três e já tinha cinquenta anos quando conheceu C.S. Lewis em 1936. Ele havia tido uma educação muito mais irregular, que começou muito bem com uma bolsa de estudos na Escola de Gramática de St. Albans, seguida de outra bolsa para o University College, em Oxford, iniciado em 1901, em torno de 15 anos antes de Lewis. Em todos os aspectos, foi um aluno promissor, mas então, depois de dois anos em Oxford, o pai de Williams enfrentou dificuldades financeiras e a família não pôde mais colaborar com suas despesas e, assim, foi obrigado a largar a faculdade sem obter o diploma. Trabalhou então na Oxford University Press e publicou uma sucessão de romances, livros de não ficção, coletâneas de poemas e peças de teatro.

Por volta de 1940, Charles Williams já havia escrito 27 livros e chamado a atenção de Lewis, quando este descobriu um exemplar de *The Place of the Lion* [*O Lugar do Leão*, em tradução literal], recentemente publicado por Williams. Em 1939, Williams havia se mudado para Oxford, onde ele, sua esposa e o filho ficaram durante a Segunda Guerra Mundial. A partir desta época, começou a se encontrar com frequência com Lewis, cuja amizade e conselhos ele dava grande valor. Escrevendo à sua esposa em 1939, Williams contou sobre seu novo amigo: "Tenho escapado para o quarto de C.S. Lewis [...], ele é um grande

23 Dialeto do East End, em Londres, falado sobretudo pela classe operária. [NT]
24 De um livro não publicado sobre as memórias de Lewis, de Peter Bayley, citado em Carpenter, *The Inklings*, p. 120.

bebedor de chá a qualquer hora da noite ou do dia e deixa para mim uma bandeja com leite e chá e uma chaleira elétrica a mão".[25] Para grande desgosto de Tolkien, ele logo estava se convidando para as conversas de toda segunda-feira no Hotel Eastgate, onde Lewis e Tolkien vinham desfrutando sozinhos, toda semana, por mais de dez anos.

Lewis tornou-se rapidamente quase inseparável de Williams e começou a campanha para que ele fosse aceito como professor acadêmico oficial na universidade, apesar de nunca ter obtido um diploma. Diante da oposição de quase todos os lados, Lewis obteve sucesso (graças, sobretudo, à grave carência de professores qualificados durante a guerra) e mais tarde foi fundamental em ajudar Williams a conseguir um título de Master of Arts em Oxford.[26]

Apesar da bajulação de Lewis, ou talvez por conta dela, Tolkien nunca ficou completamente confortável com a nova amizade de Jack. Charles Williams era visto por alguns como um homem um tanto arrogante e possessivo que, na companhia dos Inklings, parecia precisar sempre compensar sua educação fragmentada e Tolkien certamente não se importava muito com seu caráter. Tolkien também não gostava dos escritos de Williams, sobretudo *The Figure of Arthur* [*A Personalidade de Artur*, em tradução literal], um relato da lenda do rei Artur.

Tolkien parece também ter tido muita desconfiança da posição religiosa e filosófica de Williams, cuja grande parte era diametralmente oposta a sua. Charles Williams era um poço de contradições. Havia sido membro devoto da Igreja Anglicana, mas quase obsessivamente fascinado pelo misticismo e o ocultismo. Tinha passado a fazer parte do grupo místico conhecido como Order of The Golden Dawn [Ordem da Aurora Dourada, em tradução literal] – que contava com o famoso Aleister Crowley entre seus integrantes –, mas aos domingos frequentava a igreja e fazia suas orações. Estes dois aspectos dos seus interesses filosóficos e espirituais formavam uma combinação interessante quando expressada de maneira poética, mas Tolkien, que guardava pouca simpatia para os protestantes desde a infância, encontrava pouca coisa em comum com um deles, ainda mais se este também se interessava pela tradição do ocultismo, pelo culto ao diabo e pela magia negra.

25 *Letters of C.S. Lewis*, editado por W.H. Lewis, Geofrey Bles, Londres, 1966, p. 196-7.
26 Grau acadêmico de pós-graduação concedido geralmente nas áreas de Belas Artes, Ciências Humanas, Ciências Sociais ou Teologia na Grã-Bretanha. [NT]

Pior ainda, Williams parecia ter sérias tendências sádicas. Apesar de, até onde se sabe, nunca terem sido demonstradas fisicamente e ser visto como um marido apaixonado e devoto à sua mulher Michal e ao filho Michael, ele as expressava intensamente em sua poesia e em seus romances. Em um poema intitulado "Anticristo", ele escreveu:

Minha mente dominou-me com prazer
Para destruir a sua amada cabeça
Com um lento ardil de delicada dor.[27]

Quando combinados à sua atração pelo ocultismo, tais impulsos sádicos adicionavam uma intensidade excitante à sua escrita, mas segundo alguns de seus amigos, eles sempre sentiram que Williams controlava mal suas emoções, só era capaz de segurar seu lado mais obscuro com uma grande força de vontade.

Tudo isso teria contribuído para tornar mais difícil a amizade entre Tolkien e Williams, sem mencionar as respectivas relações com Lewis. Em toda evidência, Tolkien sentiu-se, simplesmente, enciumado e usurpado por Williams. O melhor que poderia ser dito sobre a relação entre Tolkien e Williams é que eles toleraram um ao outro e a familiaridade pouco mudou isso. Eles passavam talvez duas noites juntos por semana, durante seis anos, mas nunca foram capazes de confiar um no outro e Tolkien geralmente não ficava a vontade na presença do novo amigo de seu melhor amigo.

Nada disso parece ter provocado algum tipo de impacto em Lewis. Ele era fascinado com a personalidade um pouco irascível de Williams e adorava seu intelecto. De fato, Lewis parece ter se equivocado ao pensar que todos seus amigos sentiam o mesmo. "Em 1939, Williams já havia se tornado tão querido para todos os meus amigos em Oxford, como era para mim", escreveu ele.[28] Isso apareceu em um ensaio de Lewis, que integrou uma coletânea em homenagem à sua memória, escrita por alguns membros dos Inklings e seus amigos chamada *Essays Presented to Charles Williams*, publicada em 1947 (dois anos após a morte de Williams, em 1945). No entanto, alguma medida

27 Charles Williams, *Divorce*, Oxford University Press, 1920.
28 C.S. Lewis com A.O. Barfield, W.H. Lewis, Gervase Mathew, Dorothy Sayers e J.R.R. Tolkien, *Essays Presented to Charles Williams*, Oxford University Press, Oxford, 1947, p. X.

da intolerância de Tolkien com William é revelada em um comentário que ele acrescentou ao seu exemplar do livro (onde, ironicamente, também havia colaborado). Na margem, ele escreveu: "Ah, não! Em todo o caso, eu mal o conhecia até ele passar a viver em Oxford".

Tolkien geralmente ignorava ou retrucava o entusiasmo de Lewis e considerava seu amigo um homem muito impressionável, bem como um fraco avaliador de caráter. Ele também era um defensor da precisão, sobretudo na página impressa, e este comentário foi feito quando o relacionamento entre Tolkien e Lewis se distanciava ao máximo, mas também parece ter se originado de um forte sentimento pessoal. Muitos anos depois, Tolkien recordou-se de Williams para um jornalista: "Li um bom número de seus livros, mas não gosto deles [...] Não conhecia Charles Williams muito bem".[29]

Ao final dos anos 1940, a amizade de Tolkien e Lewis estava quase acabada. Jack e Tollers haviam se afastado por conta do ponto de vista religioso muito diferente de ambos e Tolkien ficou mais e mais aborrecido com o sucesso comercial de Lewis. O ingresso de Charles Williams ao grupo íntimo havia causado grande ressentimento e afrouxara ainda mais a ligação entre eles, mas então, em 1952, um ano após a morte de Janie Moore, Lewis deu tudo por terminado quando conheceu e se apaixonou por Joy Gresham.

Esta nova pessoa que havia surgido de repente na vida de Lewis destruiu os últimos vestígios da antiga amizade. Joy Gresham era uma escritora que havia alcançado algum sucesso e tinha se casado com outro escritor, um alcoólatra recuperado, chamado Bill Gresham. Assim como Lewis, ela havia passado por uma conversão religiosa e, em 1952, visitou a Inglaterra e encontrou-se com Lewis pela primeira vez. Eles tornaram-se próximos muito rapidamente, apaixonaram-se e, depois que Joy retornou aos Estados Unidos para pedir o divórcio, ela voltou à Inglaterra com seus dois filhos pequenos e logo estava instalada em The Kilns como mulher de Lewis.

Quatro anos após terem se conhecido, casaram-se no cartório de Oxford. Nenhum dos amigos de Lewis compareceu e muitos deles (incluindo Tolkien) apenas souberam do fato ao ler a notícia no *The Times*. Tolkien ficou, em todos os sentidos, devastado por não ter sido informado pelo próprio Lewis.

29 Henry S. Resnick, *Niekas*, v. 18, n. 43.

Foi logo aí que Lewis soube que nunca poderia reacender a relação que havia desfrutado outrora com Tolkien. Existia agora um oceano de ressentimento entre eles e Lewis sabia qual reação Tolkien teria com sua decisão de se casar. Tolkien mal conhecia Joy Gresham, mas a reprovava fortemente desde o princípio por vários motivos. Primeiro, ela era uma mulher norte-americana independente, sincera e determinada a fazer o que quisesse, nem um pouco o tipo de que Tolkien gostava. Era divorciada, com dois filhos pequenos e uma judia que apenas recentemente havia se convertido à igreja presbiteriana, uma doutrina severa, tão distante do catolicismo de Tolkien quanto possível. Ainda pior, ela era uma escritora que havia começado a produzir o tipo de livro que Lewis estava escrevendo, dedicando-se àquilo que Tolkien teria considerado propaganda protestante. Ironicamente, Edith Tolkien tornou-se amiga de Joy Gresham.

Pela época em que Jack e Joy se casaram, Tolkien via seu amigo de outrora muito raramente. Em 1954, Lewis aceitou ocupar a cadeira de Inglês Médio e Renascentista em Cambridge e, assim, estava em Oxford com menos frequência. Ele manteve um contato cordial com Tolkien e escreveu uma crítica apaixonada de *O Senhor dos Anéis*, que havia lido, inicialmente ainda como um manuscrito, quando, no finalzinho de 1949, em um dos atos derradeiros de sua intimidade compartilhada, Tolkien havia lhe emprestado e pedido sua opinião. E ainda, quando Joy morreu em 1960, deixando Lewis desolado, os dois velhos amigos não conseguiram retomar seus sentimentos e não mais procuraram um ao outro.

Quando Lewis faleceu em novembro de 1963, Tolkien declinou todos os convites para escrever um obituário e recusou-se a contribuir com uma coletânea de ensaios à sua memória. Na verdade, raramente falou sobre Lewis e seu único comentário documentado sobre o fim da longa amizade entre eles aparece como uma referência bastante amarga em uma carta escrita logo após a morte de Lewis. "Fomos separados, primeiro, pela súbita aparição de Charles Williams", ele declarou, "e, depois, pelo seu [de Lewis] casamento."[30]

Foi uma triste nota de rodapé para o que havia sido uma relação tão produtiva quanto intensa, uma amizade que os tornou homens melhores.

30 De uma carta para Michael Tolkien, 1963, *Letters*, p. 341.

CAPÍTULO 9

A Caminho de *O Hobbit*

Para Tolkien, as décadas de 1930 e 1940 foram as mais criativas de sua vida. Foi durante essa época que suas ideias inspiradoras e sua obra literária floresceu. Foi um período em que as histórias infantis livres e fragmentadas tomaram a forma que iria alcançar uma ampla audiência e marcou o tempo em que ele encontrou uma base sólida como escritor.

Ninguém sabe com precisão quando ele começou a escrever *O Hobbit*, nem mesmo o próprio Tolkien. Assim como *Sr. Bliss*, *Roverandom* ou as *Cartas do Papai Noel*, ele virou uma história de ninar para seus filhos pequenos e podemos apenas supor que, depois da inspiração inicial que veio enquanto corrigia provas, Tolkien considerou a ideia e deixou-a amadurecer como uma fábula oral que então foi colocada no papel. Em 1937, poucos meses após *O Hobbit* ter sido publicado pela primeira vez, Christopher Tolkien mencionou em sua carta ao Papai Noel que seu pai lera *O Hobbit* para as crianças anos antes e somente o final da história não havia então sido datilografado. Isso é confirmado pelo fato de Tolkien ter emprestado a Lewis o manuscrito sem os capítulos finais *antes* de apresentá-lo para os Inklings e enquanto os Coalbiters ainda estavam lendo suas sagas islandesas, estabelecendo a primeira concepção do livro por volta de 1931.

Depois da família de Tolkien, Lewis foi provavelmente o primeiro a ler a história e ficou imediatamente extasiado. Escrevendo ao amigo Arthur Greeves, ele afirmou:

> *Desde que começou o semestre, tenho passado um tempo prazeroso lendo uma história infantil que Tolkien escreveu. Já lhe falei sobre ele anteriormente: um homem absolutamente capaz, se o destino tivesse permitido, de ser um terceiro em nossa amizade nos velhos tempos, pois ele também cresceu com W. Morris e George Macdonald. Ler o seu conto de fadas tem sido estranho – é exatamente o que nós dois desejávamos escrever (ou ler) em 1916: de modo que parece que ele não está criando, mas apenas descrevendo o mesmo mundo do qual nós três conhecemos a entrada [...] Se é* bom *de verdade isso naturalmente é outra questão: ainda mais se fizer sucesso com as crianças de hoje.*[1]

De fato, muito da inspiração para *O Hobbit* veio da infância de Tolkien, os livros que leu quando criança, as brincadeiras fantasiosas que criava. Em um nível superficial, há pistas e sinais de seus tempos de mocidade: sua tia Jane viveu em uma pequena casa em Worcestershire, que era chamada de "Bag End"[2] pelos nativos, e dragões apareciam com destaque nas histórias de Andrew Lang. Tolkien havia escrito sobre dragões em suas primeiras histórias infantis, criadas quando estava lecionando em Leeds. Mais significativa foi a série de poemas que ele chamou *Tales and Songs of Bimble Bay* [*Contos e Canções de Bimble Bay*, em tradução literal], um dos quais, "A Visita do Dragão", descrevia um ataque de dragão contra o dorminhoco Bimble Bay e envolvia uma "senhorita Biggins". Também é nítido que muito do espírito das cartas do Papai Noel está no texto de *O Hobbit*. Isso é percebido pelos amigos literatos da família que conheciam as cartas. Um deles, a acadêmica e filóloga Simonne d'Ardenne comentou: "Aquelas cartas encantadoras foram a origem de *O Hobbit*, que logo tornou Tolkien famoso, e o ponto de partida para a fábula posterior para adultos, a notável trilogia de *O Senhor dos Anéis*".[3]

1 C.S. Lewis a Arthur Greeves, 4 fev. 1933, the Wade Collection.
2 Inspiração para o Bolsão, nome da casa de Bilbo Baggins, ou Bilbo Bolseiro e família. [NT]
3 *J.R.R. Tolkien, Scholar and Storyteller: Essays in Memoriam* (editado por Mary Salu e Robert T. Farrell), Cornell University Press, Ithaca e Londres, 1979, p. 34.

Mas quando Lewis escreveu "parece que ele não está criando, mas apenas descrevendo o mesmo mundo do qual nós três conhecemos a entrada", queria dizer que Tolkien (assim como Lewis e, presumivelmente, Greeves) havia guardado imagens vigorosas de um mundo fantástico cultivado na infância. Tolkien era o *tipo* perfeito para ter criado um personagem como Bilbo e um lugar como o Condado.

Depois que seu livro tornou-se famoso, Tolkien ficava muito feliz em declarar que *era* um hobbit. Seria mais uma piada, mas havia certa semelhança entre a personalidade de Tolkien e a de um hobbit típico. Na verdade, em muitos aspectos, Tolkien não era tão diferente assim de Bilbo Bolseiro. Tolkien desconfiava e, por vezes, desdenhava do século XX. Ele era uma espécie de ludita e acreditava que a ciência e a tecnologia não haviam feito nada de louvável para mudar o destino da humanidade. Resistiu a ter um carro até que se tornasse uma necessidade prática e Edith seguiu seu caminho (e mesmo assim se livraram dele anos depois). Ele nunca teve um aparelho de TV e escutava rádio muito raramente. Não gostava de literatura, música e teatro modernos e não tinha tempo para a política contemporânea. Pode-se dizer que não desejava realmente viver no mundo moderno, em todos os aspectos, e que a sua desaprovação era em parte um estímulo à sua criatividade; ele preferia muito mais a Terra-Média.

Mas em um nível mais prosaico, o hobbit era um tipo não muito diferente das pessoas que Tolkien conhecia e havia crescido junto. Os hobbits eram inspirados em uma série de tipos de homens e mulheres ingleses, agora praticamente extintos, habitantes da região central da Inglaterra pré-Segunda Guerra, como os atores dos filmes britânicos do pré-guerra, entre eles Richard Hannay, o herói de *39 Degraus* (1935), de Alfred Hitchcock.

Bilbo Bolseiro é um inglês de classe média que, assim como Tolkien, olha com desdém o progresso e a inovação. Bilbo gosta do seu cachimbo e da sua cadeira aconchegante e é apenas lentamente persuadido a entrar em qualquer tipo de aventura. Mas, quando se envolve, torna-se um herói, o sangue do Somme corre em suas veias. Um hobbit como Sam Gamgi[4] representa o inglês da classe trabalhadora, o

4 Também conhecido pelo sobrenome original Gamgee. [NE]

Tommy das fronteiras,[5] o vendedor de rua ou o auxiliar de açougueiro, que assobia enquanto pedala para o trabalho.

O Hobbit começou com um lampejo de inspiração, um momento revelador, talvez, como diz a lenda, quando Tolkien estava sonhando acordado e viu um buraco no tapete em seu escritório. Mas de um impulso criativo inicial, ele começou a pensar para trás. "Em uma toca no chão vivia um hobbit." Muito bem, mas o que era um hobbit? E por que ele morava em uma toca no chão?

Para responder a essas questões, Tolkien tinha que levar a história para muitos estágios anteriores, para descobrir quem eram essas criaturas e construir um conjunto de características para elas, e assim as pessoas que ele conhecia – seus parentes em Birmingham, os estudantes estoicos de Leeds, os soldados rasos nas trincheiras com quem gostaria de ter feito amizade, os acadêmicos na High Table, o dono da mercearia no centro de Oxford –, todas elas entrariam no balaio.

Por algum tempo, o manuscrito de *O Hobbit* permaneceu incompleto e meio esquecido, guardado em uma gaveta em sua escrivaninha e ignorado. E assim talvez nunca viesse a ser publicado, exceto pelo feliz acaso que levou Tolkien a abrir a gaveta e emprestar o manuscrito incompleto a amigos próximos e de confiança da família, como Lewis.

Em uma primeira versão, Bilbo iria enfiar-se no covil do dragão Smaug para esfaqueá-lo e alguns outros detalhes importantes eram diferentes: o dragão chamava-se "Pryftan" e o nome "Gandalf" foi dado para o chefe dos anões, enquanto o mago era chamado de "Bladorthin". É possível que a criação dos Inklings tenha encorajado Tolkien a abrir aquela gaveta e tirar o pó das páginas; no entanto, mesmo assim, os capítulos finais ainda estavam para serem escritos e o fim da história havia sido abandonado com o dragão prestes a morrer, mas sem descrição das cenas finais no papel. Gandalf provavelmente ganhou seu nome e Bladorthin foi abandonado depois de leituras na sala de Lewis, quando Tolkien decidiu pegar os nomes para todos os anões de uma coletânea de poemas islandeses antigos, *Edda em Verso*.

Uma das pessoas a quem o manuscrito foi mostrado era uma ex-estudante chamada Elaine Griffiths, que, em 1936, estava trabalhando em

5 Gíria comum para um soldado do exército britânico, estabelecida no século XIX, mas associada, sobretudo com a Primeira Guerra Mundial. [NT]

Oxford na revisão de uma tradução de *Beowulf* para a editora George Allen and Unwin, de Londres. Uma de suas antigas amigas da faculdade, Susan Dagnall, com quem havia estudado e era agora uma das editoras na George Allen and Unwin, veio a Oxford para discutir a edição de *Beowulf*. Durante o almoço, as duas mulheres recordavam os velhos tempos e Elaine mencionou que o professor Tolkien havia escrito uma maravilhosa história para crianças. Ela sugeriu a Susan Dagnall que visitasse Tolkien aquele dia, para ver se ele a deixaria olhar o manuscrito.

Para a surpresa de Susan Dagnall, Tolkien ficou muito contente em lhe emprestar seu livro e ela dirigiu-se para a estação de Oxford com a promessa de que o devolveria assim que possível. Cheia de curiosidade, leu o manuscrito no trem de volta a Londres e poucos dias depois o devolveu a Tolkien com uma carta afirmando que o livro tinha um grande potencial, mas precisava ser finalizado antes que ela pudesse encaminhar a seus chefes na editora.

Entusiasmado com as notícias, Tolkien começou a trabalhar imediatamente. Era o começo de agosto de 1936 e uma época perfeita para ele, com as férias de verão. Ele quase já havia terminado as correções de sua pilha anual de provas para o School Certificate e as aulas na faculdade somente recomeçariam dali a quase dois meses. Michael Tolkien, então próximo dos 16 anos, havia cortado seriamente a sua mão em uma janela quebrada no colégio, mas foi capaz de ajudar seu pai a datilografar a nova versão, usando a outra mão e, em 3 de outubro, bem a tempo do começo do ano acadêmico e em meio a assuntos mais mundanos, a versão completa e revisada de *O Hobbit* estava pronta para ser enviada a Susan Dagnall. Em uma folha de rosto do original, Tolkien havia datilografado "O Hobbit ou Lá e de Volta Outra Vez".

Susan Dagnall ficou empolgada com o novo original e mostrou-o para o dono da editora, Stanley Unwin. Ele gostou de imediato, mas queria avaliar a reação de alguém com a idade para quem ele havia sido escrito e, assim, deixou com seu filho de 10 anos, Rayner, que, com um pagamento de um xelim, foi convencido a escrever um pequeno relato sobre o livro. O menino concluiu que ele seria de grande interesse para crianças entre 5 e 9 anos.[6]

6 Citado em Humphrey Carpenter, *J.R.R. Tolkien: A Biography*, HarperCollins, Londres, 1977, p. 184.

Dentro de uma semana, a George Allen and Unwin escreveu a Tolkien para informá-lo que gostariam de publicar seu livro.

Tolkien havia fornecido a Susan Dagnall um conjunto de mapas para acompanhar o manuscrito e os editores acharam que alguns deles eram adequados para serem incluídos, mas Tolkien tinha algumas ideias grandiosas e arriscadas para o livro que não poderiam ser cumpridas. Seus mapas tiveram que ser redesenhados, pois os originais continham muitas cores. Ele também queria um mapa geral da parte da Terra-Média, onde se passava a história, para entrar no fim do livro e um mapa de Thrór para ser incluído no meio do texto do primeiro capítulo. Tolkien, um tanto ingenuamente, propôs que isso fosse impresso usando tinta invisível, assim apareceria quando aberto debaixo da luz.

Tolkien também ofereceu a George Allen and Uwin uma série de ilustrações para o livro, incluindo uma nota na qual dizia: "Os desenhos servem, sobretudo, para provar que o autor não sabe desenhar".[7] Mas, apesar de sua autocrítica, os editores e Stanley Unwin gostaram muito dos desenhos de Tolkien e escreveram-lhe de volta para dizer que queriam usar oito deles impressos em preto e branco.

Em fevereiro, as provas de *O Hobbit* já estavam prontas no escritório de Tolkien da Northmoor Road. Mas ele era detalhista e precisava retrabalhar constantemente seus textos e, assim, essa leitura não foi algo simples. Em vez de simplesmente aprimorar o texto, Tolkien decidiu fazer importantes alterações. Ao saber disso, os editores tentaram dissuadi-lo, explicando que isso sairia muito caro e que seria sua responsabilidade pagar por qualquer mudança. Sem recuar, Tolkien levou um tempo enorme para assegurar-se de que as novas sentenças sempre se encaixassem precisamente no espaço deixada pelas antigas.

Sua principal queixa com as provas não corrigidas era na verdade bem razoável. Ele não gostava de como havia feito tantos apartes ao leitor e passou um bom tempo cortando-os e mudando o texto.[8] Mas outros problemas vieram de inconsistências na geografia e cronologia da história, todas as quais levaram um tempo considerável para serem alteradas e corrigidas.

Por fim, acabou levando mais de dois meses de esforço, durante a primavera de 1937, para rever todas as provas. Ele havia deixado o

7 Tolkien para Charles Furth, George Allen and Unwin, 17 jan. 1937, *Letters*, p. 15.
8 Mesmo assim, ainda há 45 momentos em que o autor dirige-se diretamente ao leitor.

livro consideravelmente melhor, mas quando o original retornou aos escritórios da George Allen and Unwin em Londres, os editores ficaram bastante irritados com Tolkien e se deram conta de que, apesar de todo seu talento como um contador de histórias, a necessidade do professor de ponderar sobre cada palavra, procurar minuciosamente por falhas e retrabalhar tudo o que havia escrito foi uma fonte de frustrações considerável.

O próximo problema surgiu em torno da data de publicação do livro. Por muitas e boas razões, a George Allen and Unwin queria publicá-lo no final de setembro. Isso seria uma época perfeita para que estivesse disponível no Natal, época boa para os livros infantis, pois lhes daria tempo para preparar e imprimir o livro depois de tantos atrasos com as provas.

Tolkien preferia que a publicação fosse em junho do próximo ano. A razão para isso era que, durante o ano em que passou revisando e aperfeiçoando *O Hobbit*, ele tinha uma bolsa para seguir com os seus estudos literários (uma Bolsa de Pesquisa Leverhulme). Ele vinha trabalhando em seus ensaios acadêmicos enquanto terminava o romance no tempo livre, mas Tolkien ficou preocupado que os colegas acadêmicos iriam suspeitar de que ele estivesse usando os bens da universidade para financiar sua carreira como escritor de histórias infantis. Tolkien argumentava que se o livro saísse em junho seria difícil para alguém alegar que ele vinha trabalhando no manuscrito durante o período da bolsa (um ano a partir de outubro 1936).

Stanley Unwin se deu conta de que Tolkien estava se preocupando sem necessidade e não deixaria que seu instinto comercial fosse comprometido. O livro finalmente chegou às livrarias no final de setembro de 1937 e estava esgotado no Natal. Os colegas de Tolkien mal souberam do livro até ele ser resenhado no *The Times* e, de acordo com o relato do próprio Tolkien a Stanley Unwin, eles reagiram com "surpresa e um pouco de pena".[9]

Esta parece ter sido uma reação estranha, a não ser para os familiarizados com a personalidade de muitos acadêmicos. Oxbridge é reconhecida pela sua "rabugice", uma característica de muitas instituições acadêmicas, mas mais visível nos corredores sagrados de Oxford

9 Tolkien a Stanley Unwin, 15 out. 1937, *Letters*, p. 24.

e Cambridge. O aspecto de muitos acadêmicos tem sempre sido o do escárnio e do deboche em relação a quase tudo com que se deparam e, para muitos, é uma forma de autodefesa, uma maneira de reforçar um senso inato, mas equivocado de superioridade. Tolkien sabia disso e estava certo em esperar ser ridicularizado, mas não há como negar o prazer que sentiu quando seu livro não pôde simplesmente ser ignorado por seus colegas. "Sou perguntado constantemente sobre como é meu hobbit", ele disse a Unwin. "O professor de Grécia Bizantina comprou um exemplar 'porque as primeiras edições de Alice [*Alice no País das Maravilhas*, escrito por outro acadêmico de Oxford, Charles Dogson] são agora muito valiosas'."[10]

A resenha no *The Times* que tanto impressionou os contemporâneos de Tolkien foi feita por C.S. Lewis, que escreveu:

> *Todos que gostam daquele tipo de livro infantil que pode ser lido e relido por adultos deveriam prestar atenção em uma nova estrela que surgiu nessa constelação. Para os olhos treinados alguns personagens vão parecer quase mitopoéticos [...] Tolkien parece não ter inventado nada. Ele tem estudado a mitologia sobre trolls e dragões e os descreve com aquela fidelidade que vale por oceanos de "originalidade" loquaz.*[11]

Poucos dias antes desta resenha, Lewis já havia anunciado seu veredicto no *Times Literary Supplement*. Nele, declarou: "Nenhuma receita simples para histórias infantis vai lhe dar criaturas tão enraizadas em sua própria terra e histórias como aquelas do professor Tolkien - que obviamente sabe muito mais sobre elas do que precisa para esta fábula".[12]

Temendo talvez que a identidade do resenhista fosse revelada e vista como suspeita, Tolkien disse àqueles que sabiam que ela havia sido escrita por seu amigo, que Jack era o homem mais escrupulosamente honesto que já havia conhecido, seus sentimentos eram sempre genuínos e ele não teria escrito aquelas coisas se não acreditasse nelas, apenas para ajudar nas vendas. Isso era uma verdade indubitável e, de

10 Ibid.
11 *The Times*, 8 out. 1937.
12 *Times Literary Supplement*, 2 out. 1937.

fato, Lewis nunca parou de promover a obra de Tolkien, mesmo depois que a amizade deles esfriou. Em seu livro *Of This and Other Worlds* [*Sobre Esse e Outros Mundos*, em tradução literal], escrito no final dos anos 1930, ele disse sobre *O Hobbit*:

> *Deve ser entendido que este é um livro infantil somente no sentido de que a primeira de muitas leituras pode ser realizada no berçário.* Alice *é lido seriamente por crianças e com alegria por adultos;* O Hobbit, *por outro lado, será mais engraçado para os leitores mais jovens, e somente anos depois, pela décima ou décima segunda leitura, eles começam a se dar conta do que a hábil erudição e a reflexão profunda passam a fazer com que tudo nele seja tão maduro, amigável e verdadeiro a seu modo. Profecias são perigosas, mas* O Hobbit *pode muito bem revelar-se um clássico.*[13]

Uma década depois, Lewis observou:

> O Hobbit *escapa do perigo de se transformar em mera trama e excitação por uma mudança de tom muito curiosa. Assim como o humor e a simplicidade dos primeiros capítulos, a simples "hobbitaria" some quando entramos sem perceber no mundo do épico.*[14]

Mesmo antes de *O Hobbit* ter sido publicado na Grã-Bretanha, ele chamou a atenção de uma das maiores editoras norte-americanas. O editor responsável pelo livro na George Allen and Unwin em Londres, Charles Furth, escreveu a Tolkien em maio de 1937 para lhe dizer que a Houghton Mifflin, de Boston, queria publicá-lo nos Estados Unidos. Além disso, eles queriam um conjunto de ilustrações coloridas para acompanhar o texto e queriam saber se Tolkien poderia fornecê-lo.

Tolkien ficou contente e disse que gostaria de tentar produzir os desenhos, mas estava preocupado que os editores pudessem achar que não eram bons o suficiente. Por essa época, Furth e a equipe na Allen and Uwin já estavam acostumados com a personalidade de Tolkien, que não era, por vários motivos, o autor mais fácil para se trabalhar. De volta em fevereiro, ficaram impressionados com o nível de detalhes

13 C.S. Lewis, *Of This and Other Worlds*, p. 111, Geoffrey Bles, Londres, 1967.
14 C.S. Lewis, "On Stories", em *Essays Presented to Charles Williams*, 1947, p. 104.

da avaliação crítica de Tolkien em relação às provas de suas ilustrações em preto e branco para *O Hobbit*. Em uma carta à editora, ele considerou as impressões boas, com a exceção de dois problemas com a ilustração do Troll. Um dos contornos de uma árvore no fundo da paisagem estava levemente falhado e alguns dos pontos em volta do fogo no meio do desenho não estava bem reproduzido.

Por causa de muitas outras demandas, Tolkien estava pressionado pelo tempo, mas também não gostou da ideia de outra pessoa ilustrar seu livro e disse a Furth que, se não conseguisse produzir as ilustrações satisfatoriamente, ele ao menos deveria ter a garantia de vetar qualquer coisa que os norte-americanos fizessem, pois tinha uma "sincera aversão" a qualquer coisa que os estúdios Disney produziam.[15]

Por alguma razão, esta carta foi encaminhada para a Houghton Mifflin, sem ter sido editada. Quando Tolkien soube disse, ficou extremante embaraçado. No entanto, os editores em Boston não se abalaram com os comentários não solicitados de Tolkien e continuavam bastante interessados em adquirir os direitos para publicá-lo o mais rápido possível. Em agosto de 1937, ele superou qualquer insegurança que tinha sobre sua habilidade artística e conseguiu, apesar de uma carga pesada de trabalho com as provas e tarefas administrativas, produzir cinco ilustrações coloridas para o livro. Foram elas "Rivendell", "A Colina: a Vila dos Hobbits sobre a água", "Bilbo despertou com o sol nos olhos", "Conversa com Smaug" e "Bilbo chega às cabanas dos elfos-jangadeiros". A Houghton Mifflin usou todas, com exceção da última, em sua primeira edição, e a Allen and Unwin incluiu-as em sua segunda edição no começo de 1938.

Tolkien ficou muito satisfeito com estas ilustrações e empolgado com a segunda impressão de *O Hobbit*, mas novamente os editores receberam mais críticas em relação ao trabalho. Para a quarta capa da primeira edição, Stanley Uwin havia escrito um pequeno texto apresentando o autor que dizia assim:

> *J.R.R. Tolkien tem quatro filhos e* O Hobbit *foi lido em voz alta para eles ainda bebês. O manuscrito foi emprestado para amigos em Oxford e lido para suas crianças. A origem de* O Hobbit *guarda*

15 Tolkien a Charles Furth, 13 maio 1937, *Letters*, p. 17.

muitas semelhanças com a de Alice no País das Maravilhas. *Aqui novamente um professor e um assunto obscuro estão se divertindo.*

Bastante inocente, alguém poderia pensar, mas Tolkien respondeu com virulência, escrevendo três páginas criticando esse simples parágrafo. O livro não havia sido lido com seus filhos ainda bebês, pois o mais velho, John, tinha 13 anos quando ouviu a história. Ele não foi "emprestado" a ninguém e aqueles que o tinham lido certamente não o leram para suas crianças. Tolkien discordou da sugestão de que o inglês antigo fosse algo obscuro, embora, na verdade, Unwin tenha sido mais impreciso em relação ao autor de *Alice no País das Maravilhas*, Charles Dodgson, um professor de matemática. Tolkien seguiu adiante argumentando que Dodgson, na verdade, não havia sido professor universitário, mas tutor (fazer tal distinção significava muito para um acadêmico de Oxford).[16] Ele também não gostou da ideia de ser um professor se divertindo.

Esta carta demonstra uma das maiores dificuldades que Tolkien e seus editores enfrentavam. *O Hobbit* e suas demais ficções nascem de uma característica muito particular. Tolkien era meticuloso, obsessivo e deve ter sido, por vezes, bastante insuportável trabalhar com ele. Mas também parecia ser de outro mundo, completamente sem habilidade para simpatizar com alguém que trabalhasse no mercado editorial; na verdade, todo o mundo dos negócios era completamente estranho para ele. Tolkien costumava aproveitar seu tempo aperfeiçoando a escrita. Ele amava reescrever e reorganizar suas ideias na página. Vivia imerso em seu trabalho e havia poucas coisas além de sua vida acadêmica, sua família e os amigos próximos. Ele não via sentido naquele texto de Unwin, não tinha ideia da necessidade de atrair a imaginação do público e não conseguia entender por que alguém iria comparar *O Hobbit* a *Alice no País das Maravilhas*, sendo assim, examinou com extrema minúcia e perdeu completamente a noção de que o público precisa de ganchos, pontos de referência e sinalizações. De sua torre de marfim em Oxford, ele não conseguiu olhar para pessoas comuns lá fora e apenas acreditava que todos pensassem da mesma maneira.

16 Tolkien era *Full professor*, no original. No Brasil, corresponde ao professor pleno, associado ou titular. Charles Dodgson era *college lecturer*, alguém responsável apenas por acompanhar alunos nos alojamentos estudantis, uma espécie de tutor. [NE]

Isso trouxe problemas à relação com os seus editores. Quando *O Hobbit* tornou-se um grande sucesso durante o inverno de 1937, Stanley Unwin naturalmente esperou por uma continuação da história. Tolkien também estava especialmente entusiasmado para continuá-la e começou a imaginar que este avanço em sua carreira de escritor poderia melhorar imensamente a sorte da família Tolkien. No comecinho de outubro de 1937, apenas semanas depois da publicação de *O Hobbit*, Tolkien já estava otimista. Em uma carta a Stanley Uwin, expressou uma esperança de que logo poderia ser capaz de deixar para trás a correção de provas, uma tarefa mal remunerada que já lhe tinha roubado dezessete verões e poderia se dedicar ao que mais amava, sendo muito bem remunerado para isso. E, de fato, *O Hobbit* vendeu bem na época do Natal e, quando 1938 chegou, ganhou alguma atenção da imprensa nacional. Parecia, então, haver uma fartura de razões para o otimismo de Tolkien. Outras boas notícias chegaram no começo de 1938, quando a edição norte-americana foi publicada e recebida tão calorosamente quanto havia sido na Grã-Bretanha. Naquela primavera, Tolkien ganhou o prêmio de melhor livro juvenil do *New York Herald Tribune* e, determinado a não perder o ímpeto, tentou voltar ao trabalho e seguir em frente.

Mas, em parte por causa da falta de habilidade para pensar comercialmente ou mudar sua opinião para o que o mercado solicitava, seu caminho para o sucesso internacional iria se mostrar lento e frustrante. Mas, ao mesmo tempo, essa dolorosa jornada estava para produzir algo ainda mais importante do que uma mera continuação de *O Hobbit*.

CAPÍTULO 10

A Guerra e o Anel

O Hobbit chegou em um mundo conturbado. O mundo sempre terá problemas, é claro, mas durante o outono de 1937, menos de vinte anos depois da carnificina da Grande Guerra, a civilização equilibrava-se uma vez mais à beira do abismo. Naquela primavera, Guernica, na Espanha, foi destruída pelos fascistas e, em setembro, foi a vez de os japoneses destruírem Xangai, matando milhares. Talvez esta seja uma das razões para o sucesso do livro de Tolkien, já que ele oferecia uma realidade alternativa, um mundo que era "real", com violência e intrigas, o bem e o mal, mas ambientado em um universo sem bombas e morteiros, sem bombardeios, nem desfiles nazistas.

Mas, se 1937 havia trazido uma sucessão de horrores, o ano seguinte não foi melhor e, enquanto alguns tentavam fingir que não haveria uma conflagração global e os terríveis equívocos da geração passada não seriam repetidos, a maioria sabia que a guerra era inevitável. Em setembro de 1938, um fraco e nada realista primeiro ministro, Neville Chamberlain, reuniu-se com Hitler e voltou para casa para declarar que haveria "paz em nosso tempo". Cinco dias depois, Hitler invadiu a Tchecoslováquia. Em resposta, a Grã-Bretanha e a França começaram a se rearmar e o nível de ansiedade e temor ficou cada vez mais evidente.

Dentro de doze meses, a Grã-Bretanha declarou guerra à Alemanha e, desta vez, toda a Europa transformou-se em campo de batalha.

Oxford saiu-se melhor que quase qualquer outra cidade britânica durante a Segunda Guerra Mundial. Hitler considerava Oxford um lugar tão bonito que queria preservá-la a todo custo e havia, de fato, designado a cidade como sua futura sede de governo. Assim, graças a um raro pacto entre as nações em guerra, foi acordado no início da guerra que, em troca do fato de a RAF – a Força Aérea Real inglesa – nunca ter lançado bombas em Heidelberg e Göttingen, a Luftwaffe – a Força Aérea alemã – deixaria Oxford e Cambridge intocadas.

Mas os cidadãos de Oxford sofreram com muitas das mesmas privações que o restante do país. Houve carência de comida, racionamento de combustível e ninguém nunca pôde ter absoluta certeza se Hitler iria manter sua palavra. Ainda assim, Oxford era considerada um refúgio seguro. Por ser distante da costa, era mais difícil para os aviões de bombardeio alcançarem a cidade. No caso de uma invasão, ela provavelmente teria sido um dos últimos lugares a serem alcançados. Os tesouros nacionais foram guardados lá, levados por caminhões e trens de Londres e outras localidades e, antes da Blitz,[1] em torno de vinte mil mulheres e crianças foram encaminhadas para Oxford e vilarejos próximos.

Os Tolkien receberam pessoas deslocadas pela guerra nos quartos agora vazios de sua grande casa na Northmoor Road. Somente Priscilla e Christopher ainda moravam na casa; o filho mais velho de Tolkien, John, estava estudando para o sacerdócio em Roma e teve que se refugiar na Inglaterra; Michael alistou-se em 1939, mas passou um ano na Faculdade de Trinity, em Oxford, antes de se tornar um atirador da artilharia antiaérea. Mais tarde, durante a guerra, Christopher foi enviado para a África do Sul com a RAF.

Em grande medida, a vida de Tolkien pouco mudou. Havia muito menos estudantes na universidade, mas as aulas seguiram adiante. Ele ainda tinha que corrigir provas e cumprir suas tarefas administrativas, e os encontros dos Inklings continuaram como se nada estivesse acontecendo no restante do mundo. Tolkien e Lewis eram acompanhados a

1 A Blitz consistiu em um intenso bombardeio do Reino Unido pela Luftwaffe alemã entre 7 de setembro de 1940 e 10 de maio de 1941, durante a Segunda Guerra Mundial. O nome tem origem na contração popular inglesa da palavra alemã *Blitzkrieg* ("guerra relâmpago", em tradução livre). [NT]

maior parte das vezes por Williams, Warnie (o irmão de Lewis) e Humphrey (Dr. Havard). Hugo Dyson geralmente aparecia, vindo da vizinha Universidade de Reading, e Coghill ainda era um membro assíduo. De fato, os anos de guerra provavelmente marcaram o apogeu dos Inklings. Reconhecidamente, a presença de Charles Williams azedou as coisas especialmente para Tolkien, mas, para aqueles homens, os Inklings ofereciam uma fuga da lembrança cruel de que, pela segunda vez em suas vidas, seu país estava envolvido em um conflito militar, e a cerveja e o cigarro estavam se tornando difíceis de serem arranjados. E, provavelmente, muito dos estudantes de quem eles gostavam nunca retornariam às salas de aula, assim como muito de seus próprios amigos não haviam conseguido voltar vinte anos antes.

Para Edith, esta foi uma época particularmente preocupante e depressiva. Seus filhos estavam longe, enfrentando o perigo, e o marido estava tão envolvido com seus amigos como sempre havia estado. Edith foi obrigada a aceitar o fato de que uma grande parte da vida de Ronald não a incluía. Na verdade, e de muitas maneiras, ela era excluída. Não gostava de muitos dos amigos do marido e os evitava. Toda vez que Jack visitava a casa na Northmoor Road, havia uma frieza entre ele e Edith, e ambos eram incapazes de simplesmente comunicarem-se um com o outro. Talvez o único ponto de contato entre o mundo dos Inklings e a vida de Edith Tolkien veio através do médico da família e membro do grupo, o Dr. Robert Havard, que também era amigo da família, brincava com as crianças e realmente conversava com Edith.

Além disso, Edith não gostava e tampouco confiava em quase todas as esposas dos outros acadêmicos ligados a Tolkien. Muitas delas vinham de famílias ricas e viveram em casas tão grandiosas que faziam o número 20 na Northmoor Road parecer bem modesto. Edith era bem consciente de suas raízes e do fato de que não vinha de uma família de classe média alta, mas que havia sido miseravelmente educada, em comparação com muitas das outras mulheres dos acadêmicos. Por causa de seu marido, ela se esforçou para ser sociável, oferecia chás e almoços e tentou conversar e quebrar o gelo que havia por conta de suas diferenças sociais, mas depois de um tempo desistiu e decidiu que este aspecto de Oxford não era para ela. Gradualmente, Edith ganhou a reputação de ser isolada e desinteressada e foi, em consequência disso, deixada à sua própria sorte.

E, de muitas maneiras, ela se adaptou a isso. Tinha sua família e sua casa, e estaria satisfeita se não tivesse sido estremecida pelo rumo que sua vida havia tomado. Ela ainda era ressentida com o fato de seu marido ter lhe obrigado a se converter ao catolicismo e frequentava a igreja, mesmo que muito raramente. Tolkien tornou-se mais religioso conforme envelhecia, mas não tentou mais impor suas crenças a Edith. A falta de comprometimento dela certamente frustrou-o e as enormes diferenças de fé permaneceram como uma questão entre eles até o começo da Segunda Guerra, quando o casal teve uma grande briga e todos os ressentimentos e frustrações vieram à tona.

A discussão provavelmente foi precipitada pelo estresse causado pela guerra e a quebra da unidade familiar. Edith estava ansiosa e talvez já conseguisse enxergar o que imaginava que seria um futuro bastante solitário. Priscilla, que tinha dez anos quando a guerra explodiu, estava no colégio; os garotos estavam longe ou perto de deixar a casa e Tolkien geralmente passava três noites da semana com seus amigos; quando não estava fora bebendo e conversando com seus comparsas, estava trabalhando. Ele também esperava cumprir seu papel nos esforços de guerra e, junto a muitos outros acadêmicos (incluindo Lewis e Williams), foi lhes exigido que passassem noites e madrugadas observando o céu como membros do serviço de Proteção a Ataques Aéreos [ARP, na sigla em inglês], à espera de bombardeios de Hitler. Parecia haver pouco lugar para Edith.

Além das dificuldades pessoais, Tolkien dificilmente conseguia manter o estilo de vida confortável da família. As quatro crianças eram um constante escoadouro de seus recursos financeiros – o ensino particular e depois as taxas universitárias e contas médicas, em uma época anterior à criação do Serviço Nacional de Saúde britânico, consumiram toda sua renda. Tolkien tinha bastante noção das desvantagens financeiras de uma carreira na academia. Ele não tinha entrado na vida universitária pelo dinheiro, mas conforme a família crescia, junto às demandas, o ódio do ritual anual de correção provas aumentava e Tolkien via alguns de seus contemporâneos ganhando dinheiro com o jornalismo e publicando livros. Começou a ter esperança de que os seus próprios esforços literários pudessem alterar o curso de seu destino.

O Hobbit havia sido um sucesso para Tolkien, mas não lhe rendeu imensas somas de dinheiro naquela época. Ele soube, em 1938, que os editores norte-americanos haviam vendido três mil exemplares do livro, mesma quantidade vendida na Inglaterra, durante o primeiro ano nas livrarias. O dinheiro das vendas foi útil, mas não mudou muita coisa. Um pouco mais de dinheiro veio de um número crescente de editores ao redor do planeta, mas *O Hobbit* somente se tornou uma grande mina de ouro depois do sucesso de *O Senhor dos Anéis*, em meados dos anos 1960.

O Hobbit havia sido aclamado pela crítica e atraído a atenção para Tolkien. As pessoas da imprensa e do mundo editorial passaram a conhecer seu nome e Tolkien, de maneira bastante compreensível, começou a pensar que poderia capitalizar o sucesso. Uma demonstração do novo status veio no outono de 1937, quando ele mencionou a Stanley Unwin que seu amigo C.S. Lewis havia escrito um romance; o editor ficou imediatamente interessado em lê-lo. O romance, *Além do Planeta Silencioso*, já havia sido recusado por um editor e, de fato, depois de receber uma análise desfavorável da pessoa que o avaliou para a editora, Unwin também o dispensou, mas isso demonstrou a Tolkien que ele estava sendo levado a sério.[2]

Poucas semanas após a publicação de *O Hobbit*, Stanley Unwin teve consciência de que o livro estava indo bem e Tolkien poderia se tornar uma nova força literária. As pessoas, ele acreditava, logo iriam querer saber muito mais sobre os hobbits e o seu universo, e escreveu a Tolkien para lhe dizer isso. No entanto, Unwin, alguém com grande experiência e um homem de negócios hábil, também sabia que muito raramente os autores estouram com seu primeiro livro e precisam manter o ímpeto inicial e produzir uma sequência de títulos de sucesso. Assim, ele estava naturalmente entusiasmado para que Tolkien desse continuidade ao seu sucesso com uma sequência, um "novo *O Hobbit*".

E, de fato, o escritório de Tolkien guardava um verdadeiro tesouro escondido da literatura. Em sua mesa, espalhavam-se cópias de algumas de suas histórias infantis, ao lado de pilhas de papéis, notas, folhas datilografadas, mapas, desenhos, poemas e prosa sobre a Primeira e Segunda Eras da Terra-Média, de heróis como Beren, Gil-Galad e

2 A pessoa que avaliou o livro para a George Allen and Unwin considerou tal obra não tão boa o suficiente para ser publicada, mas achava que Lewis um dia chegaria com um romance que seria melhor e mais digno desse fim. Ele estava errado em relação ao primeiro ponto, mas acertou no segundo. *Além do Planeta Silencioso* é hoje considerado um clássico da ficção científica, traduzido para um vasto número de países ao redor do planeta desde a sua primeira edição pela Bodley Head, em 1938.

Elrond, histórias de elfos e dos valar, sobre os diabólicos Morgoth e Sauron. Poderia estar ali o "novo *O Hobbit*"?

Em 15 de novembro de 1937, Tolkien almoçou com Stanley Unwin para celebrar a publicação de *O Hobbit* e discutir planos futuros. Tolkien levou consigo uma bolsa com vários trabalhos, entre eles as Cartas do Papai Noel, uma coletânea de histórias infantis, uma cópia da versão em prosa de *O Silmarillion* (o "Quenta Silmarillion") e uma versão inacabada do poema "A Aventura de Beren e Lúthien". Ele já havia oferecido a sua história infantil *Sr. Bliss* para George Allen and Unwin e embora o editor de Tolkien achasse que não era a coisa ideal a ser editada depois de *O Hobbit*, havia ficado interessado o suficiente para que Tolkien o encorajasse a dar uma outra olhada para ver se poderia ser adaptado para algo mais apropriado para a publicação.

Provavelmente, Stanley Unwin não soube o que fazer com a seleção de escritos que Tolkien lhe deu. As Cartas do Papai Noel eram nitidamente interessantes, mas não poderiam ser publicadas como uma continuação para *O Hobbit*. Uma coletânea como esta teria que ser impressa com ilustrações coloridas e isso faria dela uma iniciativa cara e proibitiva. "The Gest of Beren and Lúthien" deve ter sido completamente desconcertante para Unwin, e *O Silmarillion*, que era então uma coleção de histórias, algumas incompletas e aparentemente desconexas (ou, na verdade, outra coisa), deve ter parecido uma oferta ainda mais confusa. O que Unwin queria era outro romance extenso de aventura, envolvendo Bilbo, anões, elfos, magos e trolls que se passasse na Terra-Média; outra missão para Bilbo, o ladrão talvez.

Unwin cumpriu seu dever e levou os manuscritos, prometendo lê-los. Ele era um homem honesto e confiável, que havia erguido um negócio editorial impressionante aproveitando oportunidades e fazendo o melhor para nunca deixá-las escapar por entre seus dedos. O professor Tolkien já havia provado seu valor com *O Hobbit*; quem poderia dizer que outros tesouros adormeciam nas gavetas de seu escritório em Oxford?

O leitor de originais da George Allen and Unwin, Edward Crankshaw, ficou confuso como se esperava com o material que lhe passaram, mas viu algo de maravilhoso entre aquele mundo de palavras. No entanto, estava claro que este material não era o que Unwin estava esperando e Tolkien era esperto o suficiente para também perceber isso. "As Silmarils moram no meu coração", ele escreveu a Unwin, e seu manuscrito iria permanecer com ele intocado ainda por muitos anos.[3] E, na verdade, Tolkien teria se surpreendido, caso Unwin tivesse interesse em publicar *O Silmarillion*. Ele não estava no momento certo em sua carreira para que esse livro fosse editado, mesmo se o texto estivesse com mais coerência. Era uma obra que parecia ter sido escrita por um autor totalmente diferente do criador de *O Hobbit*. Não teria feito sentido algum publicá-lo depois de um livro infantil de sucesso e teria confundido seu público. Mas, além disso, havia o fato pessoal de que, em 1938, Tolkien não estava mentalmente preparado para que sua obra-prima fosse editada por um estranho. Lá no fundo do coração, ele sabia que o livro não estava nem mesmo próximo do fim, e iria precisar de muito mais anos de preparação e desenvolvimento antes que pudesse ser oferecido ao leitor uma imagem satisfatória da Terra-Média e das Terras do Oeste. *O Silmarillion* era ainda um documento pessoal, incrustado de forma profunda em sua alma.

Por ora, teria que direcionar suas ideias e talento comprovados para a literatura infantil para criar uma história mais convencional que pudesse atrair a atenção de seus leitores novamente. Em meados de dezembro, Tolkien recebeu a notícia de que o material que havia dado a Unwin não era apropriado para uma continuação (mas não foi de fato completamente recusado). Assim, em 16 de dezembro, respondeu dizendo que iria pensar em uma nova história com os hobbits, mas não tinha nenhuma ideia clara do que deveria escrever ou para onde poderia levar os personagens e ideias estabelecidas no original.

No dia seguinte, Charles Furth, o editor de Tolkien, escreveu a ele para dizer que a procura por *O Hobbit* estava tão grande que teriam que rodar uma segunda impressão e usar carros particulares para pegar as cópias com os impressores em Woking, para que os exemplares chegassem logo às livrarias. Se foi isso ou qualquer outra coisa que o estimulou não está claro, mas, naquele dia, Tolkien teve um instante de inspiração e começou a tomar notas sobre uma nova história com os hobbits. Em 19 de dezembro, disse a Furth que já havia escrito o primeiro capítulo de um novo livro, ao qual tinha nomeado "Uma Festa Há Muito Esperada".

Foi um começo notável, mas isso se deu durante as férias de Natal, sem provas para corrigir e poucas tarefas administrativas a cumprir.

3 Tolkien a Unwin, 16 dez. 1937, *Letters*, p. 26.

Tolkien sabia que era bom em começar histórias, mas era completamente diferente manter o ímpeto. Ele sempre achara impossível escrever com prazos ou fazer qualquer coisa que envolvesse criatividade, a não ser o que a musa o levasse a fazer.

Um exemplo disso vem de seus projetos acadêmicos. Durante o começo dos anos 1930, ele estava trabalhando na tradução de três poemas, *Pearl*, *Sir Gawain e o Cavaleiro Verde* e *Sir Orfeo*, que seriam reunidos em um único volume. No começo de 1960, esta tarefa foi finalmente concluída e seu editor estava apenas esperando pelo prefácio do livro que Tolkien já havia lhe prometido há vários anos. Sucessivos editores tentaram de tudo para convencer Tolkien a escrever este pequeno texto introdutório para abrir o livro, inclusive pedindo a seus amigos para cobrar-lhe o texto, mas nada funcionou. No fim das contas, desistiram e o livro só foi publicado postumamente com um prefácio escrito por Christopher Tolkien.

Mas, em 1937, algo manteve Tolkien meditando sobre um "novo *O Hobbit*". Esse "algo" provavelmente era uma reunião de motivações diferentes. Um grande aspecto de sua energia vinha certamente de uma excitação por começar algo novo e fresco, mas é verdade, sem sombra de dúvidas, que ele também não poderia apenas permitir que as coisas fluíssem depois de um começo tão refinado para um grande público leitor. Também devemos aceitar que havia certa rivalidade entre Tolkien e Lewis. Nessa época, eles ainda eram grandes amigos. Charles Williams tinha se juntado aos dois, mas ainda não morava em Oxford e não se intrometia (segundo a opinião de Tolkien) em suas discussões. Os Inklings estavam em sua fase mais fértil e Lewis finalizava um manuscrito atrás do outro, escrevendo tanto ficção como não ficção. Ele também colaborava com revistas e jornais e, no círculo social onde os dois eram as principais figuras, Lewis era considerado o mais indicado para distinguir-se no mundo das letras.

Mais crucial, Lewis era um trabalhador veloz e parecia ter uma energia ilimitada e um fluxo constante de ideias para serem desenvolvidas. Antes de *O Hobbit* ser publicado, Lewis já havia editado dois de seus livros de não ficção, *O Regresso do Peregrino* e *A Alegoria do Amor*,[4] e tinha escrito *Além do Planeta Silencioso* em poucos meses, ao longo

4 *A Alegoria do Amor: um estudo da tradição medieval*, É Realizações, 2012, publicado originalmente como *The Allegory of Love: A Study in Medieval Tradition* (1936). [NE]

de 1937.[5] Tolkien se irritava com a velocidade de Lewis e trabalhava de maneira bastante diferente; era meticuloso, um perfeccionista que achava difícil alguém ver seu trabalho até que ele tivesse sido retrabalhado e revisado muitas vezes.

Surpreendente talvez, Tolkien e Lewis conversaram, por essa época, sobre escrever um livro juntos. Lewis foi o primeiro a sugerir a ideia, pois acreditava que havia tão poucos livros publicados que ambos gostassem, que eles mesmos deveriam criá-los. Lewis decidiu escrever sobre o espaço e Tolkien deveria escrever um livro que falasse sobre o tempo. Daí surgiu *Além do Planeta Silencioso*, de Lewis, mas Tolkien desistiu do projeto depois de completar quatro capítulos. O livro se chamava *The Lost Road* [*A Estrada Perdida*, em tradução literal] e no enredo um pai e seu filho viajam através do tempo e acabam se envolvendo com a queda de Númenor.

A admiração de Lewis certamente foi outro ímpeto a levar Tolkien adiante com sua ficção. Ele o importunava e o encorajava com suas críticas, que demonstravam, decerto, uma cuidadosa consideração pelo trabalho do amigo, o estimulava e o retirava de seus frequentes períodos de seca. Muitos anos depois, Tolkien disse ao biógrafo de Lewis, Walter Hooper, que havia escrito *O Senhor dos Anéis* "para fazer a Lewis uma história saída de *O Silmarillion*".[6] Para outro escritor, ele declarou: "Se não fosse pelo encorajamento de C.S. Lewis, creio que eu não teria nem mesmo concluído ou oferecido *O Senhor dos Anéis* para ser publicado".[7]

Assim, diversas forças empurravam Tolkien em direções diferentes de maneira simultânea. Ele queria se dedicar à continuação de *O Hobbit*, – *precisava* seguir em frente para agradar seu ego –, conseguiu perceber o potencial de fazer dinheiro com seus esforços e teria adorado ter sido capaz de desistir de alguns aspectos de sua carreira acadêmica (sobretudo as terríveis correções de provas) para se concentrar somente na escrita. Mas, ao mesmo tempo, ele não poderia mudar sua maneira de pensar e trabalhar. Felizmente, Tolkien era o tipo de intelectual que conseguia guardar uma mitologia detalhada em sua cabeça, conectar observações disparatadas e cruzar referências de tal maneira que uma

5 Durante os dezessete anos entre o começo de *O Senhor dos Anéis* e a publicação do primeiro volume, *A Sociedade do Anel*, em 1954, Lewis publicou nada menos que vinte títulos, incluindo oito romances extensos.

6 Joseph Pearce, *Tolkien. Man and Myth: A Literary Life*, HarperCollins, Londres, 1998, p. 70.

7 Clyde Kilby, *Tolkien and The Silmarillion*, Harold Shaw Publishers, EUA, 1976, p. 17.

história poderia crescer sem que ele perdesse o fio da meada ou ainda a energia e o ímpeto para finalizar o que havia começado. Durante os doze anos em que *O Senhor dos Anéis* foi desenvolvido, de uma vaga continuação a uma criação completa e independente, o esforço seria marcado por atrasos e retrocessos, e meses inteiros e até anos iriam se passar sem que nada fosse feito, intercalados com períodos de criatividade furiosa. Por muitas vezes, a premissa inicial foi temporariamente arquivada e um projeto completamente novo foi contemplado. Mas a grande habilidade de Tolkien para focar e conseguir enxergar em uma dimensão épica manteve a unidade do projeto.

Incendiado com esse novo começo, Tolkien passou o resto das férias de Natal, em 1937, lapidando "Uma Festa Há Muito Esperada" e datilografou uma cópia para seus editores no começo de fevereiro de 1938. Em uma carta enviada em anexo, sugeriu a Stanley Unwin que o passasse a seu filho Rayner, o menino que afinal tinha sido um excelente parâmetro para *O Hobbit*.

Essa abertura para *O Senhor dos Anéis* é quase como um capítulo extra de *O Hobbit* (na verdade, isto vale para muitas das primeiras 150 páginas de *O Senhor dos Anéis*) e em sua essência, pouco foi modificada entre esta e a versão final no livro. As únicas verdadeiras diferenças são que o personagem que mais tarde se tornaria Frodo aparece como filho de Bilbo e seu nome não é este, mas "Bingo" (homenagem a um brinquedo de um dos filhos de Tolkien) e, enquanto escrevia este capítulo, Tolkien estava apenas vagamente preocupado em incorporar o anel que Bilbo havia encontrado em *O Hobbit* nesta nova história.

Rayner leu este capítulo de abertura e ficou encantado. Poucos dias depois de ter recebido o breve manuscrito, Stanley Unwin escreveu para contar ao autor de sua recepção positiva e encorajá-lo a seguir em frente com a ideia. Encorajado por isso e por seu próprio entusiasmo com o que havia escrito, Tolkien continuou imediatamente e assim, depois de três semanas de trabalho, havia chegado ao final do capítulo 3, e começou a dar forma aos temas centrais do livro.

Esse primeiro rascunho ainda era muito mais um "novo *O Hobbit*", apesar de que, na mente de Tolkien, o ânimo e o sentimento do livro estavam se tornando algo totalmente diferente. O decisivo capítulo inicial, "A Sombra do Passado" (o capítulo 2 na versão final), repleto de explicações e detalhes de fundo, só foi escrito algum tempo depois, mas, em fevereiro ou março de 1938, o anel havia se tornado central para a história e Tolkien tinha chegado à conclusão de que algum tipo de trama, relacionando os hobbits, o anel e o Senhor do Escuro, Sauron (que haviado sido brevemente citado em *O Hobbit*), deveria fornecer a espinha dorsal para a história.

Mas então, em junho de 1938, veio a primeira interrupção no modo de trabalho de Tolkien. Ele foi assaltado por problemas. Seu amigo, o linguista Eric Gordon, faleceu de repente aos 52 anos. E o maço de provas, comum em todo verão, havia chegado mais uma vez. Tolkien também lutava com o rumo que sua criação tomava. Estava seguindo adiante com a história, mas não tinha uma ideia muito clara para onde ela o levaria. No entanto, algo deve ter se encaixado em seus pensamentos, pois, um mês mais tarde, ele estava novamente no caminho e havia resolvido a estrutura principal do enredo para a história.

Ele se deu conta de que o tema central era baseado na ideia de que o anel de Bilbo era o Um, anel criado em segredo por Sauron, "o Necromante", em *O Hobbit*, que agora o queria de volta. A história giraria em torno das forças do bem na Terra-Média que, ao destruírem o anel, iriam evitar que Sauron alcançasse seu objetivo e, durante julho e agosto de 1938, Tolkien colocou essas ideias explicativas no importante então primeiro capítulo, "A Sombra do Passado", em que Gandalf explica a história do anel a Bilbo.

Em agosto, a família foi de férias para a cidade litorânea de Sidmouth. Lá, Tolkien teve um ímpeto de criatividade e encaminhou a história para o Pônei Saltitante, onde os hobbits conhecem Aragorn. O bloqueio criativo havia sido liberado e Tolkien escreveu furiosamente, mas a história e a maneira como estava progredindo ainda permanecia com a temática confusa. Tolkien havia estabelecido a trama central da fábula e conseguia enxergar a metade e o final para acompanhar seu início,, mas o problema estava no fato de que ela agora já não era mais uma história infantil, nem um romance sério para adultos. Uma indicação dessa confusão vem dos variados nomes que Tolkien estava então empregando. "PassoLargo" (mais tarde Aragorn) era um hobbit chamado "Trotter" e Frodo ainda era "Bingo". A fábula parecia ainda confusa e indefinida, pois, apesar de incluir muitos dos personagens apresentados em *O Hobbit*, o espírito do livro era completamente diferente. A história lidava com grandes temas que sugeriam um panorama mais amplo, os primeiros indícios de algo verdadeiramente épico.

Nessa conjuntura, Tolkien poderia ter seguido por uma diferente gama de direções. Talvez tivesse sido mais fácil para ele ter moldado a história como um "novo *O Hobbit*". Afinal de contas, ele tinha Stanley Unwin o cobrando e Tolkien também queria outro livro nas ruas. Estava desesperadamente pressionado pelas questões financeiras e disse a Unwin sobre suas dificuldades em uma carta escrita durante o verão de 1938, na qual declarou que estava apenas conseguindo manter sua cabeça fora da água trabalhando todo o tempo disponível corrigindo provas. Ele sabia que seu tempo era precioso e que um livro feito rapidamente poderia ajudá-lo e à sua família com os problemas mais imediatos. Mas, por sua única e exclusiva vontade, decidiu não seguir este caminho. Em vez disso, ele vislumbrou algo muito mais grandioso e queria ver que tesouros poderiam ser descobertos lá.

Naquele outono, Tolkien descartou os últimos vestígios de um enredo que serviria como um "novo *O Hobbit*" e começou a chamar a sua nova ficção de *O Senhor dos Anéis*. Por essa época, ele havia concluído que Frodo seria o responsável pelo destino do anel e que a fim de destruir o poder de Sauron e impedi-lo de dominar a Terra-Média para sempre, o anel deveria ser voluntariamente destruído nas Fendas da Perdição, no coração de Mordor.

O final de 1938 foi um período produtivo e a história seguiu em frente com rapidez. No início de 1939, Tolkien começou a preparar uma conferência que havia aceitado realizar no dia 8 de março de 1939, a Conferência Andrew Lang, na Universidade de St. Andrew, Escócia. Andrew Lang foi o compilador e autor de contos de fadas que havia tido grande influência sobre Tolkien, assim parecia apropriado que intitulasse o tema de sua palestra "Sobre Histórias de Fadas".

Além de ser uma obra-prima que analisa uma forma literária tão cara a Tolkien, a conferência serviu para focar seus próprios pensamentos sobre sua nova obra. Dentro de qualquer cultura, os contos de fadas derivam de uma fonte rica da tradição e do mito; elas são gotas de narrativa tomadas de um enorme oceano de histórias e lendas. *O Hobbit* é um exemplo clássico disso, uma pequenina história sobre uns poucos indivíduos, mas com temas abrangentes e, em seus limites, a mais vaga sugestão de algo ainda muito maior. Tolkien havia começado a escrever *O Senhor dos Anéis* com a ideia de que iria criar outra história curta; talvez ela fosse contar a fábula de outra aventura com Bilbo e os anões, ou quem sabe poderia apresentar uma pequena história sobre outros habitantes da Terra-Média. Mas ele logo se deu conta de que a Terra-Média era um lugar muito maior do que havia sido revelado para ele e seus leitores em *O Hobbit*. A Terra-Média tinha sua história e geografia, havia muitas regiões estranhas e maravilhosas que existiam entre a Floresta das Trevas e as Montanhas da Névoa. Mas, sobretudo, Tolkien já havia criado a magnífica mitologia, história e geografia, muito do passado lendário e a estrutura auxiliar para uma pequena fábula; já havia escrito *O Silmarillion*. E, claro, quando Tolkien se deu conta de que podia recorrer a este panorama grandioso, concluiu que essa nova fábula, *O Senhor dos Anéis*, não precisava ser apenas uma pequena história envolvendo os mesmos personagens de *O Hobbit*. Se ele tinha à mão um universo completo para se divertir, por que se contentar só com uma pequena parte dele?

Em setembro de 1939, os hobbits chegaram a Valfenda e os planos para a sociedade estavam sendo preparados. Enquanto isso, em Oxford, a declaração de guerra, em 3 de setembro, havia rapidamente começado a transformar a vida de todos. Centenas de milhares de sacos de areia foram empilhados na frente dos prédios; máscaras de gás foram distribuídas para todos os cidadãos; banheiras, corrimãos e caldeiras foram ofertados pelos cidadãos como metal a ser transformado em armas e tanques – e todos tinham que ficar atentos por causa dos blecautes. No centro da cidade, porões e túneis medievais que existiam embaixo das faculdades foram convertidos em abrigos antiaéreos, incluindo um no porão mais profundo da nova Biblioteca Bodleian, que poderia abrigar, no caso de um ataque aéreo, 1.100 pessoas. As Examination Schools foram requisitadas para funcionar como hospital militar e o pavilhão de críquete do Jesus College temporariamente convertido em uma enfermaria diurna. Em toda a cidade, assim como em todo o país, cartazes foram espalhados com mensagens como "Não desperdice, para que não falte", "Cavem pela vitória" e o ultrajante "Mantenha o silêncio/Não fale com a mamãe – ela não é tão estúpida assim".[8] No limite da cidade, na fábrica de automóveis Cowley, tanques e aviões saíam da linha de produção.

8 O original "*Keep Mum – She's not so Dumb*", mantém o trocadilho de "*mum*", "mamãe" e "manter um segredo", da expressão "*mum's the word*", perdido na tradução. [NT]

No escritório do número 20 da Northmoor Road, Tolkien conseguia, com muita força de vontade, esquecer este mundo amargo e mergulhar na fantasia da Terra-Média. Aqui havia problemas em abundância, mas eram do tipo que deixavam Tolkien em uma situação mais confortável para lidar com eles. O papel era escasso, então muito do primeiro rascunho das seções intermediárias de *O Senhor dos Anéis* foi escrito no verso de provas e anotações ocasionais em papéis espalhados pelo escritório,e a caligrafia elegante e bonita de Tolkien preenchia todo e qualquer espaço disponível.

No entanto, era inevitável que a guerra desacelerasse o progresso de Tolkien. Havia ainda menos estudantes para quem lecionar, mas as demandas do seu trabalho pouco mudaram e agora ele tinha que acrescentar a responsabilidade de ajudar nos esforços de guerra e, uma opinião compartilhada por quase todos seus amigos, isso era um desperdício de vida, de tempo e de energia totalmente ridículo. O mundo não havia aprendido nada com a última guerra?

Não havia dúvidas de que Tolkien era um patriota e amava seu país, mas nunca se considerou um "britânico". Na verdade, via a si mesmo mais precisamente como um "inglês". Seus antepassados tinham deixado a Europa central em torno de duzentos anos antes de ele ter nascido, mas ele não aprovava a ideia do Império Britânico e menos ainda de uma Comunidade Britânica, e se identificava com uma tradição mais ancestral, ligada ao coração antigo da Inglaterra. Naturalmente, odiava Hitler, considerava-o "um baixinho ruborizado e ignorante" e estava furioso que o grande povo alemão, como ele os enxergava, houvesse sido corrompido por um sujeito tão desprezível.[9]

Esta situação nada agradável havia alcançado Tolkien ainda antes do começo da guerra. No verão de 1938, a George Allen and Unwin lhe encaminhou uma carta da editora alemã Rütten & Loening solicitando os direitos para publicar *O Hobbit*. Na carta, eles perguntam a Tolkien se ele poderia lhes dizer se era de origem ariana ou não.

Tolkien ficou ultrajado com isso, pois percebeu que a intenção dos editores era saber na verdade se ele era judeu. Ainda, ele também entendeu que os editores faziam aquilo apenas por serem obrigados por regras do governo e assim, aconselhado por Stanley Unwin, Tolkien

9 J.R.R. Tolkien a Michael Tolkien, 9 jun. 1941, *Letters*, p. 55.

escreveu duas cartas aos editores alemães e as enviou para a George Allen and Unwin, deixando a eles a escolha de qual delas encaminhar para a Rütten & Loening. Uma carta era obviamente mais franca que a outra, mas ambas respondiam à questão com justa indignação. Stanley Unwin autorizou o envio da mais suave delas. De forma inesperada, talvez, os alemães pareceram não ter se ofendido e ainda queriam os direitos para traduzir *O Hobbit*.[10]

Por causa da guerra, o trabalho desacelerou e, assim, no final de 1940, já três anos no projeto, Tolkien havia concluído somente uma parte do que por fim se tornaria o segundo livro de *O Senhor dos Anéis*, e aqui, com a sociedade dos elfos, hobbits, anões e homens tendo acabado de descobrir o túmulo de Balin, a escrita estacionou por um ano inteiro.

As razões para este hiato não são claras. Michael, o filho de Tolkien, ficou seriamente doente em janeiro de 1941 e foi hospitalizado, as obrigações de Tolkien com a guerra intensificaram-se e ele era distraído pelas responsabilidades acadêmicas mais do que o normal. Apesar desses fatores, ele conseguiu manter o interesse na história e retomou o rumo ao final de 1941.

Fica claro, no entanto, que, muitas vezes, durante a escrita da primeira metade de *O Senhor dos Anéis*, Tolkien não tinha uma ideia definida de para onde a história o estava levando. Nesse ponto, Lothlórien e Rohan não existiam e Barbárvore era uma figura hostil e responsável por aprisionar Gandalf em vez de Saruman, que também não havia sido imaginado ainda.

Mais um ano de escrita levou Tolkien ao capítulo chamado "Flotsam e Jetsam" (originalmente capítulo 31 ou Livro III, capítulo 9, na versão publicada) e nesse estágio, por volta de dezembro de 1942, ele acreditava que faltavam apenas seis capítulos para concluir a história. Mas então, durante a primavera de 1943, conforme tentava levar a história para o final, onde todas as tramas soltas pudessem ser amarradas e os enredos inter-relacionados de forma satisfatória, começou a se dar conta de que havia calculado errado e a história não poderia ser refreada desta maneira; e assim, uma vez mais, o trabalho estancou abruptamente.

Para conduzir a fábula até esse ponto, Tolkien vinha usando *O Silmarillion* como um guia. Por toda a primeira metade de *O Senhor dos Anéis*

10 O momento, é claro, não poderia ter sido pior e a negociação não foi adiante. No entanto, *O Hobbit* foi finalmente traduzido para o alemão e publicado em 1957.

há referências detalhadas a eras passadas, canções e poemas que aludem a partes inteiras de *O Silmarillion* e isso é essencial para dar profundidade ao livro. Dois exemplos vêm de um trecho inicial de *O Senhor dos Anéis*. No capítulo 11, "Uma Faca no Escuro", Aragorn apresenta detalhes históricos com riqueza, construídos a partir de um trecho existente de *O Silmarillion* e, mais tarde, em Valfenda, Bilbo canta uma música de Eärendil baseada em um poema que Tolkien havia escrito mais de vinte anos antes (no qual Eärendil se chamava então Earendel). E quanto mais Tolkien mergulhava em *O Silmarillion* atrás de coisas preciosas, mais ele encontrava e isso aproximou as ligações entre as duas obras.

Conforme o tempo passava e Tolkien ia solucionando aos poucos a história do anel, novas subtramas, novos caminhos e enredos inteiros surgiam. Tolkien se viu bastante incapaz de ignorá-los e, assim, mesmo sem levar a história adiante com novas páginas da fábula, ele se via absorto com atribulações que havia se transformado em riachos e córregos enquanto o rio havia estacionado seu curso. Isso foi positivo, é claro, tal como havia sido durante 1938, quando a história do anel começou a ser desvendada. Foi uma rara e complexa alquimia e a trama somente poderia fermentar a seu próprio tempo.

E assim a pressão crescia. Para Tolkien, deve ter parecido que o esforço era interminável. Por um lado, ele sentia uma atração profunda pela história; era companheira de seu estimado *Silmarillion* e havia se tornado quase tão importante quanto ele. Por outro, os anos estavam passando. Unwin agora perdera de vista uma continuação para *O Hobbit*. Tolkien vinha tentando manter as esperanças com cartas dizendo que o final do "novo *O Hobbit*" não estava distante. Mas sabendo o quão perfeccionista era Tolkien e como ele não facilitava as coisas, seus editores chegaram a acreditar que o livro novo nunca chegaria às suas mãos. As coisas pioraram ainda mais em 1942, quando, por um tempo, *O Hobbit* ficou esgotado porque o depósito onde ficava guardado o estoque com os exemplares foi destruído em um ataque aéreo.[II] Tolkien ficou tão frustrado quanto seus editores e, pessoalmente, sentiu ainda mais; mas só poderia trabalhar dentro de suas limitações.

Para Tolkien, o outono e o inverno de 1943 foi o pior período na gestação de sua grande fábula. Ele havia parado completamente de

II Foram destruídas 423 cópias do livro ainda não encadernadas.

trabalhar no livro e parecia incapaz de retomar novamente. Parte do problema derivava do fato de que havia sido tão capturado pelos mínimos detalhes que perdera o enredo de vista. Não estava perdido, apenas confuso. Onde estava ele para continuar a história? Como poderia guiar seus personagens para uma conclusão satisfatória?

Tolkien não estava consciente das razões de suas dificuldades. Se ele houvesse parado para analisar o que estava fazendo, teria concluído que sua obsessão com os detalhes era simplesmente seu modo de trabalhar. Ele teria acertado ao concluir isso e, como vimos anteriormente, esse grande talento era em parte responsável pela qualidade mágica de *O Senhor dos Anéis* e *O Silmarillion*. A determinação em investigar cada aspecto de uma história e colorir as situações de fundo com sombras preciosas faz do trabalho de Tolkien algo muito mais profundo e satisfatório do que qualquer outro do gênero. Mas isso também significava que ele se torturava com o que fazia. Ele não percebeu completamente, mas estava ficando tão tomado pela complexidade da fábula e a enxurrada de detalhes que já não conseguia ver as coisas com clareza. E, como acontece com frequência com tais coisas, um pequeno incidente no dia a dia desencadeia na consciência algo mais profundo dentro do subconsciente e liberta suas amarras.

Um dos vizinhos de Tolkien na Northmoor Road, a idosa senhora Agnew, encontrou Tolkien na calçada em frente ao número 20 e mencionou que estava chateada com uma árvore em frente à sua casa. Ela já havia sido podada e vários de seus galhos arrancados, e agora ela temia que pudesse cair em cima da casa durante uma tempestade. Tolkien, que gostava muito de árvores, pensou que a senhora Agnew estava sendo ridícula e gentilmente a convenceu que a árvore deveria permanecer, que a casa desapareceria muito antes do que a árvore pudesse danificar sua propriedade. Naquela noite, Tolkien sonhou com o incidente e, quando acordou, tinha uma história completa em mente. Ele a escreveu muito rápido, quase como um fluxo de pensamento subconsciente.

A história era "Folha por Niggle"[12] e era uma perfeita alegoria à provação do próprio Tolkien.[13] Na história, o personagem principal, Niggle, é um pintor obcecado em aperfeiçoar nos mínimos detalhes uma

12 "Leaf by Niggle", no original, conto que integra o livro *Sobre Histórias de Fadas* (Conrad, 2010, 2. ed.). [NT]

13 Publicado pela primeira vez no *The Dublin Review*, n. 432, jan. 1945.

pintura que ele vem trabalhando por muitos anos. Ele sabe que seu tempo está acabando e que logo vai morrer, mas é constantemente distraído e nunca chega a completar o quadro durante a vida inteira. A história então é transferida para o período de Niggle no purgatório e a descoberta de que sua pintura havia sido recriada lá; assim, talvez, ele a concluiria antes de viajar para o céu.

É uma pequena história muito bonita e tocante, uma das favoritas na casa de Tolkien e, segundo Priscilla Tolkien, a mais claramente autobiográfica de todas que seu pai escreveu. E, a seu modo, ela também foi reanimadora para ele, catártica em um sentido libertador. Por talvez um ano antes de escrever "Folha por Niggle", Tolkien seguiu adiante de maneira dolorosamente lenta. Havia descoberto uma nova explosão de energia, mas estava trabalhando agora em três tramas distintas, acompanhando o progresso da ruptura da sociedade. Ele confidenciou a seu filho Christopher – então servindo com a RAF em Standerton, no Transvaal – que cada página era uma agonia e que retornar para as reviravoltas tinha se tornado um verdadeiro desafio.

Durante o verão de 1944, Tolkien seguiu firme adiante e em julho havia chegado ao final do Livro IV (que seria mais tarde o final do segundo volume, *As Duas Torres*). Nesse ponto, Frodo tinha sido capturado pelos orcs, Merry e Pippin foram preparados para representar o seu papel nas grandes batalhas logo a frente e Aragorn e Gandalf haviam adotado seus mantos de poder e estavam prontos para cumprir seus destinos. E, apesar de Tolkien não estar completamente ciente disso mesmo nesse momento, ele ainda estava apenas com três quartos da história completa. Mas, de repente, durante o outono de 1944, todo o trabalho no livro parou mais uma vez. Dessa vez, parece que Tolkien estava simplesmente exausto com a tarefa.

Esta interrupção durou mais de um ano, o maior hiato desde que o livro havia começado, quase oito anos antes. A guerra na Europa terminou em 7 de maio de 1945 e Christopher Tolkien retornou da África do Sul para concluir sua graduação. Por um período, Lewis foi seu tutor e, no outono, propôs que Christopher Tolkien se tornasse um membro permanente dos Inklings, "totalmente independente da minha presença ou de qualquer outra", como colocou seu pai.[14] De todos

14 J.R.R. Tolkien a Christopher Tolkien, 9 out. 1945, citada em *The Inklings*, p. 205.

os filhos de Tolkien, Christopher era o mais intimamente associado aos escritos de seu pai (e ele é hoje o responsável literário e editor da obra do pai), mas era também um leitor muito bom: na verdade, C.S. Lewis afirmou que ele poderia ter uma melhor compreensão de *O Hobbit* e *O Senhor dos Anéis* do que o seu criador.

Naquele verão, Tolkien foi nomeado professor de Língua e Literatura Inglesas em Merton e preferia aquela atmosfera menos formal à sua antiga faculdade, Pembroke. Significava um pequeno aumento no salário, mas foi pouco para aliviar a situação financeira ainda pior da família. Logo depois de sua nomeação, candidatou-se para alugar uma casa da faculdade, mas demorou até março de 1947 para que alguma ficasse disponível.

Os garotos de Tolkien estavam todos agora longe de casa: John estava trabalhando como padre e morando em Midlands, Michael estava casado e com um filho e Christopher já estava formado. Logo, a família não precisava mais de uma casa do tamanho da número 20 na Northmoor Road, e a venda da propriedade iria complementar os rendimentos de Tolkien. No entanto, a casa que iria se tornar seu lar pelos próximos três anos não era de forma alguma ideal. O número 3 da Manor Road era uma construção pequena, feia e moderna e, o mais desesperador para Tolkien, ele perdeu o espaçoso e confortável escritório, substituído por um pequenino sótão com um teto baixo.

Durante os dois anos que haviam passado desde o final da guerra, Tolkien vinha mexendo vagarosamente em sua história e assim, no verão de 1947, sentiu-se pronto para mostrar uma parte dela para seu crítico favorito, Rayner Unwin, o filho de seu editor, na época aluno de graduação em Oxford. Em 28 de julho, Tolkien encontrou-se com Stanley Unwin para almoçar em Londres e entregou-lhe o Livro I de *O Senhor dos Anéis*. Rayner leu-o em questão de dias e foi capturado. Ele declarou em seu relato que era um livro particularmente estranho, muito diferente de *O Hobbit* e, na verdade, não era para crianças. No entanto, ele suspeitava que se os adultos pudessem superar seus receios com esse tipo de história, eles aproveitariam muito dela e era algo que certamente a George Allen and Unwin deveria publicar.

Tolkien foi enormemente encorajado, mas ainda procrastinou para finalizar o livro. A trama havia sido resolvida e os enredos estavam lá para serem amarrados, mas Tolkien simplesmente não conseguia traçar um caminho para o seu épico que havia ocupado sua mente por uma década. Assim como ele logo havia se tornado obsessivo com cada detalhe de *O Silmarillion* e era incapaz mesmo de dizer que estava verdadeiramente concluído, agora tinha sido tão absorvido pelo universo da Terra-Média, tão capturado por essa realidade alternativa, que não conseguia levar os personagens para a última página, nem mesmo para o capítulo final.

Ele tinha concluído a história ao final de 1947, mas pelos próximos dois anos retrabalhou-a e reescreveu trechos inteiros. Voltou atrás e inseriu passagens explicativas e amarrou todas as passagens inconclusas. Finalmente, durante o outono de 1949, estipulou um ponto final para si mesmo. Havia redatilografado a saga completa e ao menos estava pronta para ser lida. E a primeira pessoa em quem pensou para a tarefa foi seu amigo C.S. Lewis.

CAPÍTULO II

Capturado

Lewis já tinha, é claro, ouvido a maior parte de *O Senhor dos Anéis*, conforme este era lido em voz alta nas reuniões dos Inklings. Mas, em sua plenitude, ele apresentava uma visão grandiosa, um panorama que nunca havia experimentado anteriormente, e ele disse isso a Tolkien em uma carta repleta de elogios e admiração. Ele poderia ter apontado as falhas, mas estas já haviam sido comentadas após umas cervejas no Bird and Baby ou em volta da lareira na sala em Magdalen – além disso, comparadas à magnificência do trabalho concluído, eram, na sua opinião, banais.

Logo após terminar o livro, Lewis emprestou-o a seu irmão Warnie. Ele levou três semanas para concluir a leitura e, quando terminou, anotou em seu diário: "Céus, que livro incrível! A criatividade inesgotável da imaginação do homem me espantou. Um livro estupendo em seu gênero".[1]

Enfim, o livro estava pronto. E agora? Incrivelmente, apesar de *O Senhor dos Anéis* estar pronto para ser editado no final de 1949, passaram-se outros cinco anos antes de o livro finalmente ser publicado, um atraso ocasionado por mal-entendidos, teimosia, posições imutáveis, além da ingenuidade e falta de perspicácia de Tolkien.

1 Diário de W.H Lewis, 12 nov. 1949, mantido na Wade Collection, Wheaton College, Wheaton, Illinois.

Assim que terminou *O Senhor dos Anéis*, Tolkien chegou à conclusão de que agora queria que ele fosse publicado junto com *O Silmarillion*, como volumes relacionados. Ele percebeu corretamente que os dois estavam intimamente ligados e acreditava que deveriam ser editados pela mesma casa editorial e, se não publicados ao mesmo tempo, certamente próximos um ao outro. Ele não conseguia aceitar a ideia de *O Senhor dos Anéis* ser dividido em volumes e estava agora tão inteirado com a mitologia completa que não permitiria facilmente que uma única palavra fosse alterada. Como disse a Stanley Unwin: "Ele está escrito em meu sangue [...]".[2]

E, para piorar ainda mais as coisas, Tolkien havia perdido a fé em seu editor. A primeira razão para isso estava em sua crença de que Sir Stanley Unwin (ele havia sido nomeado Sir em 1946) não tinha verdadeiro interesse em *O Silmarillion*. Tolkien havia lhe apresentado o livro em diversas ocasiões e, apesar de não ter recebido um seco "não", achava que seu grande trabalho não estava sendo levado a sério.

Mas, na verdade, Unwin nem mesmo havia lhe dado uma chance. Ainda em 1937, Tolkien havia lhe oferecido o "Quenta Silmarillion" e ele havia sido examinado com cuidado, mas muito mal compreendido pelos avaliadores da editora. Durante a década seguinte, Tolkien falava sobre sua obra-prima, mas não dava pistas a Unwin de que ela talvez precisasse ser revisada e retrabalhada consideravelmente. No entanto, e mais importante, Tolkien havia confundido Unwin com o que estava fazendo de fato. Tendo desistido há muito de ver uma continuação para *O Hobbit* depois do fim da guerra, Unwin podia apenas esperar que Tolkien iria surpreendê-lo um dia com um novo livro formidável. Rayner, o filho de Unwin, tinha lido trechos do livro em andamento durante o ano de 1947 e havia ficado bastante entusiasmado. Então por que, Unwin deve ter se perguntado, Tolkien agora persistia em falar sobre este outro, um livro especialmente peculiar como *O Silmarillion*? Para um homem de negócios como Sir Stanley Unwin era óbvio que, se *O Senhor dos Anéis* fosse tão bom quanto seu próprio filho sugerira, então Tolkien e seus editores deveriam se concentrar nele e talvez falar sobre esse outro projeto mais tarde.

Isso, é claro, não era como Tolkien enxergava as coisas. Para ele, *O Silmarillion* e *O Senhor dos Anéis* eram um livro só, uma coisa única.

2 Tolkien a Sir Stanley Unwin, 24 fev. 1950, *Letters*, p. 136.

Qualquer editor que fosse trabalhar com ele teria de entender isso. E, para complicar ainda mais, no começo de 1950 Tolkien decidiu que, por duas razões importantes, a George Allen and Unwin não estava fazendo o trabalho direito como ele gostaria.

Primeiro Tolkien estava muito desapontado com a primeira edição de *O Hobbit* que saíra depois da guerra, publicada sem as ilustrações coloridas que haviam melhorado muito a segunda edição de 1938. Incluí-las havia se provado algo bastante caro e difícil de produzir por causa das restrições de guerra, mas Tolkien parecia ignorar tal fato, e não foi capaz de entender os princípios básicos de economia que isso envolvia.

Mas a segunda crítica de Tolkien a seus editores era mais séria. Quando, em 1938, eles insistiram em tentar conseguir algo que pudesse funcionar como uma sequência para *O Hobbit*, ele lhes mostrou um pequeno conto chamado *Mestre Gil de Ham*. Apesar de ser bem diferente de *O Hobbit*, era uma história encantadora que se passava no que Tolkien descrevia como "O Pequeno Reino" (na verdade, Oxfordshire e Buckinghamshire, na região central da Inglaterra e próximo a sua casa). A George Allen and Unwin queria publicar a história logo, mas aconteceu um atraso atrás do outro e a escassez de papel durante a guerra significou que ele não viria a ser lançado até 1949. E, quando finalmente saiu, foi uma decepção. Cheios de confiança graças ao sucesso contínuo de *O Hobbit*, os editores imprimiram cinco mil exemplares da história. Mas, na primavera de 1950, ela havia vendido apenas dois mil exemplares, e Stanley Unwin teve de confessar a Tolkien que ainda não era o grande sucesso que todos esperavam.

Tolkien responsabilizou diretamente seus editores pelo fracasso inicial de *Mestre Gil de Ham,* e acreditava que a promoção do livro não havia sido suficiente. Essa avaliação era provavelmente verdadeira em parte, mas havia também o fato inegável de que, apesar de a história ser atraente, ela teve apenas um impacto modesto (e então somente graças à atenção que seu autor recebeu mais tarde dos fãs de *O Senhor dos Anéis*).[3]

No entanto, nada disso teria feito muita diferença se Tolkien não tivesse conhecido e se impressionado com um editor que parecia demonstrar o tipo de interesse por toda sua coleção de histórias, que ele

3 Tolkien desdenhou da arte produzida para a capa desse livro e protestou com vigor. Depois de muita discussão, a artista, uma jovem chamada Milein Cosman, foi substituída por outra ilustradora, chamada Pauline Baynes, cujo trabalho era muito mais a gosto de Tolkien.

acreditava faltar à George Allen and Unwin. Esse editor era um moço chamado Milton Waldman, que trabalhava na editora Collins, em Londres, e foi apresentado a Tolkien através do seu amigo escritor e membro dos Inklings Gervase Mathew, que havia se entusiasmado com a narrativa épica de Tolkien. Quando Waldman ouviu que isso era nada parecido com uma continuação de *O Hobbit*, ele procurou Tolkien imediatamente e pediu para ver algo do material.

Mas Tolkien não lhe enviou o manuscrito de *O Senhor dos Anéis*. No lugar, como que para testá-lo, ofereceu-lhe *O Silmarillion*. Se Waldman se interessasse, ele pensou, então lhe mostraria *O Senhor dos Anéis*. Waldman ficou tão impressionado com *O Silmarillion* quanto todos os seus poucos leitores haviam ficado. Cativado por sua beleza, ele disse a Tolkien que estava interessado em tentar que sua editora o publicasse. E assim, impressionado, Tolkien enviou-lhe *O Senhor dos Anéis*.

Depois de ler o último épico de Tolkien, Waldman se deu conta de que Tolkien tinha conseguido produzir uma trama muito rica, mas ele também tinha outros objetivos encobertos. Apesar de estar verdadeiramente interessado em toda a obra de Tolkien, o que Waldman e seu chefe - o editor William Collins - queriam, na verdade, eram os direitos sobre o livro bem-sucedido de Tolkien, *O Hobbit*. Para encorajar Tolkien a deixar a Unwin, Milton Waldman lhe disse que a Collins, que era também uma papelaria e uma gráfica, não teria problemas em conseguir fornecedores de papel e portanto era um lugar bem melhor que a George Allen and Unwin para publicar um par de livros tão volumosos como *O Senhor dos Anéis* e *O Silmarillion*.

Tolkien estava convencido. O contrato para *O Hobbit* tinha estipulado que ele deveria dar aos seus editores dois meses para aceitar ou rejeitar uma continuação, e ele ficou satisfeito que a recusa em editar *O Silmarillion* e a concordância em aceitar *Mestre Gil de Ham* o haviam liberado de qualquer obrigação contratual. Ele, no entanto, sentia uma obrigação moral, sobretudo com Sir Stanley, com quem mantinha uma relação próxima, se não exatamente uma amizade, e com Rayner Unwin, que sempre havia sido tão receptivo à sua obra. Por causa disso, decidiu que não poderia romper totalmente com a George Allen and Unwin e tentou, em vez disso, simplesmente dissuadi-los, fazer com que desistissem de editar *O Senhor dos Anéis*.

Tolkien escreveu a Unwin explicando que o novo livro tinha saído de controle. Junto com *O Silmarillion*, ele lhe disse, a sua mitologia agora ultrapassava um milhão de palavras e ele tinha começado a perguntar a si mesmo se alguém estaria na verdade interessado em algo tão monstruoso. Unwin perguntou se não poderia ser dividido em vários volumes e, em resposta, Tolkien deixou claro que nunca permitiria tal coisa.

Mas Tolkien havia se equivocado. Ao jogar tão duro, ele apenas deixou Unwin mais interessado no que havia escrito. Enquanto isso, ele continuou em contato com Waldman e lhe disse como estava negociando com Stanley Unwin, informando que esperava logo se ver livre de seus editores, até mesmo sem deixar que eles vissem algo do que havia escrito.

Mas, é claro, Rayner Unwin já tinha lido trechos de *O Senhor dos Anéis* anos antes e percebido o potencial do livro. Em uma carta a seu pai, ele sugeriu que *O Senhor dos Anéis* era completo o suficiente e não precisava de mais um volume de *O Silmarillion* para acompanhá-lo. Talvez houvesse algo no segundo livro que pudesse ser acrescentado ao primeiro. Ele continuava a carta, indicando que um editor competente poderia trabalhar com Tolkien para extrair este material apropriado, e eles poderiam publicar *O Senhor dos Anéis* e, então, depois de um tempo, descartar *O Silmarillion* por completo.

Rayner não pensava que essa carta seria vista por Tolkien, mas Sir Stanley incluiu os comentários do filho em outra correspondência que enviou para o autor dias depois. Naturalmente, Tolkien ficou furioso e teve que escrever e reescrever sua resposta várias vezes antes que conseguisse ajustar a sua raiva o suficiente. Mal conseguindo manter a frieza, ele deu um ultimato a Unwin; ou pegava os dois livros, ou nenhum.

Diante dessa opção, Unwin nada pôde fazer a não ser liberar Tolkien. Ele escreveu expressando seu genuíno pesar por não terem conseguido chegar a um acordo, e afirmou que o autor o obrigara a rejeitar seu trabalho e que, se ele tivesse esperado um pouco, talvez pudessem chegar a um compromisso adequado. No entanto, estava claro agora para todos os interessados que a relação havia desmoronado. Tolkien queria se ver livre da George Allen and Unwin, assim poderia seguir em frente com o interesse demonstrado por Waldman; Unwin não queria *O Silmarillion* e não poderia ser obrigado a aceitá-lo.

Tolkien estava agora livre: tanto contratualmente, como moralmente, acreditava ele. Dessa forma, assim comprometeu-se com

Milton Waldman e William Collins que eles poderiam, finalmente, publicar sua obra. Porém, ele confundiu imediatamente as questões, informando a Waldman que esperava a versão integral de *O Silmarillion* e a de *O Senhor dos Anéis* juntas, resultando em aproximadamente um milhão de palavras. Um surpreso Milton Waldman observou que o manuscrito de *O Senhor dos Anéis* tinha, no total, em torno de meio milhão de palavras e *O Silmarillion* somente 125 mil. Foi quando soltou a bomba: ele considerava *O Silmarillion* apenas concluído parcialmente e ainda precisaria de imenso esforço para prepará-lo para publicação, que exigia o acréscimo de *mais* material. Isso não era exatamente o que Waldman tinha em mente; ele estava para dizer a Tolkien que *O Senhor dos Anéis* precisava de cortes substanciais. Quando Tolkien foi avisado disso, ficou verdadeiramente chocado. Ele acreditava ter encontrado um editor simpático, que compreendia como ele trabalhava e reconhecia que sua mitologia somente poderia ser explicada de forma adequada se não houvesse restrições ao tamanho do livro, nem ao nível de detalhes que demandava. E, em vez de tentar chegar a um acordo com o novo editor, Tolkien decidiu que era a hora certa para enviar a Waldman diversos trechos novos de *O Silmarillion*, que encaminhou para o escritório da Collins em Londres sem nem mesmo explicar onde deveriam ser colocados no manuscrito principal ou como se conectavam com o restante do livro.

É possível que até mesmo nesse estágio algo pudesse ter se salvado desse recomeço desastroso, mas não foi o que aconteceu. No verão de 1950, Waldman viajou para a Itália, onde ficou a maior parte do ano. Ele deixou Tolkien nas mãos de outros editores no escritório da Collins em Londres, mas eles não sabiam o que havia acontecido e tampouco o que fazer com aquele confuso e estranho maço de papéis que pertencia ao professor Tolkien. Esperava-se que Waldman retornasse à Inglaterra por alguns meses no outono de 1950, mas a viagem foi adiada quando ele adoeceu na Itália.

E assim a relação de Tolkien com a Collins esmoreceu. Waldman esforçou-se para se corresponder com ele e foi recompensado com uma sinopse longa e detalhada da mitologia completa, que Tolkien esperava que ajudasse a clarear qualquer ambiguidade no épico incompleto e demonstrar como os livros eram únicos e indivisíveis, podendo no máximo ser divididos em dois volumes – *O Senhor dos Anéis* e *O Silmarillion*.

Mas isso pouco ajudou e, no começo de 1952, Tolkien estava perdendo as esperanças. Durante o ano, ele se preocupou com o trabalho acadêmico e a mudança da família da Manor Road para uma casa no centro de Oxford, na Holywell Street, 99; mas, uma vez estabelecidos, os pensamentos de Tolkien voltaram-se para o livro. Infelizmente, o interesse de Waldman e Collins havia desaparecido e, para complicar ainda mais a situação, o preço do papel subiu dramaticamente em 1951, fazendo da publicação da mitologia da Terra-Média uma aposta ainda maior para um editor do que havia sido dois anos antes. Frustrado, Tolkien escreveu para a Collins oferecendo-lhes um ultimato similar àquele que havia imposto a Stanley Unwin – eles deveriam aceitar a sua obra como era e não alterar nada significativamente ou devolvê-la imediatamente.

Alguns dias depois, os manuscritos de Tolkien estavam mais uma vez em sua mesa e, pela primeira vez desde o final dos anos 1930, ele estava sem qualquer tipo de relação com uma casa editorial. Tinha chegado o tempo, ele se deu conta, de modificar seu ponto de vista e reavaliar a situação. Meses antes, ele comemorara seus sessenta anos e sua obra não estava nem próxima de ser publicada, assim como quando ele havia terminado de escrever *O Senhor dos Anéis* quase três anos antes. Ele se lembrou de Niggle, personagem criado por ele mesmo, e como o personagem tinha visto sua obra concluída apenas no céu; se quisesse ver a mitologia à qual dedicara tanto tempo e energia publicada, ele deveria agir agora. Deveria se sujeitar e, por uma só vez, fazer concessões.

Em junho, Tolkien escreveu a Rayner Unwin explicando a confusão em que o livro havia se metido e querendo saber se ele e o pai, Sir Stanley, ainda estariam interessados depois de tanto tempo. Rayner Unwin respondeu imediatamente para marcar um encontro em Oxford. Foi assim que, em setembro, ele pegou o manuscrito na casa de Tolkien, na Holywell Street.

Agora não havia dúvidas quanto à publicação da mitologia inteira e Tolkien concordou que *O Senhor dos Anéis* teria de ser dividido em três volumes separados e publicado em um período de pelo menos doze meses. Porém, de qualquer forma, Rayner estava preocupado. Sua sensação era de que certamente a George Allen ad Unwin deveria publicar o livro, ele o considerava uma obra genial, mas também quase não tinha confiança em seu potencial de vendas. Embora *O Hobbit* ainda vendesse bem, Tolkien havia perdido o prestígio que teve outrora com a explosão inicial de entusiasmo pelos hobbits, e Rayner Unwin pensava que um livro tão sombrio, detalhado e extenso como *O Senhor dos Anéis*, uma obra que ele não conseguia enxergar se encaixando em nenhum gênero existente, teria apelo somente para um pequeno número de leitores.

Nessa época, Rayner estava profundamente envolvido com os negócios da família e tinha de decidir sozinho sobre *O Senhor dos Anéis*, pois seu pai estava no Japão. Todavia, depois de fazer alguns cálculos, ele ainda estava ansioso o suficiente para pedir a opinião de seu pai e, por telefone e telegrama, explicou que acreditava que o livro daria um prejuízo à editora de mil libras esterlinas, mas eles ainda deveriam publicá-lo como um título de prestígio, que iria lhes proporcionar uma grande glória literária. Stanley Unwin concordou e ambos decidiram oferecer a Tolkien um acordo no qual eles não pagariam nenhum adiantamento pelo livro, nem direitos autorais, mas fariam um plano de participação nos lucros. Isso significava que a George Allen and Unwin cobriria os custos de produção, distribuição e publicidade e, se houvesse qualquer lucro, ele seria dividido meio a meio com Tolkien.

Tolkien aceitou a oferta imediatamente. Por essa época, ele tinha chegado à conclusão de que provavelmente nunca faria muito dinheiro com seus escritos e queria apenas ver o livro impresso e recebendo a devida atenção.

O ano de 1953 foi de muito trabalho para Tolkien. Ele e Edith nunca foram muito felizes na Holywell Street. A casa no número 99 era uma construção antiga, bonita e muito bem localizada – a uma pequena distância da faculdade na Merton Street e a cinco minutos das lojas e do mercado coberto próximo a Carfax – mas o trânsito crescente arruinou tudo, sobretudo para Ronald. Ele tinha um verdadeiro ódio de carros, mas ao menos na Northmoor Road havia sofrido menos com o barulho. Agora, carros e caminhões passavam a toda por sua porta da frente na Holywell Street noite e dia.

Para fugir do tráfego, eles se mudaram para uma nova casa em Headington. Hoje um subúrbio a leste de Oxford, o lugar era, na época, quase outra cidade, e a casa na Sandfield Road, 76, ficava em uma rua lateral silenciosa. Mas, se ao se mudar para lá os Tolkien esperavam escapar dos carros, calcularam errado, porque Headington era um dos principais centros de desenvolvimento ao redor de Oxford durante os anos 1950 e assim, dentro de poucos anos, o quieto beco sem saída foi aberto para se tornar uma estrada, e a vizinhança rapidamente foi coberta com concreto e asfalto.

Durante a mudança, a terceira em seis anos, Tolkien estava muito ocupado cuidando da revisão final do texto de *O Senhor dos Anéis* e corrigindo provas. Apesar de ele sempre ter alegado que a única quebra natural para volumes separados de sua mitologia estava entre *O Senhor dos Anéis* e *O Silmarillion*, com a orientação de Rayner Unwin, ele achou uma maneira de dividir o livro habilmente em três volumes. Mas, quando isso estava feito, a questão dos subtítulos tornou-se um assunto importante, discutido por um período considerável. Por fim escolheram *I: A Sociedade do Anel*, *II: As Duas Torres*, *III: O Retorno do Rei*, embora este último tenha sido discutido incansavelmente pois Tolkien preferia outro subtítulo, *A Guerra do Anel*.[4]

Tolkien ainda se dedicava integralmente à universidade, e a carga de trabalho era quase incessante. Rayner não havia solicitado cortes, mas, em uma atitude típica, Tolkien ficava aflito em relação a toda e qualquer palavra do manuscrito excepcionalmente grande. Ele também tinha de escrever um conjunto detalhado de apêndices selecionando o material apropriado de *O Silmarillion*, e precisava produzir árvores genealógicas, linhas do tempo e uma série de mapas.

A data de publicação para *A Sociedade do Anel* foi definida para o verão de 1954 e, depois de muita argumentação de Unwin, Tolkien finalmente conseguiu enviar o rascunho aperfeiçoado em abril de 1953, pronto para o lento processo de produção. Em outubro, os editores queriam os mapas prontos para serem impressos assim que possível, mas nesse momento Tolkien estava devastado, o novo ano acadêmico tinha começado e ele tentava revisar e retrabalhar o manuscrito de *As Duas Torres*. Felizmente, Christopher Tolkien estava por perto para ajudar e preparou os mapas a partir do confuso conjunto de imagens que seu pai havia desenhado apressadamente anos antes. Perto do final do ano, Tolkien encontrou tempo para produzir uma série de sobrecapas que os editores usaram como base para a capa definitiva. Em papel cinza-oliva, o desenho mostra o Anel Um cercado pelas letras

4 Embora nada tenha sido falado, é bem provável que no fundo Rayner Unwin também pensasse que, ao publicar *O Senhor dos Anéis* em três volumes separados, ele poderia hesitar em lançar os outros dois, caso *A Sociedade do Anel* se saísse ainda pior do que eles temiam.

em chamas em sua peculiar grafia e o Anel Vermelho, Narya, acima, usado até hoje em alguns edições.

Finalmente, tudo estava pronto e a George Allen and Unwin, ainda desconfiada, encomendou a impressão de apenas 3.500 exemplares, com preço de capa de 21 *shillings* por volume. Para impulsionar a campanha publicitária, eles chamaram três autores bem conhecidos para escrever os textos para a quarta capa do livro. Um foi C.S. Lewis e os outros dois eram fãs famosos de *O Hobbit*, Naomi Mitchison e Richard Hughes.

No texto de Lewis, lê-se: "Seria quase seguro dizer que nenhum livro como este jamais foi escrito. Se Ariosto[5] rivalizasse com sua invenção (o que, de fato, ele não o faz), ele ainda seria desprovido de sua seriedade heroica".[6]

Em agosto de 1954, *A Sociedade do Anel* finalmente chegava às livrarias.

5 Ludovico Ariosto (1474-1533), poeta renascentista italiano, autor do poema épico *Orlando Furioso* (1516). [NT]

6 C.S. Lewis, Bodleian Library, Oxford, MS. Eng. lett. C.220/5, fol.77.

CAPÍTULO 12

Universo da Terra-Média

Este livro é como um raio em céu limpo. Dizer que em seu romance heroico, grandioso, eloquente e corajoso volta-se repentinamente a um período quase patológico em seu antirromantismo é inadequado [...] Provavelmente nenhum livro já escrito no mundo é um exemplo bastante radical daquilo que seu autor chamou em outro lugar de "subcriação".[1]

Esta foi uma das primeiras críticas de *O Senhor dos Anéis* a aparecer e foi escrita por ninguém menos que C.S. Lewis, o amigo de Tolkien que, em particular, ficava ainda mais à vontade com seus elogios, dizendo aos amigos que *O Senhor dos Anéis* era tão extenso quanto a Bíblia, mas não tinha uma palavra sequer colocada de maneira gratuita.

Logo começou a surgir uma crítica atrás da outra, um fluxo contínuo de comentários e opiniões sobre o grande livro de Tolkien, que se transformou em uma enxurrada pelos anos seguintes.

Lewis não foi, de forma alguma, o único a considerar o livro de Tolkien uma obra-prima. O crítico do *Manchester Guardian* declarou

1 C.S. Lewis, *Time & Tide*, 14 ago. 1954.

que Tolkien era "um daqueles que nascem contadores de história e deixa seus leitores com os olhos arregalados como crianças ou mais".[2] E no *Country Life* o crítico Howard Spring entusiasmou-se: "Esta é uma obra de arte [...] Possui invenção, fantasia, imaginação [...] É uma parábola profunda da luta sem fim do homem contra o mal".[3] Veio mais respaldo do *Truth*, que trouxe uma crítica de A.E. Cherryman que dizia: "É um trabalho espantoso. Ele acrescentou algo, não apenas ao mundo da literatura, mas à história também".[4] E, perto de casa, o crítico do *Oxford Times* previu que "os rigorosamente práticos não terão tempo para ele. Aqueles que têm a imaginação para ser despertada vão se encontrar completamente seduzidos a seguir adiante, tornando-se parte da movimentada expedição e lamentando-se por haver apenas mais dois livros por vir".[5]

Outro convertido de primeira hora foi o célebre jornalista Bernard Levin, que considerou *O Senhor dos Anéis* "uma das mais extraordinárias obras de nossa literatura, ou de qualquer tempo. É confortante, nestes dias conturbados, ter a certeza mais uma vez de que os bondosos devem herdar a terra".[6]

Mas outros ficaram menos impressionados. No *Daily Telegraph*, Peter Green chamou-o de "obra amorfa" e que "vai dos pré-Rafaelitas ao *Boy's Own Paper*".[7] Enquanto que, no *Sunday Times*, o crítico questionou se o livro fora escrito somente para "crianças brilhantes". Mas o crítico mais decepcionado foi Edwin Muir, que afirmou no *Observer* que considerava o livro extraordinário, mas criticava Tolkien pelo fato de que "o seu bondoso povo era consistentemente bom, e as suas figuras malignas, imutavelmente más: e não havia espaço em seu universo para um Diabo mau e trágico ao mesmo tempo".[8]

Quando *A Sociedade do Anel* foi publicado nos Estados Unidos em outubro, recebeu mais uma série de críticas diferentes, mas encontrou

2 *Manchester Guardian*, 20 ago. 1954.
3 Howard Spring, *Country Life*, 26 ago. 1954.
4 A.E. Cherryman, *Truth*, 6 ago. 1954
5 *Oxford Times*, 13 ago. 1954.
6 Bernard Levin, *Truth*, 16 out. 1954.
7 Peter Green, *Daily Telegraph*, 27 ago. 1954. O *Boy's Own Paper* foi o mais conhecido dos *story papers* (publicações periódicas similares a uma revista literária, com textos e ilustrações, destinadas a crianças e adolescentes, fenômeno bastante popular antes da Segunda Guerra) e circulou entre 1879 e 1967. [NT]
8 Edwin Muir, *Observer*, 22 ago. 1954.

uma voz ávida de apoio na figura do gigante literário W.H. Auden, que escreveu no *The New York Times*: "nenhuma ficção que li nos últimos cinco anos me deu mais alegria".[9] E um mês depois ele deu mais um apoio de peso quando, em entrevista a uma rádio, declarou: "Se alguém não gostou dele, nunca irei confiar em seu julgamento literário a respeito de mais nada".[10]

Em novembro de 1954, o segundo volume, *As Duas Torres*, foi publicado na Grã-Bretanha. Ele recebeu outra seleção abrangente de críticas, e Tolkien ficou surpreso ao saber que, por ter deixado a história com Frodo mantido prisioneiro na torre de Cirith Ungol, muitos leitores e críticos mal podiam esperar pelo último episódio. O crítico na *Illustrated London News* declarou que "o suspense é cruel". E Lewis interviu com outra crítica apaixonada para o *Time & Tide*:

> *Quando resenhei o primeiro volume deste livro, dificilmente esperava que ele alcançasse o sucesso, o qual tinha certeza que tal obra merecia. Felizmente, eu estava errado [...] O livro é tão original e tão opulento para qualquer julgamento a partir de uma primeira leitura. Mas sabemos imediatamente o que ele tem feito por nós. Não somos exatamente a mesma pessoa. E, embora devêssemos nos poupar em nossas releituras, tive poucas dúvidas de que o livro logo tomará o seu lugar entre os indispensáveis.*[11]

Foi somente após o terceiro volume, publicado em 20 de outubro de 1955, que os críticos puderam avaliar plenamente e com propriedade o trabalho e fazer suas declarações mais abrangentes. Para muitos, a opinião havia sido estabelecida com a leitura do primeiro volume. Aqueles que gostaram de *A Sociedade do Anel* adoraram a obra completa e aqueles que encontraram sérias falhas no primeiro volume mantiveram seu preconceito e sua antipatia após o final amargo. E as críticas foram variadas e ofensivas. Edwin Muir, que seguiu irritando profundamente Tolkien com suas farpas, escreveu um artigo para o *Observer* intitulado "Um Mundo de Meninos", em que afirmou:

9 W.H. Auden, *The New York Times Review of Books*, 10 out. 1954.
10 Citado em Pearce, *Tolkien. Man and Myth*, p. 129.
11 C.S. Lewis, *Time & Tide*, 22 out. 1954.

O mais surpreendente é que todos os personagens são meninos que se passam por heróis adultos. Os hobbits ou pequeninos são rapazes comuns; os heróis completamente humanos acabaram de concluir o ensino médio; mas, dificilmente, algum deles sabe algo sobre mulheres, exceto pelos boatos.[12]

O então bem conhecido autor norte-americano Edmund Wilson foi muito mais duro quando escreveu que *O Senhor dos Anéis* era uma "bobagem" e um "lixo juvenil" e seguiu em frente para fazer a previsão equivocada de que o livro somente teria apelo ao gosto literário britânico.[13]

Foi notório o fato de *O Senhor dos Anéis* estimular fortes emoções desde sua primeira aparição. Foi um livro imediatamente amado e odiado, que dividiu sem muito método a comunidade literária. A opinião não poderia ser dividida entre aqueles intelectuais de "bom gosto" ou os "que não têm cultura" e, apesar da opinião preconceituosa de Wilson, não havia uma demarcação aparente entre ambos os países. Além disso, a crítica era (e permanece) incrivelmente ampla.

O primeiro tipo de crítica parece ter vindo daqueles que simplesmente se posicionaram contra o livro. Os críticos geralmente têm um posição pessoal a defender, o que talvez possa ser atribuído normalmente a mera inveja, uma necessidade de se exibir aos pares ou apenas uma antipatia a alguém ou algo ligado a um autor ou um livro em particular. Parece que esta última foi a razão para Edwin Muir ter se voltado contra Tolkien antes mesmo de ter lido uma palavra de *O Senhor dos Anéis*. Em sua primeira crítica (Muir criticou cada um dos volumes assim que apareciam) no *Observer*, em 22 de agosto de 1954, ele comentou: "Este extraordinário livro surge com uma desvantagem. Nada, a não ser uma obra-prima, pode sobreviver ao bombardeamento de elogios vindos da quarta capa".

Isso foi escrito durante uma época mais ingênua do que esta em que vivemos hoje, um período em que jornalistas não estavam acostumados ao bombardeamento de informações e hipérboles associadas ao típico lançamento de um livro moderno. De fato, a própria palavra

12 Edwin Muir, *Observer*, 27 nov. 1955.
13 Edmund Wilson, *The Nation*, 14 abr. 1956.

hype[14] raramente era usada naqueles dias. Todavia, Muir estava sendo deliberadamente indireto, pois o que realmente o irritara foi o elogio de C.S. Lewis, cujo trabalho ele odiava intensamente.

Nos anos 1950, Lewis tinha muitos inimigos e, apesar de também ter centenas de milhares de fãs no mundo todo, alguns jornalistas e figuras literárias desprezavam seus livros. Lewis sabia disso e, quando foi convidado pelos editores de Tolkien para contribuir com um texto para a quarta capa de *O Senhor dos Anéis*, ele os alertou que isso talvez na verdade não pudesse ser bom, pois em alguns lugares ele era odiado e Tolkien deveria pensar com cuidado antes de aprovar essa escolha.

Curiosamente, foi somente depois que os insultos apareceram e a sua origem foi claramente identificada com aqueles que odiavam Lewis é que Tolkien se deu conta de que seu amigo não estava exagerando. Ele parecia ignorar completamente o quão impopular Lewis era em alguns círculos, mas talvez também não tivesse conseguido resistir às belas palavras de Lewis impressas em seu livro, que era então um escritor famoso.

E, exceto pelos ataques pessoais que vinham de hostilidades e animosidades tolas, Muir não media esforços para explicar suas críticas, mas, para sermos justos, devemos encará-las. A sua principal objeção tinha a ver com o que ele percebera como uma imaturidade na voz autoral. Ele apontou isso em frases apelativas, insistindo em relacionar os principais personagens masculinos com meninos, mas não se pode negar que talvez o aspecto mais fraco de *O Senhor dos Anéis* seja o modo como Tolkien lida com os momentos românticos. Tolkien é impecável em seu retrato do heroísmo e naquilo que talvez possamos considerar "fortes emoções", mas é certamente verdade que ele lida com qualquer relação entre os sexos opostos de maneira extremamente desajeitada.

Isso deriva do fato de que Tolkien realmente não se sentia confortável escrevendo sobre mulheres, não demonstrando nada de sua fluidez natural com a língua quando precisava escrever uma cena em que homens e mulheres interagem de alguma maneira. Devemos lembrar que ele era um homem antiquado, com vários pontos de vista

14 Algo comentado em excesso por parte do anunciante – um "golpe publicitário". Na gíria brasileira não tem tanto esse sentido, sendo confundida simplesmente com algo na moda, extremamente procurado. [NE]

vitorianos.[15] Como vimos antes, sua própria visão de romance era influenciada pelos livros que havia lido, e ele estava completamente ciente de que não sabia como escrever de maneira convincente sobre nada com aspecto sexual. De todos os seus escritos, o favorito era "The Lay of Beren and Lúthien". É uma história admirável, mas não contém nenhuma energia sexual, de cuja ausência Muir queixava-se sobre *O Senhor dos Anéis*.

No entanto, há um porém. Se Muir tinha razão ao criticar esse aspecto da obra de Tolkien, ele também estava equivocado em fazer disso uma grande questão. Admitindo que *O Senhor dos Anéis* era um "livro memorável", o crítico tinha permitido que a sua antipatia a Lewis e a incapacidade de Tolkien em escrever de forma convincente sobre romance e sexo encobrissem os outros grandes méritos do livro.

A falta de sutileza nas observações de homens como Edmund Wilson são mais intrigantes. Eles podem ter sido estimulados pela inveja, mas também é provável que Wilson e outros simplesmente "não tenham entendido". *O Senhor dos Anéis* era quase completamente original, os leitores (incluindo os críticos profissionais) não tinham quase nada com o que compará-lo, nada em contraste para avaliá-lo. Além disso, quando os livros de Tolkien apareceram, em meados dos anos 1950, eles estavam absolutamente fora de moda. O modernismo estava no auge de sua popularidade, e os escritos de Tolkien eram considerados por alguns irremediavelmente antiquados, quase de maneira perversa.

E, claro, se a obra o era realmente, esse era o estilo de Tolkien, sua escrita tinha as raízes em formas arcaicas. Mesmo durante os anos 1950, o enredo estava se tornando *indigno*, e o estilo estava ocupando o centro do palco, mas era um estilo moderno e não a forma arcaica ou de conto de fadas como era o de Tolkien.

Voltaremos às críticas no capítulo 14, mas, além de analisar as opiniões e as primeiras apreciações sobre a criação de Tolkien, devemos olhar mais de perto alguns dos temas e linhas conceituais que formam a estrutura da Terra-Média. Precisamos responder a uma infinidade de perguntas que brotam de qualquer leitura de *O Senhor dos Anéis* e

15 A Era Vitoriana compreende o período do reinado da Rainha Vitória (1837-1901) e caracteriza-se pela consolidação da Revolução Industrial e da expansão do Império Britânico, proporcionando uma classe média educada, um florescimento da literatura inglesa e um retorno à religiosidade. [NT]

O Silmarillion. Há muitos enigmas. Onde é a Terra-Média? As eras da Terra-Média se relacionam de alguma maneira com a história do nosso mundo? Por que no meio de um milhão de palavras ou mais sobre a Terra-Média a palavra "Deus" não aparece nem mesmo uma única vez? Tolkien queria passar alguma mensagem com sua escrita e descrição de seu mundo mítico? Caso sim, qual era essa mensagem? E, por fim, temos de fazer uma pergunta que provalvente irritou Tolkien mais do que qualquer outra relacionada à sua obra: o mundo mitológico de Tolkien é uma alegoria?

A Terra-Média é, sem dúvida, uma versão distorcida da Terra. Mais especificamente, os países em que *O Senhor dos Anéis* é ambientado e nos quais a ação acontece são uma versão distorcida da Europa. Tolkien deixou isso muito claro para si mesmo. Quando perguntado sobre a geografia da Terra-Média, ele afirmou: "Rhûn é a palavra élfica para leste. Ásia, China, Japão e todas as coisas que as pessoas no ocidente consideram muito distantes. E ao sul de Harad está a África, os países quentes". Quando lhe perguntavam "Isso faz da Terra-Média a Europa, não?", Tolkien respondia: "Sim, claro, o noroeste da Europa [...] de onde vem a minha imaginação".[16] Quando questionado por um jornalista sobre a localização de Mordor, ele respondeu: "perto dos Bálcãs". E, em uma carta escrita quando de férias em Veneza, em 1955, Tolkien descreveu a cidade que estava visitando como "Gondor".[17]

Os hobbits são ingleses e o Condado é, em alguns aspectos, a Inglaterra. Um jornalista que passou algum tempo com Tolkien durante os anos 1960, Clyde Kilby, descobriu isso diretamente com ele. "Quando o perguntei se havia hobbits nas primeiras eras", Kilby relatou: "[...] ele respondeu claramente que não existia, pois os hobbits eram ingleses, uma observação que confirma as demarcações geográficas e tem amplas implicações temporais. Quanto à geografia, estávamos dirigindo uma vez pela London Road, a alguns quilômetros a leste de Oxford, e Tolkien apontou para pequenas colinas ao norte que, segundo ele, eram perfeitas para o território dos hobbits."[18] Olhando para

16 Henry S. Resnick, *Niekas*, v. 19, n. 43.

17 "The Man Who Understands Hobbits", Charlotte e Dennis Plimmer, *Daily Telegraph Magazine*, Londres, 22 mar. 1968. A carta, para um fã, foi vendida em um leilão em Londres por 4.800 libras esterlinas no começo dos anos 2000.

18 Kilby, *Tolkien and The Silmarillion*, p. 51. As colinas mencionadas aqui são, quase certamente, os Chilterns.

um cenário mais amplo, parece provável que Númenor é baseada na lendária Atlântida ou talvez na lenda mais antiga do continente perdido de Mu. Acreditava-se que Atlântida possuía uma civilização avançada, superior aos homens comuns e com poderes místicos. Quando perguntado onde ficava Númenor, Tolkien não hesitava: "No meio do Atlântico".[19] Curiosamente, pesquisas modernas apontam para o fato de que Atlântida, Mu ou outra civilização antiga talvez tenham existido outrora em uma ilha situada em meio ao Oceano Atlântico.[20]

O Silmarillion e *O Senhor dos Anéis* representam juntos uma história alternativa do mundo, mas uma que se interrompe assim que o nosso registro histórico começa. Parece provável que Tolkien tivesse algo da lenda de Atlântida em mente junto ao modelo nórdico. Segundo a lenda, os habitantes de Atlântida desfrutaram de um tempo de vida muito mais extenso do que os humanos que os sucederam e eram marinheiros muito hábeis e talentosos. Alguns acreditam que eles colonizaram a Europa, além de terem plantado a semente da civilização egípcia. Em *O Silmarillion*, os númenorianos, proibidos pelos valar de viajar a oeste para Aman, as Terras Imortais, seguiram em direção leste para a Terra-Média durante a Segunda Era e começaram a colonizá-la; eles também viviam por mais tempo que os outros homens e eram altamente civilizados.

A lenda antiga também descreve como os atlantes começaram a acreditar que eram capazes de qualquer coisa e foram destruídos pela fúria de Deus, e sua civilização foi enterrada sob as ondas. No final da Segunda Era, os númenorianos, liderados pelo rei Ar-Pharazôn, ameaçaram os valar por tentarem violar a proibição e navegar para oeste com uma grande frota. Os valar recorreram ao Anel Um para destruir os númenorianos e toda a sua civilização.[21]

Tolkien considerava sua mitologia uma obra profundamente religiosa e entendia *O Senhor dos Anéis* como uma história cristã, até mesmo católica. E, ainda em uma primeira leitura, essa é uma conclusão muito difícil de ser deduzida, pois a Terra-Média parece ser um mundo inteiramente pagão. A única forma de oração é quando

19 Ibid, p. 52.

20 Ver Michael White, *Super Science*, Earthlight, Simon and Schuster, Londres, 1999, cap. 12.

21 Também é interessante que Tolkien tenha decidido nomear os reis númenorianos usando palavras com um distinto toque egípcio.

um indivíduo "fraco" ou "impotente", em um momento desesperador (como Sam Gamgi em Mordor), clama por um semideus ou semideusa mais poderoso como Galadriel ou Lúthien Tinúviel. Quando os guerreiros morrem, são enterrados sem orações. Não há igrejas ou capelas em lugar algum na Terra-Média. Os únicos "livros sagrados" são registros dos tempos antigos. E, ainda assim, existem indícios de religiosidade, mesmo do conservadorismo cristão.

O Silmarillion descreve o Anel Um e oferece uma criação alternativa antes de narrar sobre a Primeira e Segunda Eras, as aventuras dos elfos e dos homens e sua luta contra Morgoth e Sauron. Mas, se Tolkien estava tentando colocar um sutil pano de fundo religioso em sua mitologia, parece ter sido um bem confuso, de onde tiramos por vezes mensagens misturadas e contraditórias.

Isso fica mais evidente quando tentamos catalogar muitos dos personagens principais e mesmo temas centrais da história. Frodo demonstra qualidades próprias de Cristo – ele é o portador do Anel, sobrecarregado com a cruz –, é tentado na Montanha da Perdição, assim como Cristo foi tentado. Sauron e Melkor (ou Morgoth) são, visivelmente, figuras do inferno: Morgoth, o valar caído ou anjo negro; Sauron, o maiar caído, um demônio com outro nome. Gandalf é, claramente, um profeta. Mas e Galadriel? Ela aparece somente por um momento, mas manifesta uma presença poderosa por toda a segunda metade de *O Senhor dos Anéis*. Ela é um dos desonrados noldor que desobedecem aos valar durante a Primeira Era, mas talvez tenha algo de Virgem Maria.

Essa ideia foi sinalizada a Tolkien por padre Murray, seu amigo. Em sua resposta à carta em que isso era sugerido, alguns meses antes da publicação de *A Sociedade do Anel*, ele agradeceu ao padre pelas suas interpretações perspicazes e concordou com a ideia de que havia colocado muito da maneira como ele percebia Maria em seu esboço de Galadriel.[22]

Todavia, o principal aspecto religioso de *O Senhor dos Anéis* curiosamente não são tanto os elementos usados para criar os personagens centrais, mas uma sutil influência oculta ao narrar a fábula, seguindo o tempo de Tolkien. No Apêndice B de *O Senhor dos Anéis* nos é dito que a sociedade deixa Valfenda para começar sua missão em 25

22 Alguns observadores sugeriram até mesmo que o pão-de-viagem dos elfos, *lembas*, representa o Santíssimo Sacramento.

de dezembro. O dia em que Frodo e Sam conseguem destruir o anel, quando ele é arremessado na Montanha da Perdição e começa enfim a nova era, é, segundo os cálculos dos Gondor, 25 de março. Apesar de hoje essa data ter pouco significado para a maioria das pessoas, na tradição do inglês antigo (um assunto muito familiar para Tolkien), 25 de março era o dia da primeira Sexta-Feira Santa, a data da crucificação de Cristo.[23] Isso então significa que os principais acontecimentos na história, de como o Anel é destruído e Sauron é derrotado, se desenrolam durante o período mítico entre o nascimento de Cristo em 25 de dezembro e a sua morte em 25 março.

Não há razão para isso ter sido colocado na história a não ser como uma forma sutil de "mensagem escondida". Tolkien está impondo a sua fé sobre um mundo pagão, os personagens representam os seus papéis em um vazio não cristão, mas o seu "subcriador" pode movê-los através de uma estrutura temporal que é cristã – afinal de contas, ele tem a última palavra.

Além disso, quando Tolkien afirmou que a sua obra era de natureza cristã, e até mesmo católica, era no sentido da generosidade que a atravessa. Seus personagens vivem em um mundo em que a mágica é real e a crença sozinha pode fazer as coisas acontecerem. Isso não é simplesmente uma questão de força de vontade ou determinação, mas o pensamento materializado. Na Terra-Média, a crença verdadeira pode superar a realidade e distorcer a lógica de causa e efeito. E apesar de não haver um cristianismo específico em nenhuma das ficções de Tolkien – sem Bíblias, sem crucifixos, sem altares – o "espírito cristão" está em toda parte. O núcleo essencial da história é o bem contra o mal e o triunfo do bem, mas também é sobre sacrifício, tentação, autodeterminação e livre-arbítrio. Amigo e defensor de Tolkien, W.H. Auden sabia disso e afirmou que "as pressuposições não declaradas de *O Senhor dos Anéis* são cristãs".[24] O escritor Edmund Fuller acredita que "a generosidade aparece amplamente na história" e que "um caminho de profecias está sendo cumprido".[25]

23 Por outras duas razões, 25 de março é uma data significativa na tradição cristã. É a *felix culpa*, a data da expulsão de Adão e Eva e também a data da Anunciação e concepção de Cristo – precisamente nove meses antes do seu nascimento, em 25 de dezembro.

24 "The Quest Hero", Neil D. Isaacs e Rose A. Zimbardo (editores), *Tolkien and the Critics: Essays on Tolkien's 'The Lord of the Rings'*, University of Notre Dame Press, Notre Dame, 1968, p. 53.

25 Kilby, *Tolkien and The Silmarillion*, p. 59.

A devoção de Tolkien ao catolicismo era provavelmente a coisa mais importante em sua vida; ele era quase um cristão fanático, um fato que se tornava claro para qualquer um logo após conhecê-lo. Ele habitualmente referia-se a Cristo como "Nosso Senhor" e possuía uma convicção inabalável na força da oração, acreditando que havia "ganhado" histórias depois de rezar e que as preces haviam curado membros de sua família quando estavam doentes. Um amigo, George Sayers, disse que "Tolkien era um católico romano muito rígido. Ele era bastante conservador e antiquado".[26] Seu filho John, que se tornou padre católico, declarou que o catolicismo "atravessava todo o pensamento, as crenças e tudo o mais [de seu pai]".[27] Não surpreende, então, que Tolkien tenha sido compelido a colocar referências sutis ao cristianismo e à tradição bíblica no cerne de uma história pagã.

Outro assunto que lhe dizia respeito profundamente era o que ele percebia como a destruição da vida moderna e o surgimento crescente do progresso tecnológico. As suas convicções ecológicas eram apolíticas, guiadas por um profundo desgosto pessoal por muitos dos adereços da vida moderna e uma descrença no século XX. "Ele não gostava do mundo moderno", afirmou seu filho Christopher Tolkien; "o mundo moderno significava para ele, essencialmente, a máquina".[28] Outros descreveram suas atitudes antimodernas de maneira mais forte. "Tolkien falava sempre [...] como se somente os tolos ou loucos pudessem contemplar o século XX sem horror", disse o crítico Roger Sale.[29] Além disso, o escritor Paulo Kocher declarou que "Tolkien era um ecologista, defensor de algo incomum, que odiava o 'progresso', amava o trabalho manual e detestava a guerra muito antes de tais atitudes entrarem na moda".[30]

A raiva de Tolkien com o século XX é amplamente descrita em *O Senhor dos Anéis*. Os ents são uma das criações mais tristes da literatura, pois são amaldiçoados, um símbolo de uma era passada, e o capítulo "O Expurgo do Condado" deve ter sido para Tolkien uma das passagens mais satisfatórias que ele já escreveu.

26 Citado em Pearce, *Tolkien. Man and Myth*, p. 194.
27 *A Film Portrait of J.R.R. Tolkien*, Visual Corporation Ltd, 1992.
28 Ibid.
29 Em Alida Becker (editora), *The Tolkien Scrapbook*, Running Press, Philadelphia, 1978, p. 26.
30 Paul H. Kocher, *Master of Middle Earth: The Fiction of J.R.R. Tolkien*, Houghton Mifflin, Boston, 1972, p. 26.

De fato, fica claro que Tolkien usou *O Senhor dos Anéis* como um meio para atacar os alvos mais odiados por ele – tecnólogos, modernizadores, poluidores e consumidores inveterados. Ele criou um mundo alternativo absolutamente convincente em que a tecnologia não existia, o que John Clute descreveu como "um 'contramito' abrangente para história do século XX [...] uma descrição de um universo que parece correta – outra realidade que o espírito exige neste século devastado".[31] Ao fazer isso, Tolkien não estava apenas submetendo-se à satisfação dos seus desejos incoscientes, mas fazendo proselitismo com convicções profundamente arraigadas e sentimentos sinceros. Colin Wilson apontou isso vigorosamente quando escreveu:

> O Senhor dos Anéis *é uma crítica ao mundo moderno e aos valores da civilização tecnológica. Ele afirma os seus próprios valores e tenta persuadir o leitor de que eles são preferíveis aos valores correntes [...] é, ao mesmo tempo, um ataque ao mundo moderno e uma fé, um manifesto.*[32]

De uma perspectiva ecológica, o personagem de Saruman (cujo nome pode ser traduzido como "homem astuto")[33] é tão sinistro quanto Sauron ou Morgoth nos mínimos detalhes. Podemos pensar esses dois últimos como um mal místico, destruidores do espírito, demônios, mas Saruman é a personificação do corrompido século XX. Ele é o político das falsas promessas, o intruso nas coisas da natureza, o poluidor e o cientista diabólico. Saruman produz uma estirpe particularmente violenta de orc, que não tem medo da luz e possui a força de dois guerreiros Sauron. Ele lida com máquinas e tecnologia e, enquanto os heróis do livro lutam na Guerra do Anel e salvam a Terra-Média de Sauron, ele está por trás da "modernização" do Condado. Mas Saruman é derrotado pelo triunfo dos "velhos métodos", pela magia naturalista de Gandalf e pela "bondade" daqueles que trabalham particularmente com a natureza e não contra ela. Mas talvez Tolkien tenha ido longe demais com isso. Possivelmente ele retratou as suas convicções tão bem porque, para alguns leitores, *O Senhor dos Anéis* é, em muitos níveis, pura alegoria.

31 Em Becker (editora), *The Tolkien Scrapbook*, p. 86.
32 *Independent*, Londres, 20 jan. 1997.
33 Tom Shippey, *J.R.R. Tolkien: Author of the Century*, HarperCollins, Londres, 2000, p. 170.

O primeiro a sugerir isso foi Rayner Unwin, que leu uma das primeiras versões de parte da história durante o verão de 1947. Em um relato a seu pai, ele salientou que a batalha entre o bem e o mal sugeria uma alegoria. Tolkien ficou insatisfeito com essas observações e podemos provavelmente seguir a partir dessa resposta a sua insistência ao longo da vida de que a sua obra não era completamente alegórica. No entanto, para ser justo com Rayner Uwin, isso era 1947, a guerra havia acabado de ser ganha e era possível que a trama central em *O Senhor dos Anéis*, a batalha entre "os bons rapazes do Ocidente" e os "vilões do Oriente", sugerisse uma alegoria.

Assim, consideremos a evidência. Primeiro, há essa questão de a Guerra do Anel ser, de alguma maneira, um reflexo da Segunda Guerra. À primeira vista, isso certamente é uma possibilidade. Tolkien estava escrevendo a sua saga durante o conflito e, mesmo se considerarmos o argumento de que ele escrevera algo dela antes da guerra, chegando à essência da fábula em 1938, podemos contra-argumentar dizendo que, apesar de a Europa inteira não estar em guerra naquele ano, o fascismo era uma força muito poderosa e a guerra estava definitivamente no ar. Além disso, Tolkien reescrevia constantemente trechos anteriores, retrabalhando e revisando as primeiras passagens e, caso quisesse escrever de maneira alegórica, poderia facilmente ter feito assim, apimentando o texto com referências ferinas aos eventos reais depois que eles aconteceram.

É muito fácil encontrar marcas de referências alegóricas se procurarmos por elas. Aqui estão três exemplos óbvios: o uso que Tolkien fez do branco e do preto para definir o bem e o mal; a sua decisão de fazer a língua dos orcs gutural, o que alguns interpretam como uma distorção extrema da fala alemã; e, claro, a mais comentada de todas, a localização das nações combatentes na Terra-Média.

Um comentário mais sutil sobre a alegoria aparece no capítulo 2 do Livro II de *O Senhor dos Anéis*, "O Conselho de Elrond", que gira em torno de uma discussão complexa sobre o que deveria ser feito com o Anel. Por todo o discurso fica claro que aqueles que trabalham para as forças do bem são bastante despreparados para o conflito, e mesmo figuras poderosas como Gandalf e Elrond admitem que compreenderam apenas recentemente a extensão completa da ameaça de Sauron. Isso foi comparado ao fato de os britânicos e os outros aliados estarem mal preparados para a guerra, ainda que os nazistas estivessem construindo a sua força militar desde o começo dos anos 1930. Tolkien estava escrevendo "O Conselho de Elrond" durante os primeiros dias da guerra.

E há então o objeto central da história, o Anel do Poder, que se presta a todos os tipos de referências alegóricas. Rayner Unwin foi o primeiro a propor a ideia que ele guarda semelhanças com "O Anel do Nibelungo", da ópera de Wagner; Tolkien replicou que a única coisa que tinham em comum era o fato de ambos serem redondos.

Mas, na verdade, poucas considerações de alegoria mantêm-se após um exame minucioso. O preto sempre foi associado com o mal, o conflito entre preto e branco é antigo. De fato, Hitler escolheu o preto como a cor para representar o seu regime especialmente por causa dessas associações primitivas.[34] Além disso, a Alemanha está a uma distância considerável dos Bálcãs, que Tolkien havia declarado ser o equivalente europeu de Mordor. A língua dos orcs pode soar como muitas outras línguas e alguém poderia argumentar que, com a sua aparência morena e olhos puxados, os orcs guardam muito pouca semelhança com as tropas de assalto da SS. De fato, apesar de que talvez não tenha se dado conta, Rayner Unwin tinha razão em um aspecto à sua referência ao Ciclo do Anel de Wagner, pois ao menos o compositor havia se inspirado em antigos mitos e lendas teutônicas.

Outras ligações alegóricas sugeridas incluem a ideia de que Mordor é na verdade a Rússia em vez da Alemanha. Provavelmente seja fato que, mesmo muito antes da Segunda Guerra Mundial até a sua morte, Tolkien possuía uma profunda desconfiança da Rússia e do comunismo. Ele não era muito interessado em política, mas suspeitou de Stálin durante toda a guerra, mesmo quando os soldados russos combateram ao lado das tropas britânicas e norte-americanas durante a libertação da Europa. E quando, imediatamente após a guerra, os russos se isolaram do resto do mundo e criaram o bloco soviético, Tolkien não ficou de todo surpreso. No entanto, a Rússia não pode ser Mordor mais do que a Alemanha poderia ser, a menos que Tolkien estivesse imaginando uma futura guerra, o que durante os anos 1940 não foi concebido nem mesmo como uma vaga possibilidade.

Tolkien alegou que odiava alegorias em qualquer aspecto ou forma e negava vigorosamente a existência de *qualquer* forma de alegoria em

34 Na verdade, a cor – usada para designar as tropas de elite da SS Alemã –, vem do "Sol Negro", símbolo nórdico que significa "inteligência", não o mal. [NE]

seus escritos.[35] Ele confidenciou a amigos próximos que a religião havia sido uma grande inspiração para moldar seus personagens, mas recusou-se a aceitar que o enredo de *O Senhor dos Anéis* refletisse qualquer coisa além de meras referências indiretas de sua própria experiência da guerra. Um exemplo disso é a sua aceitação que Sam Gamgi representava para ele o soldado raso que vinha da classe trabalhadora, bom, firme, confiável e fiel. Mas nesse caso Tolkien estava pensando mais em suas experiências durante a Primeira Guerra, e não devemos esquecer que muito da fundamentação para *O Senhor dos Anéis* derivava de *O Silmarillion,* quase todo escrito logo após o término daquele conflito.

Mas Tolkien foi além. Negava que estivesse fazendo *qualquer* alusão a suas preocupações ecológicas em *O Senhor dos Anéis*. Ele achava particularmente irritante qualquer paralelo entre suas descrições em "O Expurgo do Condado" e a situação da Inglaterra imediatamente após a guerra. Mas para qualquer um que lesse *O Senhor dos Anéis* durante o começo dos anos 1950 (ou mais tarde para aqueles com memória ou conhecimento daquele tempo) as conexões são aparentemente inegáveis. Na Grã-Bretanha entre 1940 e o começo dos anos 1950, racionamento e escassez eram características comuns da sociedade. Casas pré-fabricadas (baratas e fáceis de construir) foram erguidas apressadamente para abrigar aqueles que ficaram sem teto devido às bombas alemãs. A indústria tinha de trabalhar em tempo adicional para reconstruir o país, e a poluição tornou-se muito pior do que era antes da guerra; a corrupção predominou por um tempo e "vigaristas" atuavam no mercado negro. Todas essas coisas foram ficcionalizadas de maneira distorcida na descrição do retorno dos hobbits de sua própria guerra.

Então em que devemos acreditar? Em que medida *O Senhor dos Anéis* é uma obra alegórica? E por que Tolkien estava tão determinado em suprimir essa sugestão?

A única conclusão lógica é que Tolkien não saía deliberadamente do seu caminho para escrever de maneira alegórica, mas as conexões com o mundo em que os eventos se desdobraram com intensa dramaticidade encontraram caminho em sua obra sem que ele se desse

35 Essa é uma posição particularmente estranha de se adotar, tendo em mente que Tolkien havia publicado o conto "Folha por Niggel", de *Sobre Histórias de Fadas*, que é, clara e deliberadamente, de natureza alegórica.

conta. Assim que estava iniciando o livro, os tanques começaram a rodar e o mundo irrompeu em violência. Foi somente quando alguns daqueles que leram a sua obra fizeram comparações com a história moderna é que ele perceberia o elemento alegórico incosciente dela. Por suas próprias razões, ele então escolheu resistir a tal sugestão.

Tentando entender por que ele deveria fazer isso, podemos aprender muito sobre a personalidade de Tolkien e suas motivações. Primeiro, para ele sua ficção era uma descrição de um mundo mais puro, um mundo bem distante da Terra manchada pela vida de verdade. *O Silmarillion* era, devemos recordar, a sua "mitologia para a Inglaterra" e *O Senhor dos Anéis* estava intimamente relacionado a essa primeira obra e baseou-se fortemente nela. A última coisa que ele queria era que leitores desvalorizassem o seu "conceito elevado", rebaixassem o seu épico grandioso e atemporal ao relacioná-lo às proezas sórdidas e vergonhosas da vida humana moderna.

A segunda razão para a sua determinação em refutar as suposições alegóricas era mais pessoal. Pela época em que estava finalizando *O Senhor dos Anéis* e como estivesse para colocá-lo no limbo editorial por muitos anos, C.S. Lewis havia escrito seus primeiros livros sobre Nárnia. Estes foram, claro, escritos como alegoria deliberada e Tolkien odiou tanto os livros como os motivos de Lewis. É portanto seguro supor que Tolkien não teria apreciado que os leitores e comentaristas literários carregassem *O Senhor dos Anéis* com as tintas da alegoria. Para Tolkien, qualquer associação entre os escritos de Lewis e os seus, particularmente qualquer conexão entre *O Leão, a Feiticeira e o Guarda-Roupa* e *O Senhor dos Anéis* deveria ser evitada a todo custo.

Tolkien negava, com poucas exceções, qualquer sugestão de que sua obra havia sido influenciada por outros escritores. As suas respostas às bem-intencionadas cartas de fãs ao redor do mundo, perguntando se ele havia sido inspirado por este ou aquele livro, por este ou aquele escritor, eram sempre salpicadas de negações e acusações, e conforme envelhecia essa reação ficou cada vez mais evidente.

Um exemplo particular disso é a sua rejeição ao escritor vitoriano George Macdonald, a quem uma vez se referiu como "uma velha avó".[36] Talvez seja significativo que a ficção de Tolkien tivesse sempre

36 Kilby, *Tolkien and The Silmarillion*, p. 31.

sido comparada à de Macdonald.[37] E talvez não devêssemos ignorar o fato de que Macdonald também era um dos favoritos de C.S. Lewis e um escritor a quem ele citava frequentemente como uma influência em seu próprio trabalho.[38] Até mesmo Lewis achava que Tolkien devia algo a Macdonald e mencionou isso em sua crítica de *O Hobbit*.

Ainda mais impressionante é a maneira como, mais tarde, Tolkien atacaria seu personagem mais amigável, Sam Gamgi, que ele havia chamado outrora de "uma pessoa querida entre os hobbits".[39] Em uma carta para um fã, Tolkien descreveu Sam certa vez como "lacônico e convencido [...] Ele era o filho mais novo de um velho camponês estúpido e arrogante [...] Paralelamente à sua atitude de mestre-servo leal e seu amor pessoal por Frodo, ele mantém um toque de desprezo de sua espécie (moderado para uma misericórdia tolerante) por motivos acima do seu alcance".[40]

Mais do que quase qualquer outro escritor, Tolkien colocava sua própria personalidade em seu trabalho. Os temas que fundamentavam a sua ficção – a força do heroísmo, a importância da honestidade e da lealdade, a superioridade da natureza sobre a tecnologia, a convicção de que cada vitória tem seu preço, a batalha entre o bem e o mal como uma dinâmica essencial no universo –, todas essas coisas são reflexos das crenças e motivações profundamente arraigadas de Tolkien. Claro, Aragorn e Frodo, assim como Gandalf e Sauron, são *alter ego*, para além de conexões e correspondências comuns entre um autor e o que está na página impressa, a Terra-Média está imersa na personalidade de Tolkien.

No caso de Tolkien, essa imersão é excepcional por razões muito importantes. Primeiro, Tolkien passou quase a sua vida inteira ocupado com a Terra-Média. Na velhice, ele falou sobre como alguns aspectos de sua ficção tardia estavam rondando sua mente quando ainda era um menino, e sabemos de documentos que sobreviveram,

37 Os exemplos mais óbvios disso são os vários pontos similares encontrados entre *O Senhor dos Anéis* e *The Princess and Curdie* (1883), de Macdonald. Isso é particularmente pungente na cena de *O Senhor dos Anéis* em que o rei Théoden é revivido por Gandalf depois que Gríma Língua-de-Cobra colocou seu monarca em estado de torpor. Em *The Princess and Curdie*, o rei de Gwyntystorm recupera a saúde de maneira similar.

38 É interessante notar que, em seu livro *O Grande Abismo*, publicado em 1946, Lewis usou uma frase de Macdonald como epígrafe.

39 Carta a Christopher Tolkien, 28 jul. 1944, *Letters*, p. 88.

40 *Mythprint*, a newsletter da Mythopoeic Society, Altadena, EUA, set. 1973.

certamente criando as bases de sua mitologia no começo dos seus vinte anos. Tolkien bebia, comia, dormia e respirava a Terra-Média, ela esteve sempre lá em sua cabeça mesmo durante o período de repouso, quando o trabalho em *O Senhor dos Anéis* foi interrompido por um ano ou mais, estava lá quando ele estava ensinando e corrigindo provas, brincando com suas crianças na praia em algum refúgio no litoral inglês ou quando estava compartilhando um drinque no Bird and Baby.

A segunda razão é o fato de que, como vimos no capítulo 5, Tolkien escreveu a sua ficção porque *precisava*. Ele precisava criar um mundo fantástico em que pudesse exaurir a si mesmo. Ele então tinha que ser honesto a seu respeito, honesto e verdadeiro. E talvez seja por essa razão, mais do que qualquer outra, que ele odiava a acusação de alegoria e fez tudo o que pôde para remover tudo que pudesse ser considerado uma insinuação disso.

Por fim, a personalidade de Tolkien e sua presença são tão fortes em sua ficção por ele acreditar ser o enredo de uma história mais importante que o estilo em que ela fosse escrita. Isso fez dele profundamente fora de moda, em uma época em que o modernismo – que coloca mais ênfase no estilo do que no ato de contar histórias – estava se tornando uma força literária influente. No entanto, o desejo de Tolkien em contar uma história de forma honesta e clara é uma das principais razões para o enorme sucesso de seus livros e um dos fatores que asseguram a seus fãs o prazer de ler e reler a mitologia da Terra-Média.

CAPÍTULO 13

Últimos Anos

O enorme sucesso de *O Senhor dos Anéis* não mudou a vida de Tolkien de súbito e, quando veio, acabou chegando um pouco tarde demais para fazê-lo.

No entanto, a George Allen and Unwin não teve que esperar muito tempo para perceber que a sua aposta havia sido paga e que, na verdade, a decisão de dividir os lucros com o autor não foi a mais inteligente delas. Seis semanas depois de publicado, *O Senhor dos Anéis* foi reimpresso e, no começo de 1956, Tolkien recebeu sua primeira partilha dos lucros referentes ao livro: um cheque de quase 4 mil libras esterlinas chegou a Sandfield Road, em Headington. Isso era mais de um ano de salário como professor para Tolkien.[1] O cheque do ano seguinte tinha um valor consideravelmente maior e, a cada ano (até 1965), as vendas aumentaram constantemente, trazendo a Tolkien quantias cada vez maiores.

A conta bancária de Tolkien ficou ainda mais cheia em 1957, quando uma faculdade católica, a Marguette University, em Milwaukee, comprou os manuscritos originais de *O Hobbit* e *O Senhor dos Anéis* (junto com *Mestre Gil de Ham* e o então inédito *Sr. Bliss*) por 1.250

1 Equivalente a aproximadamente 35 mil libras esterlinas em 2000.

libras esterlinas. Essa nova prosperidade chegou como uma surpresa para os Tolkien, que haviam se esforçado a vida inteira, mas também trouxe segurança a Edith e Ronald para os anos futuros e permitiu a eles poder gastar com luxos e prazeres que nunca antes haviam sido capazes de bancar.

O sucesso veio muito tarde. Tolkien passara dos sessenta anos quando *O Senhor dos Anéis* fez dele um autor best-seller. Estava próximo da aposentadoria e já esperando ansiosamente para dedicar todo o seu tempo para trabalhar em outros projetos, especialmente *O Silmarillion*, livro que havia consumido sua principal força criativa por quase quarenta anos.

De muitas maneiras, Tolkien havia envelhecido antes do tempo. Quando jovem, havia cultivado ideias especialmente anacrônicas, e elas nunca o abandonaram. De fato, conforme a idade avançava lentamente, muitos dos aspectos bons e ruins de sua personalidade tornaram-se exagerados. Seu impedimento de fala havia piorado cada vez mais, tanto que, para alguns, sua voz era quase incompreensível, um fator agravado consideravelmente por Tolkien sempre manter seu cachimbo preso entre os dentes – o que aconteceu durante quase todo o tempo em que ficava acordado. Um de seus obituários o descreveu como "o melhor e o pior orador em Oxford – pior pela rapidez e confusão de sua fala, e melhor pela maneira profunda, didática, bem-humorada e 'corrida' do que ele dizia".[2]

Um de seus traços mais fortes de personalidade era a sua natureza pedante. Isso lhe serviu imensamente bem para fazê-lo um acadêmico de sucesso e era uma das origens de sua grandeza como um inventor de fantasia, mas também fez com que ele se mostrasse excessivamente crítico em relação a tantas coisas. Em 1955, a BBC produziu uma dramatização para rádio de *O Senhor dos Anéis*, geralmente considerada muito boa, mas para Tolkien era extremamente pobre e acreditava que ele mesmo poderia ter encenado várias partes de maneira melhor. Em 1956, uma editora holandesa estava para publicar uma edição de *O Senhor dos Anéis*, mas Tolkien achou que eles haviam traduzido alguns dos nomes de maneira incorreta e suspendeu a publicação. Anos depois, uma editora sueca enfureceu Tolkien

2 *Times Literary Supplement*, 3 set. 1973.

com uma proposta de edição que incluía um prefácio de um autor sueco em que o livro era descrito como alegórico.

Tolkien tinha preconceitos, preferências e antipatias muito fortes e, assim como acontece com muitas pessoas, conforme envelhecia, tornou-se mais entrincheirado em suas opiniões e mais extremo em seus sentimentos. Ele considerava um número crescente de coisas "vulgares" ou "absurdas", não gostava da língua e da cozinha francesa, desaprovava quase todos os jornalistas, considerava que muitos fotógrafos eram incapazes de tirar uma boa fotografia e que ele poderia fazer melhor. Invariavelmente não gostava do trabalho de ilustradores que faziam as capas e ilustrações para os seus livros e achava a maioria das editoras bastante ineficientes e miseráveis na distribuição e promoção.[3]

Parecia ter uma necessidade obsessiva de remexer em todo e qualquer detalhe de tudo em que ele estivesse envolvido. Quando uma dupla de jornalistas, Charlotte e Denis Plimmer, o entrevistou para a revista do *Daily Telegraph,* em 1968, enviou-lhe o rascunho da entrevista e recebeu em resposta uma dissertação de mais de cinco páginas em que Tolkien criticava quase tudo o que eles haviam escrito, como se fossem estudantes. Os Plimmer referiram-se à garagem de Tolkien (que havia sido transformada em uma área de trabalho) como um "escritório", mas isso era aparentemente inexato e apenas a sugestão de que *O Silmarillion* havia surgido da predileção de Tolkien por criar línguas garantiu meia página de correções e críticas.

Além disso, tornou-se cada vez mais sigiloso, quase a um nível paranoico, e achava difícil revelar qualquer coisa sobre si mesmo ou seu passado a vários jornalistas e escritores que começaram a bater em sua porta na sequência do sucesso de *O Senhor dos Anéis*. Ele não gostou de se tornar uma figura de culto e não conseguia entender por que as pessoas se interessavam por ele assim como pelo seu trabalho e declarou que sentia que o consideravam "um gárgula a ser observado".[4] No começo dos anos 1960, interrompeu uma pequena biografia que W.H.

3 Houve uma ocasião em que o seu desprazer foi perfeitamente justificável. Uma edição em brochura de *O Hobbit*, publicada pela Ballantine em 1965 nos Estados Unidos, trazia o trabalho de um artista que transparecia não ter tido tempo para ler o livro. A ilustração de capa consistia em um leão, duas emas e uma árvore carregada de frutas. Quando um furioso Tolkien perguntou o que o artista estava tentando dizer e, em particular, o que seria a árvore com as frutas, foi lhe dito que era uma árvore de Natal.

4 Kilby, *Tolkien and The Silmarillion*, p. 16.

Auden estava escrevendo, declarando à editora que tais relatos deveriam apenas ser escritos por alguém próximo e representariam uma intrusão grosseira em sua vida pessoal.

A sua opinião sobre a literatura moderna nunca abrandou e, de fato, ele não gostava da maioria das obras produzidas pelos escritores de qualquer época. Uma vez, quando um jornalista lembrou-lhe de que C.S. Lewis o havia comparado ao escritor italiano do século XVI, Ariosto, Tolkien devolveu: "Não conheço Ariosto e o odiaria caso o conhecesse [...] Cervantes foi um herbicida para o romance [...] Dante não me interessa. Ele é repleto de ódio e malícia. Não me importo com relações mesquinhas, com pessoas mesquinhas, em cidades insignificantes".[5]

E, ainda, ele era o maior crítico de si mesmo. Esta era a força que o impelia a retrabalhar, revisar e reescrever. Estava ciente das falhas em *O Senhor dos Anéis* – como, apesar de cinco istari serem mencionados, conhecemos em detalhes apenas dois deles (Gandalf e Saruman); a confusão sobre quem seria o ser mais velho na Terra-Média, Tom Bombadil ou os ents; que o elfo Cirdan possui um dos importantes anéis do poder, mas aparece apenas rapidamente no livro. Estas eram falhas enraizadas, que não poderiam ser resolvidas facilmente, mas Tolkien sempre manteve planos de escrever mais livros que iriam explicar essas anomalias. Uma vez, durante os anos 1960, quando foi questionado pelo seu editor para fazer revisões em *O Hobbit* para uma nova edição, ele estacionou nas primeiras horas de releitura do livro e estava para começar a reescrevê-lo completamente quando se deu conta e parou. Acreditava firmemente na ideia de que qualquer narrativa deveria primeiro ser escrita como um poema, que é exatamente o que ele fez com muito de *O Silmarillion*.

Assim, Tolkien nunca compreendeu a si mesmo, e carregava a convicção sobre vários assuntos de que estava certo e os outros é que estavam errados. Essa postura foi necessária para ele e essencial para o seu sucesso como autor. Ele sabia que havia criado algo muito especial com *O Senhor dos Anéis* e tinha a autoconfiança e a crença em si mesmo para perseguir os seus objetivos por quase 17 anos. Também se mostraria correto em relação a *O Silmarillion*, que foi finalmente publicado a despeito das constantes recusas de seus editores.

5 "The Man Who Understands Hobbits", Charlotte e Denis Plimmer, *Daily Telegraph* magazine, Londres, 22 mar. 1968.

Em qualquer medida, *O Senhor dos Anéis* seria considerado um enorme sucesso, mas então uma estranha sucessão de eventos transformou esse livro apenas "bem-sucedido" em um fenômeno global.

No início de 1965, a equipe da editora norte-americana Ace Books começou a observar como *O Senhor dos Anéis* havia se tornado um sucesso entre estudantes universitários, especialmente na Califórnia. Eles então souberam que a editora de Tolkien, Houghton Mifflin, de Boston, havia aparentemente desrespeitado a lei de direitos autorais ao importar dos editores britânicos mais do que o permitido de cópias das páginas não encadernadas. A Ace então decidiu fazer uma aposta e publicar o equivalente a uma versão pirata de *O Senhor dos Anéis.*

Algum tempo depois a edição estava pronta para ser lançada, a Houghton Mifflin ficou sabendo e contatou a George Allen and Unwin em Londres. Um indignado Rayner Unwin se deu conta de que a Houghton Mifflin tinha que produzir uma nova edição em brochura tão rápido quanto possível, mas, para fazer isso, a edição tinha que ser revisada. Então, Unwin imediatamente viajou a Oxford para falar com Tolkien e explicar a situação, para que ele pudesse fazer uma revisão relativamente pequena no texto o mais rápido possível.

Mas Tolkien nada fez. Os meses se passaram e, em junho de 1965, a edição da Ace estava nas livrarias dos Estados Unidos. Agora desesperado para levar a edição oficial em brochura para a gráfica, Rayner Unwin começou a perseguir Tolkien por conta das revisões somente para descobrir que o autor não tinha nem mesmo começado, mas, em vez disso, tinha feito algumas mudanças em *O Hobbit*.

A edição da Ace foi cuidadosamente produzida e fiel ao original. Ela tinha uma capa bem desenhada e, mais importante, era vendida por apenas 75 centavos de dólar cada volume, muito mais barato que o preço da brochura original. A Houghton Mifflin estava preparando uma ação legal, mas a Ace teve uma atitude extremamente arrogante no decorrer do processo e, nesse momento, não tinha a menor intenção de pagar qualquer forma de direito autoral a Tolkien.

Finalmente, em agosto de 1965, Tolkien entendeu a magnitude do que estava acontecendo e se deu conta de que, se as coisas continuassem dessa maneira, ele talvez nunca veria um centavo das vendas da edição da Ace que, segundo todas as informações, estava fazendo um grande negócio. Ele conseguiu revisar o manuscrito e encaminhou as alterações a Unwin, que então as repassou para a Houghton Mifflin.

Logo antes do Natal de 1965, a edição da Ballantine de *O Senhor dos Anéis* finalmente chegou às livrarias. Mas, por estarem pagando os direitos autorais de Tolkien, essa edição oficial saiu por 95 centavos de dólar cada volume e, por isso, os leitores ainda estavam naturalmente sendo atraídos pela edição da Ace.

De uma postura particularmente complacente sobre o problema no começo, Tolkien agora parece ter ficado furioso com a edição pirata. Ele não tinha ideia do que poderia ser feito sobre isso e esperava que seu editor levasse o assunto à Justiça; mas então algo bastante notável aconteceu. Tolkien sempre havia respondido cuidadosamente a qualquer carta enviada pelos seus leitores. Com frequência passava horas escrevendo uma única resposta e sempre respondia a qualquer questão sobre a sua obra – quando abordado de maneira educada, com dúvidas pertinentes e inteligentes. Esse esforço agora começava a lhe dar boas surpresas, pois, em cada resposta a cartas de fãs norte-americanos (que chegavam agora a Sandfield Road em um fluxo cada vez maior), ele contava sobre o aborrecimento que sentia em relação à edição da Ace e como brigar com eles o estava distraindo de seu trabalho.

Com uma velocidade impressionante, as notícias sobre isso alcançaram uma base crescente de fãs, que contaram a outros fãs e assim por diante. Em poucos meses, todos sabiam que a edição da Ace deveria ser ignorada e a edição oficial da Ballantine era a única a pagar os direitos autorais para o escritor. Essa notícia logo chegaria à imprensa nacional, não demorando muito para que pessoas que, de outra forma, nunca saberiam da existência de *O Senhor dos Anéis*, descobrissem o livro, ficando intrigadas o suficiente para gastar 95 centavos de dólar para descobrir do que se tratava. Durante o ano de 1965, a Ace havia vendido 100 mil exemplares de sua edição, mas em seis meses a edição oficial em brochura da Ballantine havia superado um milhão de exemplares vendidos, fazendo de *O Senhor dos Anéis* um best-seller nos Estados Unidos mais de uma década depois de sua primeira publicação por lá. Em 1968, o livro havia vendido três milhões de cópias em todo o mundo.

A edição da Ace de *O Senhor dos Anéis* transformou a obra-prima de Tolkien em um ícone do mercado editorial; a Ace não foi apenas forçada a aceitar um acordo fora dos tribunais para pagar todos os direitos autorais das futuras vendas, mas teve que pagar um montante fixo por todos os direitos que eles haviam se recusado a pagar anteriormente.

E, além disso, a controvérsia sobre a edição pirata colocou Tolkien e a Terra-Média no centro das atenções.

O Senhor dos Anéis chegou aos campi universitários do mundo ocidental com um timing perfeito. Ele havia sido escrito por um professor tradicionalista de Oxford durante a Segunda Guerra, mas alcançou a nova geração de jovens, que estava começando a experimentar drogas da então chamada cultura hippie. Em 1966, a "Swinging London" estava no auge, com a Carnaby Street em plena ebulição;[6] *Revolver*, dos Beatles – o mais importante álbum da década – foi lançado; o LSD e a maconha eram as drogas do momento. Naquele verão, apareceram cartazes com slogans como: "Tolkien é um hobbit viciante", "Gandalf para presidente" e "Frodo vive". Surgiram fã-clubes de Tolkien e da Terra-Média em lugares improváveis, como Polônia e Bornéu, soldados norte-americanos que combatiam no Vietnã encontraram tribos carregando escudos com o Olho de Sauron.

Não é difícil ver por que *O Senhor dos Anéis* foi adotado tão rapidamente pelos hippies. Ele é ambientado em uma realidade alternativa em que religiões conservadoras não tinham espaço e onde a magia fazia tudo acontecer. É abertamente antisséculo XX, antitecnológico e contra aqueles que só pensam no valor monetário das coisas. No entanto, o mais importante sobre a publicidade que Tolkien e seu livro atraíram ao redor do planeta foi que ele não tinha apelo apenas para hippies ou jovens; ele foi lido por pessoas de todas as idades, de todos os tipos. Possui uma universalidade e pode ser interpretado em níveis e de maneiras muito diferentes (algumas bastante inesperadas para o autor).

Repentinamente, Tolkien encontrou-se no olho do furacão do interesse midiático, uma figura cultuada, vista como alguma espécie de guru. A correspondência dos fãs, em constante crescimento a cada ano, era agora uma enxurrada, tornando-se algo muito difícil para ele lidar pessoalmente. Recebia cartas de apreciação de figuras mundialmente famosas, incluindo estrelas de Hollywood, um astronauta e até mesmo de um marido perturbado que reclamava que sua mulher estava obsessivamente apaixonada por Aragorn. Logo após essa carta, Tolkien ficou sabendo de uma dramatização de *O Senhor dos Anéis* apresentada por crianças de dez anos em Cheltenham e como o menino que havia

6 O período de efervescência cultural nos anos 1960, na Inglaterra, foi conhecido como "Swinging London", e a Carnaby Street um de seus endereços mais conhecidos. [NE]

interpretado Frodo não conseguiu sair do personagem por um mês. Em outra ocasião, um membro do Parlamento visitou a casa de Tolkien em Headington e lhe disse: "Você não escreveu *O Senhor dos Anéis*". Com isso, ele queria dizer que o autor havia recebido a história de Deus.[7]

Os fãs ligavam para ele da Califórnia às três horas da manhã, pois se esqueciam de levar em conta a diferença de horário. No verão de 1967, um grupo de estudantes norte-americanos viajou à Inglaterra especialmente para ver Tolkien e acampou no gramado em frente à sua casa, em Headington, cantando "Queremos Tolkien, queremos Tolkien".

Tolkien ficou contente com a popularidade do livro, mas estava confuso e um tanto perturbado por algumas das reações mais extremas de seus leitores. É fácil ver por quê. Nada o havia preparado para isso. Para Tolkien, a obra era o assunto e nunca entendeu por que alguém deveria estar interessado nele, na sua vida privada ou em seu passado. Edith sentia o mesmo. Ela tentou proteger o marido do mundo lá fora para que ele pudesse, simplesmente, seguir com o seu trabalho. Porém, em meados dos anos 1960, ela estava com setenta anos e pouco podia fazer para deter os fãs exaltados demais e os repórteres intrusivos. Em 1968, ficou claro que os Tolkien não poderiam permanecer em Headington. Eles teriam que mudar de casa e manter o novo endereço em segredo, retirar seu número da lista telefônica e, a partir de então, serem muito mais cautelosos em relação a seus planos.

Em alguns aspectos, era um momento apropriado para deixar Oxford. Desde a sua aposentadoria, em 1959, Tolkien tentava continuar trabalhando em *O Silmarillion*, mas o progresso foi lento. Ele se sentia aborrecido com a idade e ficava constantemente deprimido. Não gostava de envelhecer e perdeu a diversidade de sua vida anterior. Todas as crianças haviam deixado a casa e tinham suas próprias famílias, a maioria dos seus antigos amigos tinha falecido ou viviam longe e, o pior de tudo, ele sentia que sua energia e seu entusiasmo para escrever estavam se perdendo.

Duas coisas mantiveram o seu espírito atento. A primeira era a sua fé, que tinha ficado mais forte conforme envelhecia, e a outra era Edith. O casal agora estava mais próximo do que em qualquer outra época de suas vidas juntos e Tolkien tinha mais tempo para ficar a seu

7 Kilby, *Tolkien and The Silmarillion*, p. 13.

lado, apenas conversando sobre seus filhos e netos, ou levando-a para seus restaurantes preferidos em Oxford. Eles também tinham dinheiro para aproveitar um pouco a vida. Em 1966, partiram em um cruzeiro pelo Mediterrâneo e, em março daquele ano, comemoraram as bodas de ouro com uma grande festa nos jardins da Merton College, onde o compositor Donald Swann apresentou "The Road Goes Ever On" – uma seleção de canções da Terra-Média.

Os Tolkien escolheram como local de sua nova moradia uma pequena cidade vizinha de Bournemouth na costa sul, Poole. Era um lugar familiar a eles, na qual haviam passado férias recentemente, e Edith tinha amigos por lá. Para Tolkien, no entanto, deve ter sido um grande choque cultural.

Eles compraram um pequeno bangalô que ficava a uma curta distância de táxi do Hotel Miramar, em Bournemouth, o destino preferido de Edith quando eles visitavam a cidade. Ela se sentia infinitamente mais em casa ali do que em qualquer outro lugar em que haviam vivido, e todos seus habitantes (incluindo muitos moradores antigos) eram como Edith, com origens similares, igualmente despretensiosos e nada eruditos. Edith gostava de jogar cartas com suas amigas, reunir-se para tomar chá com elas ou simplesmente passear com seu marido pela orla em frente ao Winter Gardens[8] e às casas grandes e confortáveis que ocupavam os dois lados do Canal da Mancha.

O bangalô tinha um amplo jardim, que Tolkien adorava cuidar, e a casa era de um tamanho fácil de administrar. Para Edith, os poucos anos que passou em Poole foram provavelmente os mais felizes de sua vida, enquanto para Tolkien eles devem ter sido frequentemente atormentadores. Ele não tinha ninguém do seu nível intelectual com quem conversar, era gregário e elegante, mas as constantes rodas de conversa fiada em torno de chás cremosos devem tê-lo deixado irritado rapidamente. Apesar disso, Tolkien parece ter visto esse período como um martírio necessário. Ele sentia um amor profundo e genuíno por sua mulher e, na velhice, talvez tenha se dado conta do quão infeliz ela havia sido em relação a certos aspectos de sua vida conjugal. Ela odiava o panorama universitário, gostava de poucos de seus amigos, não havia compartilhado de sua devoção religiosa e, apesar de ter sido sempre

8 Grande teatro da região, demolido em 2006. [NE]

imensamente orgulhosa do que ele havia feito, não havia sido incluída em seu mundo intelectual. As muitas tardes ouvindo a música de fundo de restaurantes e conversando com a burguesia idosa de Bournemouth foi uma forma de recompensa por todas as noites que Tolkien havia passado no Bird and Baby com Lewis ou discutindo teologia até às duas da manhã em Magdalen enquanto Edith dormia sozinha.

Tal isolamento também parece tê-lo deixado com um remorso crescente e ele passou a acreditar, de maneira bastante equivocada, que havia desprezado seus filhos. Na verdade, ele os mimava e lhes dava todo o amor que podia. "Todas as suas cartas", recordou-se Simonne d'Ardenne, uma amiga próxima da família, "por mais de quarenta anos, fala de sua preocupação sobre a saúde, o conforto e o futuro das crianças; do quanto ele poderia ajudá-los a serem bem-sucedidos".[9]

E, mesmo assim, a despeito da falta de inspiração intelectual e da ausência em sua vida das boas e velhas amizades masculinas, Tolkien parece ter aceitado a nova vida gradualmente – talvez até sentido certo contentamento no ambiente no qual agora se encontrava. Ele estava frequentemente deprimido, pois não conseguia trabalhar tão duro quanto tinha sido capaz outrora; sentia falta da atmosfera refinada dos claustros e das salas de convivência do Senior Commom Room, mas pouco se importava com a falta de estética em sua nova vida. Em relação aos assuntos domésticos, sempre foi mais preocupado com a prática do que com a beleza. A casa na Northmoor Road era uma das menos bonitas do norte de Oxford, e a casa em Headington foi descrita uma vez por W.H. Auden como "abominável, com quadros horríveis nas paredes"[10] – uma observação que aborreceu profundamente os Tolkien.

Pode parecer estranho que um homem tão envolvido com a beleza da linguagem e criador de algo tão esteticamente encantador como *O Senhor dos Anéis,* um homem especialmente inspirado pelo grande esteta William Morris se importasse tão pouco sobre a aparente falta de beleza em sua própria casa. No entanto, isso talvez não seja tão estranho, pois a maior parte de sua vida Tolkien estava absorto em seus pensamentos. Ele estava constantemente ocupado e preocupado com tantos assuntos que quase todas as suas energias eram dirigidas para a

9 Em Mary Salu e Robert T. Farrel (editores), *J.R.R. Tolkien, Scholar and Storyteller: Essays in Memoriam*, Cornel University Press, Ithaca e Londres, 1979, pp. 33-4.

10 *The New Yorker*, 15 jan. 1966.

sua vida acadêmica e a sua vida interna – a escrita. Ele viveu mais tempo na Terra-Média do que no mundo real.

Em Poole, Tolkien se esforçou ao máximo para trabalhar, e podemos visualizá-lo durante o final dos anos 1960 em uma mesa no quarto de hóspedes, rodeado por seus livros e pilhas de papéis. O cachimbo estaria preso entre os dentes enquanto ele tentava, talvez, trazer à tona a essência de uma ideia que havia rascunhado quem sabe décadas antes – e reencontrada em um arquivo, há muito esquecido. Ele iria então tentar descobrir como ela se encaixava em sua grandiosa mitologia. Mesmo assim, durante os últimos dez anos de vida, Tolkien parece ter feito pouco progresso verdadeiro em sua criação épica, *O Silmarillion*, que não estava mais organizado do que havia estado durante os anos 1950. Ele crescia, mas cada vez mais tangencialmente; as ideias davam origem a outras e, a partir dessa nova série de pensamentos, iriam se ligar e inter-relacionar com outras tramas complexas e enredos. Tolkien era tão devoto à sua mitologia como sempre havia sido e ainda a via como uma mitologia para a Inglaterra. Em um momento durante os anos 1950 ele até mesmo pensou em dedicá-la à Rainha Elizabeth II.

No final dos anos 1960, Tolkien era dono de uma fortuna de milhões, mas uma vida inteira contando os centavos significava que ele e Edith achavam difícil relaxar em relação ao dinheiro. No entanto, eles organizaram fundos confiáveis de poupança para seus filhos e netos; ter dinheiro fez do restante de suas vidas e de seus sucessores algo muito mais confortável, de fato. Não gastavam de maneira excessiva, mas também não negavam nada a si mesmos. Tolkien resmungava com frequência do preço das refeições nos restaurantes, mas eles jantavam fora quase todos os dias e gostavam de comida e vinho caros. Tolkien também adquiriu uma mínima elegância ao se vestir que teria surpreendido o seu velho amigo Lewis. Quando jovens, eles olhavam com desdém qualquer forma de elegância ou roupas da moda, considerando-a uma expressão latente de inclinações homossexuais. No caso de Lewis, essa atitude havia sido exagerada ao ponto do absurdo e dizia-se que ele era capaz de fazer com que um terno novo parecesse velho na segunda vez em que o usava. No final dos seus setenta anos, Tolkien descobriu o prazer dos elegantes lenços de seda e dos sapatos irlandeses feitos à mão; uma clara mudança de gosto que pode ser vista ao compararmos fotografias dele na velhice com aquelas tiradas quando era um acadêmico de meia-idade.

Tolkien ainda recebia uma grande quantidade de correspondência, mas agora esta era filtrada por seus editores; ele não tinha mais energia para responder a cada uma delas como costumava fazer. Tolkien nunca perdera o interesse em relação à ecologia e, como muitos outros de sua idade, durante os seus últimos anos ficou cada vez mais irado com a maneira que o mundo estava se transformando, pois as mudanças que ele via eram, no seu ponto de vista, raramente para melhor. Ele se recusaria a continuar sendo um cliente constante de um restaurante favorito se, de repente, o caminho o obrigasse a tomar uma estrada nova que havia devastado uma atraente parte do campo, e ficou particularmente zangado quando soube que um aerobarco que cruzava o canal foi nomeado de Shadowfax[11] sem a sua permissão. Em outra ocasião, nas costas de um cheque para a Receita Federal, ele escreveu: "Nem um centavo para o Concorde".[12]

No final de 1971, sua vida mudou novamente. Edith, agora com 82 anos e cada vez mais frágil, foi internada às pressas com uma inflamação na vesícula biliar. Ela morreu poucos dias depois, em 29 de novembro.

Então, Tolkien entrou na fase final de sua vida. Profundamente enlutado, ele ficou por um tempo em Poole – tempo longo o suficiente para cuidar de seus afazeres. Passou a ficar com a família e os velhos amigos, que aos poucos e vagarosamente tomavam conhecimento de sua perda. Seu filho Christopher, que era membro da Universidade de New College, ajudou-lhe a arrumar um apartamento na Merton Street, 21. O apartamento pertencia à sua antiga faculdade, Merton, e lá tinha a sua biblioteca e um escritório, bem como uma sala de estar bastante luxuosa. Foi cobrado apenas um aluguel simbólico e providenciaram refeições gratuitas feitas pelos *chefs* da faculdade, além do serviços em tempo integral de uma governanta, uso livre de um telefone e mobília antiga, incluindo um enorme carpete Wilton na sala de estar.

Tolkien estava satisfeito de estar de volta a Oxford e dentro da comunidade acadêmica como um membro honorário, mas era uma existência solitária e por vezes particularmente desoladora. Ele tratou de consertar e melhorar o seu grande livro, respondia às muitas cartas

11 Scadufax, o cavalo que pertencia a uma raça mais veloz, forte e resistente que os cavalos comuns, só permitia ser montado em pelo e só foi domado por Gandalf. [NT]

12 O avião supersônico fabricado conjuntamente por Inglaterra e França a partir de 1965. O Concorde foi aposentado em 2003. [NT]

gentis que recebia de todo o mundo, era visitado com frequência pelos filhos e suas famílias, encontrava-se com os amigos que lhe restara. Durante a primavera de 1973, Christopher Wiseman, o antigo camarada de Tolkien da época do T.C, B.S. e o único outro membro do grupo a sobreviver às trincheiras, visitou-o em Oxford, e eles relembraram e avaliaram os muitos anos que haviam permanecido amigos, além de tudo o que havia acontecido em suas vidas e no mundo em volta. E, com seu filho John, Tolkien visitou o irmão Hillary, que, nos anos 1930, havia se tornado agricultor e ainda cultivava suas frutas em sua fazenda no Vale de Evesham.

Durante os últimos anos de vida, Tolkien foi homenageado tanto pela comunidade acadêmica como pelo mundo literário. Na primavera de 1972, ele compareceu a uma cerimônia no Palácio de Buckingham, na qual recebeu uma Ordem do Império Britânico como Commander of the Most Excellent Order of the British Empire (CBE)[13] e, naquela noite, Rayner Unwin ofereceu um jantar em homenagem a Tolkien no Garrick Club, em Mayfair. Da comunidade acadêmica, Tolkien recebeu muitos títulos honorários, mas o que ele mais valorizou veio de sua própria universidade: em junho de 1972, Oxford concedeu-lhe o diploma de doutor *honoris causa* em Letras, em uma cerimônia ocorrida no Teatro Sheldonian. O velho amigo e companheiro dos Inklings, Colin Hardie, então ocupando o cargo de Orador da Universidade de Oxford, discursou em sua homenagem.

A saúde de Tolkien declinava há algum tempo. Em Poole, ele começou a sofrer de artrite e infecções na vesícula biliar e, a partir do final de 1972, passou a ter um sério problema de indigestão. Ele consultou um médico e tirou raios X, mas nada foi encontrado. Em 28 de agosto de 1973, viajou a Bournemouth para visitar os amigos Denis e Jocelyn Tolhurst. Era o aniversário da senhora Tolhurst e Tolkien parecia estar muito bem, bebendo até um pouco de champanhe. Naquela noite, porém, ele acordou com muita dor e foi levado ao hospital cedo na manhã seguinte. Ele tinha uma séria úlcera gástrica com sangramento, passada despercebida nos raios X feitos algumas semanas antes. Três dias depois de ter dado entrada no hospital, em um domingo de manhã, 2 de setembro de 1973, o professor J.R.R. Tolkien faleceu aos 81 anos.

13 Comenda instituída pelo rei George V em 1917, oferecida a britânicos que causaram impacto culturalmente relevante na Grã-Bretanha. [NE]

CAPÍTULO 14

A Lenda Vive

Durante o final dos anos 1960, o jornalista Nigel Walmsley escreveu sobre *O Senhor dos Anéis*:

> *A popularidade de* O Senhor dos Anéis *tem que ser entendida no contexto daquele grupo que mais seguramente garantiu a sua reputação, os jovens insatisfeitos da classe média industrial do Ocidente da metade da década de 1960. O livro foi uma influência seminal na popular subcultura do período, um artefato tão atraente comercialmente quanto um disco de Bob Dylan.*

Mais adiante, ele declara que, em 1968, a estrela de Tolkien estava em declínio, havendo "sinais, indicadores visíveis de uma mudança brusca na atitude cultural que foi eficaz para acabar com o breve período de brilhante relevância contemporânea".[1]

Ao escrever isso, Walmsley estava sendo quase tão preciso quanto aqueles que disseram que os Beatles nunca fariam sucesso, ou que o

1 Em Robert Giddings (editor), *J.R.R. Tolkien: This Far Land*, Vision and Barnes and Noble, Londres, 1983, pp. 82-3.

Terceiro Reich duraria mil anos. Pois o que aconteceu na verdade foi exatamente o oposto de sua afirmação – *O Senhor dos Anéis* tornou-se ainda mais popular, ainda mais amado.

Esse equívoco do jornalista era algo bem comum. Ele acreditava que *O Senhor dos Anéis* tinha apelo apenas para um tipo específico de pessoa. Se ele fosse somente do interesse da juventude insatisfeita do Ocidente, talvez então, com alguma razão, teria sido considerado algo acessório, uma moda passageira, mas *O Senhor dos Anéis* falava a um amplo leque de pessoas de todas as origens culturais.

No entanto, mesmo tão equivocado quanto certamente estava, Walmsley não estava sozinho (e certamente não tinha nada de original) em sua crítica indevida. Quase uma década antes, em 1961, outro jornalista, Philip Toynbee, havia escrito com verdadeiro prazer que "os livros infantis de Tolkien passaram a um esquecimento misericordioso".[2] Durante os anos seguintes, o imenso impacto provocado por Tolkien e sua obra gerou uma avalanche de críticas. Depois de "Tolkien na moda", tivemos "Tolkien, o racista", "Tolkien, o sexista", "Tolkien, o fascista". O crítico Walter Scheps chamou o universo de Tolkien de "paternalista", e outros o definiram como "reacionário" e até mesmo, estranhamente, de "anti-intelectual".[3] Tivemos aqueles que ridicularizaram *O Senhor dos Anéis*, chamando-o de "Ursinho Puff posando de épico" e "A resposta do universo das fadas a *Conan, o Bárbaro*" e houve aqueles que tentaram ver defeitos ou fazer dele simplesmente algo irrelevante.[4]

Esse tipo de crítica a Tolkien chegou de maneira constante e estável, começando logo após a primeira publicação de *A Sociedade do Anel* em 1954, mas atingiu um novo nível frenético em 1997, depois que a rede de livrarias Waterstones decidiu fazer uma pesquisa entre seus leitores para descobrir qual livro publicado no século XX era o seu favorito.

Para muitos, o resultado foi um choque. Por toda a Grã-Bretanha, 25 mil pessoas votaram e mais de um quinto delas escolheram *O Senhor dos Anéis* em primeiro lugar, seguido por *1984* (1949), de George Orwell. De fato, *O Senhor dos Anéis* ficou em primeiro em 104 das

2 "Dissension among the Judges", Philip Toynbee, *Observer*, 6 ago. 1961.

3 Walter Scheps, "The Fairy-tale Morality of *The Lord of the Rings*", em Jarad Lobdell (editor), *A Tolkien Compass*, Open Court, La Salle, 1975, pp.43-56.

4 Michael Moorcock, *Wizardry and Wild Romance*, Victor Gollancz, Londres, 1987, p. 125. John Goldthwaite, *The Natural History of Make-Believe*, OUP, Oxford, 1996.

105 filiais da livraria. A única exceção foi no País de Gales, onde *Ulysses* (1922), de James Joyce, bateu Tolkien, que ficou em segundo lugar. A reação da estabelecida elite literária a isso foi imediata e sarcástica.

Susan Jeffreys, escrevendo no *Sunday Times*, ficou mortalmente ofendida com o resultado. "Ah, inferno! É isso mesmo?", ela respondeu quando soube do resultado. "Ó meu deus, ó meu deus. Deus, ó meu deus, ó meu deus." Quase conseguimos ouvir as xícaras de chá chinesas caírem e se despedaçarem nas cozinhas em Hampstead.[5]

"Eu acordei Bob Inglis [um colega jornalista] do sono profundo com a notícia de que *O Senhor dos Anéis* tinha sido escolhido, pelos leitores da Waterstones e pelos espectadores do Channel 4, o melhor livro do século", ela continuou, desolada. "A reação de Inglis fez eco por todo o país, onde quer que estivessem reunidos um ou dois literatos".[6]

Ignorando a pretensão e o autoengrandecimento por trás desses comentários, como o professor Tom Shippey pontuou: "Ela quis dizer, com certeza, 'dois ou três *literatos*', a menos que os literatos falem sozinhos (uma ideia que de fato ocorre); e o termo *literato* é em si mesmo interessante. Ele claramente não significa 'os letrados, os alfabetizados', pois obviamente esse grupo inclui os devotos de *O Senhor dos Anéis*, o grupo do qual ela está se queixando (eles não poderiam ser devotos se não pudessem ler). Segundo a convenção de Jeffreys, *literato* deve significar 'aqueles que conhecem literatura'. E aqueles que conhecem, é claro, sabem o que devem, a princípio, conhecer. A opinião é completamente autocentrada".[7]

Jeffreys, é claro, não estava sozinha em seu desânimo. Durante os dias seguintes, a descrença transformou-se em ultraje para muitos jornalistas e escritores. Alguns chegaram ao ridículo (novamente); o romancista Howard Jacobson torceu o nariz: "Tolkien – aquele para crianças, não? Ou para o adulto lesado. Isso apenas demonstra a tolice dessas pesquisas, a tolice de ensinar as pessoas a ler. Fechem todas as bibliotecas. Usem o dinheiro para outra coisa".[8]

5 Área de Londres que integra o distrito de Camden, conhecida por suas associações intelectuais, artísticas, musicais e literárias, e que possui um dos mais altos custos de moradia da cidade, talvez do mundo, com mansões à venda por mais de 20 milhões de libras. [NT]

6 Susan Jeffreys, *Sunday Times*, 26 jan. 1997.

7 Professor Tom Shippey, *J.R.R. Tolkien: Author of the Century*, HarperCollins, Londres, 2000. p. xxi.

8 *Sunday Times*, 26 jan. 1997.

Tais comentários são, naturalmente, risíveis, mas devemos contextualizá-los. As posições de Jeffreys, Jacobson e outros apareceram em um texto em que foram debatidas as opiniões de um amplo e diverso grupo de personalidades do mundo artístico. Os colaboradores sabiam que suas frases de efeito seriam lidas por um grande número de pessoas e sabiam que estariam em meio a opiniões de seus contemporâneos. Era talvez inevitável que essas pessoas tentassem se exibir.

Em outros lugares, as feministas – e qualquer outro grupo atrás de qualquer motivo para bater em Tolkien – insistiam em classificar *O Senhor dos Anéis* como um livro para "meninos adolescentes". Novamente isso é bastante equivocado, pois, mais do que muitos livros escritos nas décadas recentes, *O Senhor dos Anéis* é lido por homens e mulheres, meninos e meninas, sem nenhuma inclinação aparente de gênero nessas estatísticas. O escritor Andrew Nikolds confirma isso ao recordar as suas experiências sobre o primeiro contato com os livros de Tolkien durante os anos 1970. "Você caminhava na escada rolante [na estação de metrô de Northern Line, em Londres] e via todas aquelas meninas paradas, no lado direito", ele disse, "todas com um exemplar de *O Senhor dos Anéis* e curvadas sobre uma página aberta."[9]

Depois do choque veio a suspeita. Em um programa de rádio, o crítico Mark Lawson sugeriu que houve alguma fraude na votação, uma sugestão levantada pelos observadores desesperadamente anti-Tolkien. Foi culpa da internet e "daquele bando obsessivo por Tolkien".[10]

Mas então, em uma tentativa de provar seu propósito, os "literatos" do *Daily Telegraph* decidiram organizar a sua própria pesquisa em que os leitores votariam em seu livro e autor favoritos. *O Senhor dos Anéis* foi escolhido o livro preferido, e Tolkien o autor. Isso foi como colocar sal na ferida, e a gritaria alegando jogo sujo ainda era ouvida, mas agora mais moderada. Dois meses depois, a editora de clássicos ilustrados Folio Society lançou sua própria pesquisa com seus 50 mil membros; pessoas de fora não puderam votar. Dez mil membros participaram. *O Senhor dos Anéis* alcançou 3.270 votos, *Orgulho e Preconceito* (1813), de Jane Austen, ficou em segundo, com 3.212 votos, e *David Copperfield* (1849), de Charles Dickens, apareceu em terceiro, com 3.070 votos.

9 *Sunday Times*, 26 jan. 1997.
10 Humphrey Carpenter (o primeiro biógrafo de Tolkien), *Independent*, 20 jan. 1997.

Por essa época, a maioria dos críticos foi obrigada a manter um embaraçado silêncio, mas a destemida Germaine Greer ainda fervilhava. "Desde que cheguei em Cambridge como estudante, em 1964, encontrei uma tribo de mulheres bem crescidinhas vestindo mangas balonê, segurando ursinhos de pelúcia e tagarelando animadamente sobre os feitos dos hobbits. Meu pesadelo sempre foi que Tolkien viesse a ser o escritor mais influente do século XX. O sonho ruim se materializou. No topo da lista, em lugar de destaque como o livro do século, está *O Senhor dos Anéis*. Os romances não chegam a ser mais ficcionais que isso. A maioria dos romances são ambientados em um lugar e época reconhecíveis; Tolkien inventa a época, o lugar e um povo fictício para habitá-lo."[11]

Então por que Tolkien atrai tanta crítica daqueles que se consideram entendidos sobre literatura? Qual é o plano secreto? O que está nas entrelinhas?

Talvez a maior charada seja esta: o que há de errado com um escritor que cria um universo completamente fantástico com "a época, o lugar e um povo fictício para habitá-lo"? Quem faz as regras? Por que a ficção não deveria lidar com coisas assim? Sem dúvida, uma das funções de um romancista certamente é levar o leitor a uma realidade diferente, ou então a obra não é mais uma ficção. Até a ficção mais mundana, se é ficção de algum modo, descreve uma realidade alternativa. Quem fixou uma regra que diz que ao romacista é permitido um certo grau de fantasia, e apenas isso?

A escrita de Tolkien nunca esteve na moda dentro da fraternidade literária. Seus contemporâneos, escritores como Edmund Wilson (quem o lê agora?),[12] encontraram acolhimento ao escrever livros que supostamente lidavam com as emoções humanas profundamente arraigadas; esses autores queriam deixar claro que estavam lidando com "coisas reais", investigando a condição humana e ajudando os leitores a entender melhor a vida. Como consequência, o que uma Germaine Greer ou um Mark Lawson considerariam alta literatura – que não para "adulto lesados" – são livros que lidam com o que eles

11 Germaine Greer, revista *W*, inverno/primavera, 1997.

12 Crítico e escritor norte-americano (1895-1972), autor de *Rumo à Estação Finlândia* (1940) e *Manuscritos do Mar Morto* (1955), influenciou o gosto literário da época, apresentando aos círculos literários autores como William Faulkner e Ernest Hemingway. [NE]

consideram importante - valores morais, o que é ser um ser humano e talvez, ocasionalmente, coisas mais efêmeras como o debate político ou religioso. E de fato muitos e muitos livros admiráveis que abordam essas ideias têm sido escritos; porém, de acordo com as regras da crítica literária moderna, há apenas um número fixo e limitado de maneiras prescritas de como esses assuntos devem ser tratados. E o que muitos desses críticos falharam em reconhecer é que Tolkien tratou deles ao longo de *O Senhor dos Anéis* e *O Silmarillion*. É que simplesmente ele não lidou com eles do modo como alguns críticos gostariam.

No começo do século XXI, a literatura se encontra dividida. Durante várias décadas, o estilo tem se tornado preponderante de maneira crescente em relação ao conteúdo. É so entrar em qualquer livraria que você vai encontrar as prateleiras suspirando sob o peso de romances sem enredo, nos quais a maneira como se diz algo é muito mais importante do que aquilo que se quer dizer. Quase sem exceção, esses escritores não conseguiriam mobilizar o talento necessário para escrever um livro com a força de *O Senhor Anéis*, e realmente o domínio atual dos romances sem enredo, povoados de caricaturas e nulidades, vem do fato de que poucos queridinhos do *establishment* literário possuem o que deveria ser o primeiro pré-requisito para um romancista - a habilidade para contar satisfatoriamente uma boa história. Talvez, então, o que isso oculte seja a insegurança de parte dos assim chamados *literatos*.

Hoje em dia, a literatura de fantasia bem escrita está se infiltrando gradualmente no mundo literário. As figuras exaustas que foram outrora os decanos do *establishment* literário estão caindo na obscuridade, deixadas para trás pelo processo natural de evolução, esquecidas. O enorme sucesso comercial e os merecidos elogios da crítica para J.K. Rowling, Philip Pullman, Iain Banks e outros contadores de história conteporâneos tiveram um impacto bastante tardio na posição de vários críticos. Alguns desses escritores cruzaram gêneros ao escrever ficção infantil com aspectos adultos: uma abordagem não tão diferente assim, à sua maneira idiossincrática, daquela de Tolkien, de meio século atrás. J.K. Rowling recentemente foi finalista de vários dos principais prêmios literários para adultos, e a obra de Philip Pullman recebeu o Prêmio Whitebread de melhor livro do ano.

As críticas mais amargas a *O Senhor dos Anéis* são aquelas que têm tentado, por insegurança, fazê-lo desaparecer. O *The Oxford Companion to English Literature*, manual de literatura compilado por Margaret

Drabble, dedica a Tolkien apenas doze linhas, enquanto James Joyce recebeu 76; mas essas tentativas têm se provado um desperdício completo. Além de ser o autor mais amado do século XX, Tolkien tem se tornado uma figura muito influente dentro do mundo literário.

Hoje, o gênero fantástico talvez seja o que mais vende e o mais amplamente lido de todos os tipos de literatura, e a maioria dos autores de fantasia admitiria ter um grande débito com Tolkien por reabilitá-lo completamente. Além disso, o mundo da Terra-Média tem servido de inspiração para muitos games modernos e toda a indústria que cresceu em torno de *Dungeons and Dragons*[13] tem sua origem no universo mítico de Tolkien. Para muitos jovens, dedicar-se ao RPG e aos games é uma maneira de ampliar o seu envolvimento com a Terra-Média depois de terem lido e relido o livro.

E a influência de Tolkien espalhou-se para além da fantasia convencional. Não é difícil ver o espírito de Tolkien nos livros de Harry Potter, mesmo se o cenário e as tramas estão bem distantes das aventuras em Hogwarts. No cinema e na TV, a influência de Tolkien pode ser vista em *Guerra nas Estrelas* (1977), *Star Trek* (1966) e *Babylon 5* (1994). De fato, *Guerra nas Estrelas* é de muitas maneiras "*O Senhor dos Anéis* no espaço", com Gandalf substituído por Obi-Wan Kenobi, Frodo interpretado por Luke Skywalker, o chefe de Nazgûl substituído por Darth Vader e Sauron representado pelo Imperador do Mal.

Além disso, o mundo de Tolkien tornou-se objeto de um número crescente de livros que abordam todo e qualquer aspecto de sua criação e dissecam o significado e as nuances de sua escrita. Dissertações e teses de doutorado têm sido escritas sobre a Terra-Média e há disciplinas em cursos universitários sobre *O Senhor dos Anéis*. Pesquisando as palavras "Tolkien" ou "O Senhor dos Anéis" em uma ferramenta de buscas, o resultado chega a meio milhão de sites.[14] Depois de começar como um modesto sucesso, estima-se que tenham sido vendidos 100 milhões de exemplares de *O Senhor dos Anéis* e aproximadamente

13 *Role-playing game* (RPG) publicado pela primeira vez em 1974, desenvolvido por Gary Gygax e Dave Arneson, tinha hobbits e orcs como personagens na trama original (corrigido nas edições posteriores a pedido dos detentores dos direitos da obra de Tolkien). É, ainda hoje, um dos sistemas mais populares do jogo. [NE]

14 Esses dados são de 2000. Em 2013, a busca por "Tolkien" chega a 16 milhões de páginas, e por "Lord of the Rings" alcança 82 milhões, enquanto que "O Senhor dos Anéis" se aproxima de um milhão. [NT]

60 milhões de *O Hobbit* em todo o planeta, um número que cresce, reunindo os dois títulos, em torno de 3 milhões ao ano. Cada um dos livros foi traduzido para 30 línguas, incluindo servo-croata, islandês, hebreu e russo.[15] A palavra "hobbit" pode ser encontrada no *The Oxford English Dictionary* e uma primeira edição de *O Hobbit* em boas condições foi vendida na época em que este livro era concluído pela Sotheby's pela incrível quantia de 43 mil libras esterlinas.[16]

A obra de Tolkien também influencia as pessoas de maneira indireta. O professor Tom Shippey, que ocupa a antiga cadeira de Tolkien na Universidade de Oxford, disse que ele o "transformou em um observador. Tolkien transformou as pessoas em observadores de pássaros, pessoas que reconhecem árvores e arbustos".[17] E, como mencionado, conheço ao menos uma pessoa que estudou islandês em nível acadêmico depois de ser inspirada por Tolkien e sua obra.

Em meio a esse entusiasmo crescente, Christopher Tolkien tem trabalhado duro para lançar ainda mais luz nos detalhes da Terra-Média. Após a morte de seu pai, ele tomou a enorme tarefa de tentar catalogar e, por fim, editar a coleção de notas, fragmentos, histórias não terminadas e contos completos, que formavam pilhas desordenadas e transbordavam dos armários do escritório do autor.

Tolkien produziu três versões distintas de *O Silmarillion*: o "Esboço", "O Quenta" (ou "Breve História dos Noldoli", escrita por volta de 1930) e a mais detalhada das três, o "Quenta Silmarillion", que Tolkien havia dado para a George Unwin no final de 1937, depois da publicação de *O Hobbit*. O "Quenta Silmarillion" era o principal manuscrito de trabalho e foi abundantemente anotado e revisado.

A primeira tarefa de Christopher Tolkien foi produzir uma versão consistente e concluída de *O Silmarillion* a partir da vasta coleção de papéis. Foi algo que Tolkien nunca conseguiu fazer por si só, e seus manuscritos precisavam da astúcia de alguém próximo ao inventor da mitologia, que entendesse a Terra-Média quase tanto quanto seu criador, mas que fosse objetivo o suficiente para conseguir editá-los e publicá-los.

15 A edição dinamarquesa, publicada em 1977, foi ilustrada pela rainha Margrethe II da Dinamarca.
16 Em torno de 130 mil reais, em 2013. [NT]
17 Professor Tom Shippey, *A Film Portrait of J.R.R. Tolkien*, Visual Corporation Ltd, 1992.

O Silmarillion, há muito esperado pelos fãs de Tolkien em todo o mundo, apareceu em 1977. É belo, complexo e por vezes um livro difícil. Para os admiradores de Tolkien e aqueles que ficaram encantados e confusos com detalhes da fábula iniciada em *O Senhor dos Anéis*, *O Silmarillion* forneceu muitas respostas e contextualizou muita coisa. Depois de concluir *O Silmarillion*, Christopher Tolkien seguiu em frente para editar *Contos Inacabados de Númenor e da Terra-Média*, que desvendou ainda mais, e entre 1983 e 1996 foram publicados doze volumes de material editado por Tolkien, retirados de um vasto arquivo de notas, que ampliou ainda mais a mitologia; essa coleção é chamada *The History of Middle-earth*.[18]

Em 19 de dezembro de 2001, a legião de fãs de Tolkien ao redor do globo foi, finalmente, recompensada com a estreia muito aguardada do primeiro filme da série de *O Senhor dos Anéis*, *A Sociedade do Anel*. Por mais de um ano antes do lançamento do longa, sites reportaram cada mínimo detalhe do processo de produção, e rumores e fofocas circularam entre os fãs. Alguns sites tinham até mesmo relógios contando os dias e as horas para a primeira exibição.

Tolkien até tinha interesse pelos cineastas de Hollywood. A primeira aproximação veio de um grupo de produtores que, em 1957, havia escrito uma sinopse para um possível roteiro. A sinopse proposta por Forrest J. Ackerman, Morton Grady Zimmerman e Al Brodax foi encaminhada a Tolkien, que odiou quase tudo, como era esperado. Ele escreveu um texto de meia página desmontando a proposta (que era quase do mesmo tamanho da sinopse), em que comentava os mínimos detalhes do que havia sido escrito. No entanto, nessa ocasião, ele tinha toda a razão para isso; era uma caricatura terrível de um tratamento em que a história foi transformada em algo infantil e condescendente. Depois de uma breve troca de cartas ficou claro para os produtores norte-americanos que eles provavelmente não iriam longe com suas ideias, e assim o projeto foi abandonado.

Muito mais tarde, os direitos para *O Senhor dos Anéis* foram adquiridos pela United Artists e foi dito que o diretor John Boorman recebera uma soma de sete dígitos para escrever o roteiro em que os três volumes seriam condensados em um único longa-metragem. A

18 *A História da Terra-Média*, em tradução literal, inédito no Brasil. [NT]

United Artists não gostou do roteiro, e Boorman fez então uma sequência de outros filmes, incluindo *Excalibur* (1981) e *Amargo Pesadelo* (1972). Talvez uma das histórias mais estranhas envolvendo Tolkien e Hollywood apareceu alguns anos depois, quando foi revelado que em meados dos anos 1960 os Beatles consideraram fazer um filme em animação de *O Senhor dos Anéis*, com as vozes dos Fab Four dublando os personagens principais.

Em 1978, o diretor Ralph Bakshi produziu uma versão de *O Senhor dos Anéis* usando uma técnica chamada "rotoscopia", que combina ação humana e animação, anos antes de a computação gráfica fazer de efeitos como esse algo comum. O filme foi severamente criticado, nada menos pelo fato de que ele acaba de forma abrupta na metade da história original. O filme de Bakshi foi planejado para ser a primeira parte da saga completa, mas, depois de ser recebido com tão pouco entusiasmo tanto pelos críticos como pelos fãs de Tolkien, os planos para as futuras filmagens foram descartados.

A versão moderna de *O Senhor dos Anéis* é de uma qualidade completamente diferente e, muito antes de seu lançamento, esperava-se que se tornasse a maior bilheteria da história do cinema, ultrapassando *Guerra nas Estrelas*, *E.T.* (1982) e outros *blockbusters*. Dirigido e coescrito pelo neozelandês Peter Jackson, é muito mais um trabalho de amor do que uma empreitada comercial.

Jackson, um fã devoto de Tolkien, começou a levar a sério a ideia de filmar *O Senhor dos Anéis* em 1994. Ele abordou a Miramax, que por essa época possuía os direitos. Os executivos não tinham um entendimento muito claro da obra de Tolkien e estavam convencidos de que a única maneira de fazer o filme era condensar a história em um longa. Jackson recusou-se em aceitar isso e viu o pontencial em criar uma série de filmes na linha de *Guerra nas Estrelas* ou de Indiana Jones. Assim, a Miramax deu a Jackson duas semanas para encontrar parceiros para produzir os filmes da maneira que ele os imaginava. Ele encontrou a New Line Cinema (então parte da AOL/Warner)[19] e levantou os fundos para produzir os três filmes em proporções épicas.

Todas as filmagens foram feitas na Nova Zelândia, que oferece a variedade perfeita de paisagens incríveis necessárias para reproduzir

19 Desde 2008, ela pertence à Warner Bros. [NT]

a Terra-Média em frente às câmeras. O diretor Peter Jackson viveu e respirou *O Senhor dos Anéis* desde a época da proposta em 1994 e, no momento em que esse livro era escrito, as equipes ainda trabalhavam nas partes II e III da trilogia cinematográfica, previstas para estrear em 2002 e 2003.

Apenas a filmagem de *A Sociedade do Anel* levou 274 dias e contou com uma equipe de mais de 2 mil pessoas e em torno de 300 locações. O orçamento foi estimado de maneira conservadora em 200 milhões de dólares. O elenco inclui os atores veteranos Ian McKellen (Gandalf), Ian Holm (Bilbo) e Christopher Lee (Saruman), junto com as estrelas mais jovens Cate Blanchett como Galadriel, Liv Tyler como Arwen e Hugo Weaver (Elrond). Os hobbits foram interpretados pelos relativamente novos Elijah Wood (Frodo), Sean Astin (Sam), Billy Boyd (Pippin) e Dominic Monaghan (Merry).

Alguns fãs inicialmente temeram que os realizadores tomassem algumas liberdades em relação ao livro original e, de fato, houve alguns descontentes céticos. Richard Crawshaw, da Tolkien Society, afirmou que "o próprio Tolkien nunca pensou que um filme pudesse ser feito a partir do seu livro. Temos a sensação de que nenhum filme jamais poderia capturar a profundidade e a essência completa do livro". Mas Peter Jackson, que trabalhou dezesseis horas por dia no filme durante cinco anos, obviamente pensava de maneira diferente dos partidários da Tolkien Society. "Foi preciso todos estes anos desde que Tolkien escreveu seu livro para que a tecnologia de produção de filmes pudesse alcançar a sua imaginação", declarou ele em maio de 2001.[20] O produtor do filme, Barrie Osborne, disse: "Tomamos muitos cuidados ao tentar entender Tolkien. Tomamos muitos cuidados para ser fiel à expectativa dos fãs".[21]

Aqueles que assistiram a trechos e trailers do filme confirmaram o que falavam os realizadores. De acordo com um escritor que esteve no set e acompanhou a realização do filme desde o começo, "o espírito de Tolkien está lá. O filme é sombrio, ameaçador".[22] E o próprio Jackson queria dar a sua marca pessoal a ele. "Quero fazer o tipo de filme que Tolkien teria gostado de assistir", disse Jackson antes da estreia. "Mas

20 "Hobbits go to Hollywood", Richard Brooks, *Sunday Times*, 13 maio 2001.

21 "News from Middle-earth", *Starlog*, ago. 2001, p. 30.

22 Entrevista ao autor.

fazê-lo com integridade, para mim, significa fazer um filme de Peter Jackson – a minha própria versão bastante pessoal de uma obra britânica clássica e apaixonante."[23]

Alguns meses antes da estreia do filme, a excitação começou a crescer rapidamente. Durante o ano 2000, os primeiros teasers do filme foram baixados 1,7 milhão de vezes, e, quando o site oficial foi criado no verão de 2001, recebeu 62 milhões de visitas durante a primeira semana. Um trailer de noventa segundos também foi exibido em alguns cinemas antes de *Pearl Harbor* (2001) e, segundo os editores de Tolkien, cada vez que ele era exibido as vendas de *O Senhor dos Anéis* subiam. No momento logo antes da estreia, reportagens nos jornais nos Estados Unidos e no Reino Unido comentavam o imenso aumento nas vendas dos títulos de Tolkien. Seis meses antes da estreia, uma edição especial de *O Senhor dos Anéis* relacionada ao filme vendeu, apenas nos Estados Unidos, 250 mil exemplares, e o audiolivro, com 13 horas de narração em dez CDs, vendido a 70 dólares, disparou na lista dos mais vendidos. Um representante da Ballantine, a editora norte-americana responsável pela versão em brochura do livro, afirmou: "As vendas dispararam".[24] Também há indicações de que a legião de fãs de Harry Potter, na maioria crianças entre 7 e 14 anos, está descobrindo Tolkien agora pela primeira vez.

Naturalmente, essas reações são imensamente animadoras, e quando o filme foi exibido em todo o mundo no fim de dezembro de 2001, todo o entusiasmo e o barulho, assim como as afirmações dos realizadores, foram justificadas. *O Senhor dos Anéis: A Sociedade do Anel* quebrou todos os recordes de bilheteria, encantou igualmente críticos e espectadores, sendo logo visto como um retrato preciso e digno da obra-prima de Tolkien, um filme que atrai tanto os fãs como recém-chegados a seu universo.

Em março de 2002, o filme foi indicado a 13 Oscars (um a menos que o recorde estabelecido por *A Malvada* em 1950 e só alcançado por *Titanic* em 1997). Na noite de premiação, ganhou quatro estatuetas (todas em categorias técnicas). As críticas do filme foram quase todas repletas de elogios. Eleanor Ringel Gillespie, crítica de cinema do *Atlanta Journal and Constitution*, declarou: "O milagre que Jackson

23 "One Ring to Rule Them All", Gary Gillat, *Dreamwatch*, ago. 2001, pp. 44-9.

24 "Hobbits take Revenge on America", Tony Allen-Mills, *Sunday Times* 1 jul. 2001.

conseguiu é que você pode conhecer os pormenores da Terra-Média profundamente ou, no máximo, ter visto o copo de Frodo no Burger King para ser hipnotizado por esse filme".[25]

O geralmente difícil de agradar Cosmo Landesman, do *Sunday Times*, declarou: "*O Senhor dos Anéis* não termina completamente, mas deixa o espectador em suspense. O filme é tão incrível que, depois de quase três horas no cinema, você volta para casa desejando mais".[26] E John Anderson, no *Newsday*, disse sobre o filme: "Certamente o mais excitante e ambicioso filme de aventura em muitos anos, e é um bom sinal para os fãs de Tolkien do que vem por aí".[27]

Quando o filme foi lançado em DVD, em agosto de 2002, novamente bateu recordes, tornando-se a segunda venda mais rápida de todos os tempos até então (depois de *Harry Potter e a Pedra Filosofal*). Atingiu 1,6 milhão de cópias apenas no primeiro dia de vendas somente no Reino Unido. Em dezembro de 2002, estreou o segundo filme, *As Duas Torres*, com a mesma aclamação da crítica e o mesmo sucesso comercial proporcionado por *A Sociedade do Anel*, e um ano mais tarde o último episódio, *O Retorno do Rei*, completou a trilogia.

No Oscar de 2003, *O Retorno do Rei* dominou a premiação da Academia, levando todas as onze estatuetas nas categorias em que concorreu, incluindo Melhor Filme e Melhor Diretor. Nas bilheterias, o terceiro filme foi também o mais bem-sucedido dos três, e quando *O Retorno do Rei* foi lançado em DVD em 2004, a trilogia havia arrecadado quase 3 bilhões de dólares em todo o mundo.

O sucesso da trilogia no cinema também impulsionou as finanças do espólio de Tolkien. Entre o Natal e Ano Novo, a edição especial do livro relacionada à adaptação cinematográfica de *O Senhor dos Anéis* e a trilogia original, junto com *O Hobbit*, alcançaram o topo das listas de mais vendidos em todo o planeta. Os direitos para o filme foram vendidos há muito tempo e pouco do dinheiro do filme e do merchandising vai para os descendentes de Tolkien, mas durante os anos seguintes espera-se que as vendas anuais de *O Senhor dos Anéis* e outras obras de Tolkien cresçam consideravelmente, e a divisão de lucros estabelecida por Rayner Unwin em 1952 ainda funciona. Assim, o espólio de

25 Eleanor Ringel Gillespie, *Atlanta Journal and Constitution*, 18 dez. 2001.
26 Cosmos Landesman, *Sunday Times*, "Culture", pp. 4-5, 16 dez. 2001.
27 John Anderson, *Newsday*, 19 dez. 2001.

Tolkien ganha muito mais por cada livro vendido do que iria ganhar com o sistema mais comum de direitos autorais.

E ainda, ironicamente, se assistirem ao filme, a família de Tolkien certamente não gostaria do filme mais do que ninguém. O próprio Tolkien sempre desconfiou de Hollywood e não aprovou nenhuma das tentativas de intrometer-se em sua obra. O executor literário de Tolkien, Christopher Tolkien, não tem nenhuma ligação com o filme ou seus produtores e, de acordo com fontes próximas da família Tolkien, o filho do autor concorda com a opinião de seu pai e de muitos leitores que acreditam que o filme não deveria ser feito. Eles sentem que os livros contam a história completa e não precisam ser reinterpretados por ninguém.

O Senhor dos Anéis é quase completemente único, sob vários aspectos. Superou as vendas de qualquer outra obra de ficção, provocou mais controvérsia do que qualquer outro livro no século XX e, quase cinquenta anos depois de sua primeira aparição, a adaptação para os cinemas atrai a atenção de muitos e muitos milhões, uma nova geração completa de leitores em potencial que ainda tem muito a descobrir sobre a Terra-Média e o seu povo. Mas o que é que a mais ilustre das histórias de fantasia tem que ainda atrai novos leitores? O que é que agrada ao gosto sempre maculado dos leitores do século XX, assim como aconteceu com aqueles que pegaram o livro em qualquer uma das cinco décadas desde a sua primeira publicação?

Em contraste absoluto ao que os críticos disseram, com *O Senhor dos Anéis*, Tolkien foi bem-sucedido não apenas em criar um mundo fantástico com cenas de batalhas, criaturas estranhas e altas aventuras, mas também em explorar as emoções humanas e o caráter em um nível comparável a qualquer autor literário moderno. Infelizmente, os críticos da obra de Tolkien com frequência se esquecem dessa profundidade da história da Terra-Média.

Tolkien explorou o tema da amizade e da lealdade. Usando-se do Anel, abordou a questão da dependência. Qualquer ser, humano, hobbit, elfo ou até mesmo istari, é influenciado pelo poder que exala do Anel, e cada indivíduo reage a ele a sua própria maneira, e isso não apenas conduz a história adiante mas oferece uma visão do personagem.

Os personagens de Tolkien geralmente são descritos como impossivelmente bons ou irrealisticamente e irremediavelmente maus, mas há duas falhas nesse ponto de vista. O primeiro é que até mesmo os personagens bons têm fraquezas – os hobbits desrespeitam as regras, os elfos e duendes guardam ressentimentos profundos uns com os outros. Além disso, os indivíduos bons são capazes de se imaginar sendo maus – por exemplo, em Lothlórien Galadriel considera o que poderia fazer com o Anel. Os personagens maus não conseguem imaginar ninguém que não seja seduzido pelo poder do Anel e Sauron teme que algum grande senhor, Gandalf ou Aragorn, talvez o tomem, desafiando abertamente Mordor. Sauron, o mal absoluto, não consegue compreender por que qualquer coisa viva iria desperdiçar a oportunidade de poder e destruir o Anel, aquele grande objeto de vício. A segunda falha em relação ao argumento de que os personagens de Tolkien são maniqueístas é iluminada pela presença de duas figuras chaves – Boromir, um homem corruptível que é essencialmente bom e se redime com suas últimas atitudes, e Gollum, certamente um dos mais intrigantes e patéticos personagens de toda a literatura, devorado por sua própria dependência do Anel.

Tolkien então não foi apenas capaz de criar com sucesso uma mitologia e uma realidade alternativa que, inexplicavelmente, aborreceu tanto Germaine Greer e outros críticos, mas fez muito mais. Ele criou personagens críveis e multifacetados, explorou uma variedade de dilemas emocionais e espirituais e foi mestre em uma arte há muito perdida na ficção do século XXI – a habilidade de controlar um enredo complexo e contar uma história emocionante.

Além disso, a obra de Tolkien impressiona muitas pessoas pois oferece segurança. A Terra-Média é um mundo reconhecível, mas diferente, oferecendo grandeza temporal, tradição, herança, vastas e elegantes extensões de tempo durante as quais coisas importantes são preservadas. A Terra-Média é um mundo em que o passado é tão importante quanto o presente e valorizado mais do que qualquer reflexão sobre o futuro.

Outra acusação contra Tolkien é a ideia de que a sua obra é puro escapismo. *O Senhor dos Anéis* é imensamente divertido, como uma forma altamente bem-sucedida de entretenimento, contribui ao escapismo quando necessário, mas também funciona em um nível muito mais profundo que esse. Parte do grande sucesso de Tolkien como autor vem de sua compreensão instintiva do conceito dos arquétipos de Jung.

No começo do século XX, Carl Gustav Jung apresentou a ideia de "inconsciente coletivo" e sugeriu que temos em nosso inconsciente um conjunto de imagens primitivas em comum a todos os seres humanos, não importando a idade ou a bagagem cultural. Jung refere-se a esses arquétipos como imagens primordiais, "a mais antiga e mais universal forma de pensamento da humanidade. Eles são muito mais sentimentos que pensamentos". Ele os considerava mais do que apenas ideias herdadas e, em vez disso, as definia como "formas potenciais" esperando serem animadas e trazidas à consciência.[28]

Todos os grandes artistas, não importando sua área de atuação, têm a habilidade em manipular as emoções pela compreensão dos arquétipos. Steven Spielberg faz isso, assim como George Lucas. Pintores como Picasso entenderam instintivamente o poder do arquétipo, e os Beatles conseguiram fazer o mesmo. Muitos daqueles que sabem a melhor maneira de sintonizar os arquétipos não se dão conta do que estão fazendo e, caso compreendessem, provalmente perderiam o seu poder para inspirar. Tolkien tinha pouco tempo para a psicologia e era desdenhoso com aqueles que acreditavam no poder da psicoterapia, mas isso não importa, pois ele não precisou intelectualizar o seu poder inato a fim de animar os arquétipos dentro de todos nós.

Por causa dessa habilidade, Tolkien foi capaz de preencher a sua obra com uma força extraordinária. E é por causa dessa força que os leitores tornaram-se totalmente absorvidos pela criação do autor. Para o fã de Tolkien, nunca é o suficiente. O verdadeiro devoto sempre quer mais – mais detalhes, mais informações. Tolkien poderia ter escrito dez milhões de páginas e ainda assim não teria sido o suficiente para satisfazê-los completamente. Mesmo assim, é um testamento da genialidade do homem que, com alguns milhares de páginas, continua a cativar a mente de milhões e a oferecer aos seus leitores uma realidade alternativa completamente digna de confiança e absorvente, algo incomparável na história da literatura.

28 C.G. Jung, *The Basic Writings* (editado por Violet de Laszo), Bollingen Series, Princeton University Press, NJ, 1969.

J.R.R. Tolkien.

Bloemfontein, na África do Sul,
na época do nascimento de
Tolkien, final do século XIX.

Ao lado em sentido anti-horário, a casa da família entre 1896 e 1900 em Sarehole, próximo a Birmingham; o Colégio King Edward, em Birmingham, onde Tolkien estudou; a cidade de Leeds, onde Tolkien iniciou sua carreira acadêmica nos anos 1920.

"Tolkien tem o rosto de um homem em quem se pode confiar, mas a preocupação com o seu tempo também está lá, em um olhar cheio de incertezas. Algumas semanas depois, ele finalmente foi colocado no front."

Típica trincheira da Primeira Guerra Mundial

"Depois que sua participação na guerra havia acabado, o sangue, a dor e a barbaridade das trincheiras trouxeram elementos para o seu trabalho com uma crueldade nova e importante."

Oxford, na época em que Tolkien passou a estudar Língua e Literatura Inglesas na Faculdade de Exeter.

O escritor e acadêmico C.S. Lewis, um dos principais amigos e incentivadores de Tolkien.

Ao lado, o professor durante uma formatura em Oxford, em 1972.

Nesta página, Tolkien e as esposa Edith em frente à casa da Sandfield Road, 76, em Headington, no começo dos anos 1950.

John Ronald Reuel Tolkien, em seu escritório na Faculdade de Merton, Oxford, em 2 dezembro de 1955.

Primeiras edições das obras de Tolkien e placa em homenagem ao autor, colocada em 2012 na casa onde morou, na Darnley Road, 2, em Leeds.

CRONOLOGIA

1891 Os pais de Tolkien, Mabel e Arthur, se casam na Cidade do Cabo, África do Sul.
1892 3 DE JANEIRO: John Ronald Reuel Tolkien nasce em Bloemfontein, África do Sul.
1894 17 DE FEVEREIRO: nasce Hilary, irmão de Ronald, em Bloemfontein.
1896 15 DE FEVEREIRO: o pai de Tolkien morre em Bloemfontein
1896 VERÃO: a família se muda para Sarehole.
1900 Mabel Tolkien é aceita na igreja católica. A família volta a morar no centro de Birmingham. Tolkien entra na King Edward's School.
1901 22 DE JANEIRO: morre a rainha Vitória.
1901 A família se muda para King's Heath, bairro de Birmingham.
1902 A família se muda para a Oliver Road, no bairro de Edgbaston, em Birmingham. Os meninos deixam a King Edward's School e entram na St. Philip's Grammar School.
1903 Tolkien ganha uma bolsa de estudos na King Edward e volta para lá no outono.
1904 NOVEMBRO: a mãe de Tolkien morre de diabetes aos 34 anos.
1905 Os irmãos se mudam para a casa da tia Beatrice.
1908 Nova mudança dos irmãos para a casa dos Faulkner.
1909 PRIMAVERA: Tolkien começa o seu romance com Edith Bratt.
OUTONO: Tolkien falha em sua tentativa de passar no exame de admissão em Oxbridge. Separação forçada de Edith.
1910 OUTONO: Tolkien passa no exame de admissão em Oxbridge em sua segunda tentativa e consegue uma bolsa de estudos para a Faculdade de Exeter, em Oxford.
1911 OUTUBRO: começam os estudos em Oxford.
1913 JANEIRO: reencontro com Edith.
VERÃO: Tolkien muda o curso para Língua e Literatura Inglesas.
1914 JANEIRO: Edith é aceita na igreja católica.
No mesmo mês, o casal está pronto para se casar.
4 DE AGOSTO: a Grã-Bretanha declara guerra à Alemanha.
OUTUBRO: Tolkien volta para uma universidade quase vazia para terminar seus estudos.
1915 VERÃO: premiado com um First Class.
1916 22 DE MARÇO: Ronald e Edith se casam em Warwick.
4 DE JUNHO: Tolkien embarca para a França com o Exército britânico.
10 DE JULHO: começa a Batalha do Somme, na França.
14 DE JULHO: Tolkien encara a ação pela primeira vez no front.
NOVEMBRO: embarca de volta para casa com febre de trincheira.
1917 16 DE NOVEMBRO: nasce o primeiro filho, John.
1918 11 DE NOVEMBRO: termina a Primeira Guerra Mundial.
No final do mês, Tolkien se muda para Oxford com a família para começar a trabalhar no *The New English Dictionary*.
1919 Tolkien começa a dar aulas particulares para universitários.
A família se muda para a Alfred Street.

1920 Tolkien aceita o cargo de professor assistente de Língua Inglesa na Universidade de Leeds.
OUTUBRO: nasce Michael, o segundo filho de Tolkien.
NATAL: aparece a primeira carta para o Papai Noel.

1922 Tolkien trabalha com E.V. Gordon em uma edição de *Sir Gawain e o Cavaleiro Verde.*

1924 OUTUBRO: Tolkien é nomeado professor de Língua Inglesa na Universidade de Leeds.
NOVEMBRO: nasce o terceiro filho, Christopher.

1925 OUTUBRO: Tolkien é nomeado para a cadeira de Rawlinson Bosworth como professor titular de Inglês Antigo na Universidade de Oxford.

1925 PRIMAVERA: Tolkien cria o Coalbiters.
VERÃO: torna-se amigo de C.S. Lewis.

1926 JANEIRO: a família se muda para a casa na Northmoor Road, 22, em Oxford.
MAIO: estoura a Greve Geral, a única na história britânica.

1929 Nasce a filha de Tolkien, Priscilla.

1930 A família Tolkien se muda da casa 22 para a 20 na Northmoor Road.
Tolkien acredita ter começado *O Hobbit.*

1933 Os Inklings começam a se reunir.

1935 11 DE JUNHO: o tutor de Tolkien, o padre Francis Morgan, morre aos 78 anos.

1937 SETEMBRO: *O Hobbit* é publicado na Grã-Bretanha.
FINAL DE DEZEMBRO: Tolkien começa a escrever *O Senhor dos Anéis.*

1938 PRIMAVERA: *O Hobbit* é publicado nos Estados Unidos pela Houghton Mifflin.
Tolkien ganha o prêmio do *New York Herald Tribune.*

1939 3 DE SETEMBRO: a Grã-Bretanha declara guerra à Alemanha.

1942 *Cartas de Um Diabo a Seu Aprendiz*, de C.S. Lewis, é publicado.

1943 Tolkien escreve *Sobre Histórias de Fadas.*

1945 7 DE MAIO: a guerra termina na Europa.
O companheiro Inkling Charles Williams morre repentinamente.
VERÃO: Tolkien é nomeado professor titular de Língua e Literatura Inglesas na Faculdade Merton, em Oxford.

1947 MARÇO: a família Tolkien se muda para a Manor Road, 3.

1949 OUTONO: Tolkien finaliza *O Senhor dos Anéis. Mestre Gil de Ham* é publicado.
DEZEMBRO: Tolkien conhece Milton Waldman da editora Collins.

1950 *O Leão, a Feiticeira e o Guarda-Roupa*, de C.S. Lewis, é publicado.
A família Tolkien muda-se para a Holywell Street, 99.
Começam as discussões em torno do manuscrito de *O Senhor dos Anéis.*

1952 OUTONO: a editora George Allen and Unwin adquire os direitos de *O Senhor dos Anéis.*

1953 Edith e Ronald se mudam para a Sandfield Road, 76, em Headington.

1954 AGOSTO: *A Sociedade do Anel* é publicado.
NOVEMBRO: *As Duas Torres* é publicado.

1955 OUTUBRO: *O Retorno do Rei* é publicado.

1957 Os manuscritos originais de *O Hobbit* e *O Senhor dos Anéis* são vendidos para uma universidade norte-americana.

1959 Tolkien se aposenta do cargo de professor.

1962 Publicação de *As Aventuras de Tom Bombadil*.

1963 22 DE NOVEMBRO: morre C.S. Lewis – no mesmo dia, morrem o presidente norte-americano John F. Kennedy e o escritor inglês Aldous Huxley.

1965 AGOSTO: a edição pirata de *O Senhor dos Anéis* é publicada nos Estados Unidos pela Ace Books. No final do ano, a Ballantine publica uma edição oficial.

1966 Acordo entre a Ace Books e Tolkien define o pagamento de todos os direitos autorais. A publicidade gerada com isso faz de *O Senhor dos Anéis* um best-seller internacional.
MARÇO: Edith e Ronald comemoram suas bodas de ouro nos jardins da Faculdade de Merton.

1967 *Smith of Wootton Major* é publicado.

1968 Edith e Ronald mudam-se para a Lakeside Road, 19, em Poole.

1971 29 DE NOVEMBRO: Edith morre.

1972 MARÇO: Tolkien se muda para um apartamento na Merton Street, em Oxford.
PRIMAVERA: nomeado com a Ordem do Império Britânico, como Commander of the Order of the British Empire (CBE).
JUNHO: nomeado Doutor *Honoris Causa* em Letras, na Universidade de Oxford.

1973 2 DE SETEMBRO: Tolkien morre em Bournemouth.

1976 *As Cartas do Papai Noel* é publicado.

1977 *O Silmarillion* é publicado.

1979 Os desenhos de J.R.R. Tolkien são publicados.

1982 *Sr. Bliss* é publicado.

1983 *The History of Middle-earth* começa a ser publicado em doze volumes (editados por Christopher Tolkien com a última obra sendo lançada em 1996).

1984 *Roverandom* é publicado.

1990 A editora de Tolkien, George Allen and Unwin, é comprada pela HarperCollins, fusão de sua ex-quase-editora Collins com a americana Harper, de Rupert Murdoch.

1992 Ano da Eco-92, do Tratado de Maastricht, do Novo Catecismo da Igreja Católica promulgado por João Paulo II e do Centenário de John Ronald Reuel Tolkien. Duas árvores são plantadas em seu tributo em Oxford pela Tolkien Society e pela Mythopoeic Society, e John e Priscilla Tolkien publicam *The Tolkien Family Album*.

1999 A Amazon.com realiza enquete entre seus leitores, que elegem Tolkien o autor favorito do milênio.

2001 VERÃO: *O Hobbit* e *O Senhor dos Anéis* aparecem na lista dos mais vendidos no *The New York Times*.
DEZEMBRO: a primeira parte da trilogia de *O Senhor dos Anéis – A Sociedade do Anel* estreia nos cinemas de todo o planeta.

2002 JULHO: a primeira edição de *O Hobbit* é vendida na Sothebys por 43 mil libras esterlinas.
DEZEMBRO: estreia mundial de *O Senhor dos Anéis – As Duas Torres*.

2003 A Tolkien Society passa a organizar o Tolkien Reading Day [Dia de Ler Tolkien, em tradução literal], que acontece no dia 25 de março em colégios de todo o mundo.
DEZEMBRO: estreia mundial de *O Senhor dos Anéis – O Regresso do Rei*. Os três filmes juntos faturaram aproximadamente 3 bilhões de dólares em bilheteira e foram premiados com 17 Oscars de um total de trinta nomeações.

2006 É publicada a *J.R.R. Tolkien Encyclopedia: Scholarship and Critical Assessment*, uma enciclopédia específica sobre a vida e obra de Tolkien, com quase mil páginas e reúne trabalhos de mais de cem especialistas nas diversas áreas de estudos Tolkienianos, editada por Michael D.C. Drout, da Universidade Wheaton, com a colaboração de Tom Shippey, Verlyn Flieger, Marjorie Burns e Douglas Anderson, entre outros.

2008 O jornal inglês *The Times* coloca Tolkien em sexto lugar na lista com "Os 50 maiores escritores britânicos desde 1945".

2009 Tolkien aparece em quinto lugar na lista da revista *Forbes* com as 13 celebridades mortas que mais lucraram naquele ano, com ganhos estimados em 50 milhões de dólares.

2011 O escritor George R.R. Martin fala sobre a influência de Tolkien e afirma que "sabia [querer] escrever uma fantasia épica, pois amava Tolkien desde criança". "Tolkien é meu mestre", disse o autor de *A Guerra dos Tronos*.

2012 DEZEMBRO: estreia mundial de *O Hobbit: Uma Jornada Inesperada*, primeiro da nova trilogia dirigida por Peter Jackson. A superprodução que custou 180 milhões de dólares já arrecadou mais de 1 bilhão de dólares nas bilheterias de todo o planeta.

2013 MARÇO: com a eleição do Papa Francisco, ficamos sabendo que o então Cardeal Jorge Mario Bergoglio leu e citou Tolkien em um sermão de 2008: "Na literatura contemporânea, Tolkien retoma em Bilbo e Frodo a imagem do homem que é chamado a caminhar, e seus heróis conhecem e representam, ao caminhar, o drama da escolha entre o bem e o mal. 'O homem a caminhar' carrega uma dimensão de esperança: aprofunda-se na esperança. Em toda a mitologia, e nessa história, ressoa o eco do fato de que o homem é um ser ainda cansado, mas chamado ao caminho e, caso não adentre esta dimensão, desaparece como pessoa e se corrompe".
MAIO: lançamento de *The Fall of Arthur*, obra inédita de Tolkien, organizada por seu filho Christopher, poema sobre o lendário rei Artur. A WMF Martins Fontes anuncia a publicação de *A Queda de Artur* para o final do ano.
DEZEMBRO: estreia prevista de *O Hobbit: The Desolation of Smaug*. Apesar de originalmente *O Hobbit* ser dividido em duas partes, Jackson confirmou um terceiro filme, que vai se basear nos apêndices escritos por Tolkien para explicar detalhes da Terra-Média (publicados ano final de *O Retorno do Rei*). O terceiro filme, entitulado provisoriamente *O Hobbit: There and Back Again*, tem estreia prevista para dezembro de 2014.

BIBLIOGRAFIA SELECIONADA

Livros publicados no Brasil

A seguir, uma lista de todas as obras escritas por J.R.R. Tolkien que foram publicadas no Brasil, livros sobre o escritor e sua mitologia e ainda algumas das centenas de trabalhos acadêmicos feitos sobre o autor e seu universo. Esta compilação foi feita pelo site Tolkien Brasil (tolkienbrasil.com/).

Obras de J.R.R. Tolkien publicadas no Brasil

[Esta lista inclui a primeira edição de cada livro no país]

TOLKIEN, J.R.R. *O Senhor dos Anéis: A Sociedade do Anel.* Tradução: Lenita Maria Rímoli Esteves e Almiro Pisetta (Revisão técnica e coordenação de traduções de Ronald Kyrmse). São Paulo: Martins Fontes, 1994. 622 p.

______. *O Senhor dos Anéis: As Duas Torres.* Tradução: Lenita Maria Rímoli Esteves e Almiro Pisetta (Revisão técnica e coordenação de traduções de Ronald Kyrmse). São Paulo: Martins Fontes, 1994. 530 p.

______. *O Senhor dos Anéis: O Retorno do Rei.* Tradução: Lenita Maria Rímoli Esteves e Almiro Pisetta (Revisão técnica e coordenação de traduções de Ronald Kyrmse). São Paulo: Martins Fontes, 1994. 642 p.

______. *O Hobbit.* Tradução: Lenita Maria Rímoli Esteves e Almiro Pisetta. (Revisão técnica e coordenação de traduções de Ronald Kyrmse).São Paulo: Martins Fontes, 1995. 294 p.

______. *O Silmarillion.* Tradução: Waldéa Barcellos (Revisão técnica e coordenação de traduções de Ronald Kyrmse). São Paulo: Martins Fontes, 1999. 460 p.

______. *O Senhor dos Anéis.* Volume Único. Tradução: Lenita Maria Rímoli Esteves e Almiro Pisetta (Revisão técnica e coordenação de traduções de Ronald Kyrmse). São Paulo: Martins Fontes, 2001. 1.234 p.

______. *Contos Inacabados: de Númenor e da Terra-média.* Tradução: Ronald Eduard Kyrmse. São Paulo: Martins Fontes, 2002. 587 p.

______. *Roverandom.* São Paulo: Martins Fontes, 2002. 127 p. Tradução: Waldéa Barcellos

______. *Mestre Gil de Ham.* São Paulo: Martins Fontes, 2003. 142 p. Tradução: Waldéa Barcellos

______. *Sobre histórias de fadas.* Tradução: Ronald Eduard Kyrmse. São Paulo: Conrad Livros, 2006. 118 p.

______. *As Cartas de J.R.R. Tolkien*. Organizado por Christopher Tolkien e Humphrey Carpenter. Tradução: Gabriel Oliva Blum. Curitiba: Arte e Letra, 2006. 460 p.

______. *As Aventuras de Tom Bombadil*. Edição Bilíngue. Tradução: Ronald Eduard Kyrmse. São Paulo: Martins Fontes, 2008. 189 p.

______. *Os Filhos de Húrin. NARN I CHÎN HÚRIN: O conto dos filhos de Húrin*. Organizado por Christopher Tolkien. Tradução: Ronald Eduard Kyrmse. São Paulo: Martins Fontes, 2009. 337 p.

______. *A Lenda de Sigurd e Gudrún*. Organizado por Christopher Tolkien. Tradução: Ronald Eduard Kyrmse. São Paulo: Martins Fontes, 2010. 440 p.

______. *Cartas do Papai Noel*. Tradução: Ronald Eduard Kyrmse. São Paulo: Martins Fontes, 2012. 168 p.

______. *Sr. Bliss*. São Paulo: Martins Fontes, 2012. 104 p. Tradução: Monica Stahel.

Livros sobre J.R.R Tolkien e a Terra-Média publicados no Brasil

BASSHAM, Gregory; BRONSON, Eric. *O Hobbit e a Filosofia: Para Quando Você Tiver Perdido seus Anões, seu Mago e seu Caminho*. Tradução: Joana Faro. Rio de Janeiro: Best Seller, 2012. 266 p.

BEARD, Henry N.; KENNEY, Douglas C. *O Fedor dos Anéis: uma Paródia da Obra de J.R.R. Tolkien*. Planetário, 2004. 177 p.

BRUNER, Kurt; WARE, Jim. *Encontrando Deus em O Senhor dos Anéis*. Tradução: Valeria Lamin Delgado. São Paulo: Bom Pastor, 2003. 173 p.

CALDAS FILHO, Carlos Ribeiro. *O Evangelho da Terra-Média: Leituras Teológico-Literárias da Obra de J.R.R. Tolkien*. Editora Universidade Presbiteriana Mackenzie, 2011.

CARPENTER, Humphrey. *J.R.R. Tolkien: Uma Biografia*. Tradução: Ronald Eduard Kyrmse. São Paulo: Martins Fontes. 1992.

CARTER, Lin. *O Senhor do Senhor dos Anéis: o Mundo de Tolkien*. Tradução: Alves Calado. Rio de Janeiro: Record, 2003. 221 p.

COLBERT, David. *O Mundo Mágico d'O Senhor dos Anéis*. Tradução: Ronald Eduard Kyrmse. Rio de Janeiro: Sextante, 2002. 187 p.

DAY, David. *O Mundo de Tolkien: Fontes Mitológicas de O Senhor dos Anéis*. Tradução: Melissa Kassner. São Paulo: Arxjovem, 2004. 184 p.

DIXON, Charles. *O Hobbit: Ou Lá e de Volta Outra Vez* (em quadrinhos). Tradução: Luzia Aparecida dos Santos.S ão Paulo: WMF Martins Fontes. 2009 138 p.

DURIEZ, Collin. *O Dom da Amizade: Tolkien e C.S. Lewis*. Tradução: Ronald Eduard Kyrmse. Rio de Janeiro: Nova Fronteira, 2006. 310 p.

FAUSKANGER, Helger Kore. *Curso de Quenya: A Mais Bela Língua dos Elfos.*

FISHER, Jude. *O Hobbit, Guia Ilustrado do Filme.* Tradução: Ronald Eduard Kyrmse. São Paulo: Martins Fontes, 2012. 80 p.

FONSTAD, Karen Wynn. *O Atlas da Terra-Média.* Tradução: Ronald Eduard Kyrmse. São Paulo: Martins Fontes: 2004. 210 p.

GIFFORD, Clive. *Você Sabe Tudo Sobre O Senhor dos Anéis?* Tradução: Gracia Helena Anacleto. São Paulo: Panda Books. 2003. 134 p.

GREGGERSEN, Gabriele. *O Senhor dos Anéis: Entre a Magia e a Ética.* Viçosa: Ultimato, 2003. 142 p.

HANRAHAN, Gareth; MCKINSTRY, Peter. *O Mundo de Tolkien – Um Guia Dos Povos e Lugares da Terra-Média.* São Paulo: DCL Difusão Cultural, 2012. 80 p.

KYRMSE, Ronald Eduard. *Explicando Tolkien.* São Paulo: Martins Fontes, 2003. 180 p.

LÓPEZ, Rosa Silvia. *O Senhor dos Anéis e Tolkien: O Poder Mágico da Palavra.* São Paulo: Devir: Arte & Ciência, 2004. 224 p.

MARTINS FILHO, Ives Gandra da Silva. *Ética e Ficção: de Aristóteles a Tolkien.* Rio de Janeiro: Campus, 2010. 260 p.

MARTINS FILHO, Ives Gandra. *O Mundo d'O Senhor dos Anéis: Vida e Obra de J.R.R. Tolkien.* São Paulo: Madras, 2002. 177 p.

MURRAY, Andrew. *Perguntas e Respostas Sobre o Universo Tolkien.* Tradução: Ronald Eduard Kyrmse. São Paulo: Martins Fontes, 2003. 112 p.

NASCIMENTO, Paulo Henrique Rabelo. *Indo Além do Senhor dos Anéis e Continuando Até o Fim.* Itu: Ottoni, 2006. 282 p.

OLIVER, Sarah. *O Hobbit de A a Z.* São Paulo: Universo dos Livros, 2012. 216 pgs

OLSEN, Corey. *Explorando o Universo do Hobbit: Mensagens Secretas, Curiosidades e a Filosofia na História da Terra-Média.* Tradução: Carlos Szlak. São Paulo: Lafonte, 2012. 256 p.

PEDROSA, Marcus. *O Hobbit: Um Amigo para seu Filho. Os Contos de Fadas na Educação das Crianças.* Editora IFIBE, 2012.

radução: Gabriel Oliva Blum. Curitiba: Arte e Letra, 2004. 448 p.

RENK, Thorsten. *Curso de Sindarin: Redin Edhellen.* Tradução: Gabriel Oliva Blum. Curitiba: Arte e Letra, 2008. 228 p.

RIOS, Rosana. *Senhoras dos Anéis: Mulheres na Obra de J.R.R. Tolkien.* São Paulo: Devir, 2005. 168 p.

RODRIGUES FILHO, Osvaldo Conde. *A Mitologia e O Esoterismo em O Senhor dos Anéis.* São Paulo: Gilgamesh editora. 2004. 134 p.

SMITH, Mark Eddy. *O Senhor dos Anéis e a Bíblia.* Tradução: Emirson Justino. São Paulo: Mundo Cristão, 2002. 145 p.

SMITH, Noble. *A Sabedoria do Condado: Tudo Sobre o Estilo de Vida dos Hobbits para Uma Vida Longa e Feliz*. Novo Conceito, 2012. 176 p.

STANTON, Michael N. *Hobbits, Elfos e Magos*. Tradução: Fernanda Sampaio. Rio de Janeiro: Frente, 2002. 208 p.

WARE, Jim. *Encontrando Deus em O Hobbit*. Rio de Janeiro: Thomas Nelson Brasil, 2012. 200 p.

WHITE, Michael. *Tolkien: uma biografia*. Tradução: Alda Porto. Rio de Janeiro: Imago, 2002. 308 p.

Trabalhos Acadêmicos sobre J.R.R. Tolkien

Aqui estão listadas as monografias, dissertações e teses acadêmicas sobre J.R.R. Tolkien. Foram incluídas apenas aquelas que estão disponíveis na internet e podem ser conferidas na página *www.darksidebooks.com.br/tolkien-o-senhor-da-fantasia/*.

ANTUNES, Thiago. *Tradição e Modernidade em O Senhor dos Anéis*. 2009. Dissertação (pós-graduação em Ciências Sociais) – Universidade Estadual Paulista "Júlio Mesquita Filho", Araraquara, 2009. 143 f.

BONEZ, Lucas de Melo. *A Aventura Mítica em A Canção dos Nibelungos e em O Senhor dos Anéis: Aproximações e Distanciamentos do Mito Antigo ao Mito Contemporâneo*. 2009. Dissertação (Mestrado em Teoria da Literatura) – Pontifícia Universidade Católica do Rio Grande do Sul.

CARVALHO. Larissa Camacho. *Jovens Leitores d'O Senhor dos Anéis: Produções Culturais, Saberes e Sociabilidades*. 2007. Dissertação (Mestrado em Educação) – Universidade Federal do Rio Grande do Sul.

CIENCIA, Ana Cláudia Bertini. *Da Camelot Arturiana à Terra-média: Representações da Mulher em Le Morte Darthur e The Lord of the Rings*. 2008. Dissertação (Mestrado em Teoria da Literatura) – IBILCE, Universidade Estadual Paulista.

COELHO, Livy Maria Real. *Uma Breve Comparação entre Línguas Élficas e proto-indo-européias*. 2006. Monografia (Bacharelado em Letras) – Universidade Federal do Paraná, Curitiba, 2006. 38 f.

FRITSCH, Valter Henrique. *One Ring to Rule Them All: The Mythological Appeal in Tolkien's The Lord of the Rings*. 2009. Trabalho de conclusão de curso (Licenciatura em Letras) – Universidade Federal do Rio Grande do Sul, Porto Alegre, 2009. 71 f.

GONÇALVES, Dircilene Fernandes. *Pseudotradução, Linguagem e Fantasia em O Senhor dos Anéis, de J.R.R.Tolkien: Princípios criativos da Fantasia Tolkieniana*. 2007. Dissertação (Mestrado em estudo Linguísticos e Literários em Inglês) – Universidade de São Paulo.

KLAUTAU, Diego Genú. *O Bem e o Mal na Terra-média – A Filosofia de Santo Agostinho em O Senhor dos Anéis de J.R.R. Tolkien como Crítica à Modernidade.* 2007. Dissertação (Mestrado em Ciências da Religião) – Pontifícia Universidade Católica de São Paulo.

LOPES, Reinaldo José. *A Árvore das Estórias: Uma Proposta de Tradução para Tree and Leaf, de J.R.R. Tolkien.* 2006. Dissertação (Mestrado em Estudos Linguísticos e Literários em Inglês) – Universidade de São Paulo.

PEREIRA. André Luiz Rodriguez Modesto. *The Lord of the Rings e a Estética da Finitude.* 2011. Dissertação (Mestrado em Estudos Literários) – Universidade Estadual Paulista Júlio de Mesquita Filho.

PINHEIRO, Renata Kabke. *Éowyn, A Senhora de Rohan: Uma Análise Linguísticodiscursiva da Personagem de Tolkien em O Senhor dos Anéis.* 2007. Dissertação (Mestrado em Letras) – Universidade Católica de Pelotas.

RIBEIRO. Emílio Soares. *A Relação Cinema-Literatura na Construção da Simbologia do Anel na obra O Senhor dos Anéis: Uma análise intersemiótica.* 2007. Dissertação (Mestrado em em Lingüística Aplicada) – Universidade Estadual do Ceará.

SANTOS, Alysson Ismael dos; ROSATI, Leonardo. *A Influência de Tolkien nas Artes.* 2011. Monografia (Licenciatura em Letras) – Centro Universitário Barão de Mauá, Ribeirão Preto, 2011. 51 f.

SILVA, Mariana Souza e. *A Caracterização do Feminino em The Silmarillion, de J.R.R. Tolkien.* 2008. Dissertação (Mestrado em Letras – Literatura e Vida Social) – Universidade Estadual Paulista, Assis, 2008. 118 f.

SILVA, Patrícia Mara da. *O Senhor dos Anéis: a Tradutora na Obra Traduzida.* 2005. Dissertação (Mestrado em Estudos Lingüísticos – Lingüística Aplicada) – Universidade Estadual Paulista, São José do Rio Preto, 2005.

TEIXEIRA, Paulo Armando Cristelli. *Magia e Tecnologia a Serviço da Verdade: O Senhor dos Anéis e a Crítica à Modernidade.* 2011. Dissertação (Mestrado em História) – Pontifícia Universidade Católica de São Paulo.

Obras não acadêmicas de J.R.R. Tolkien publicadas em inglês

The Hobbit: or There and Back Again, George Allen and Unwin, Londres, 1937.

Leaf By Niggle, publicado primeiramente no *The Dublin Review,* jan. 1945. (Publicado, junto com *On Fairy-Stories,* como *Tree and Leaf,* George Allen and Unwin, Londres, 1964.)

Farmer Giles of Ham, George Allen and Unwin, Londres, 1949.

The Fellowship of the Ring: como a primeira parte de *The Lord of the Rings,* George Allen and Unwin, Londres, 1954.

The Two Towers: como a segunda parte de *The Lord of the Rings,* George Allen and Unwin, Londres, 1954.

The Return of the King: como a terceira parte de *The Lord of the Rings,* George Allen and Unwin, Londres, 1955.

The Adventures of Tom Bombadil and Other Verses from the Red Book, George Allen and Unwin, Londres, 1962.

Poemas "Once Upon a Time" e "The Dragon's Visit" em *Winter's Tales for Children: I,* editado por Caroline Hillier, Macmillan, Londres, 1965.

Smith of Wootton Major, George Allen and Unwin, Londres, 1967.

The Road Goes Ever On: A Song Cycle. Poemas de J.R.R. Tolkien musicados por Donald Swann, George Allen and Unwin, Londres, 1967.

The Father Christmas Letters, editado por Baillie Tolkien, George Allen and Unwin, Londres, 1976.

The Silmarillion, editado por Christopher Tolkien, George Allen and Unwin, Londres, 1977.

Pictures by J.R.R Tolkien, prefácio e notas por Christopher Tolkien, George Allen and Unwin, Londres, 1979.

Unfinished Tales of Númenor and Middle-earth, edited by Christopher Tolkien, George Allen and Unwin, Londres, 1980.

Mr Bliss, George Allen and Unwin, Londres, 1982.

The Monsters and the Critics and Other Essays, editado por Christopher Tolkien, George Allen and Unwin, Londres, 1983.

The History of Middle-earth. Doze volumes, todos editados por Christopher Tolkien.

I. The Book of Lost Tales, Part One, George Allen and Unwin, Londres, 1983.

II. The Book of Lost Tales, Part Two, George Allen and Unwin, Londres, 1984.

III. The Lays of Beleriand, George Allen and Unwin, Londres, 1985.

IV. The Shaping of Middle-earth: The Quenta, the Ambarkanta, and the Annals, George Allen and Unwin, Londres, 1986.

V. The Lost Road and other Writings, Unwin Hyman, Londres, 1987.

VI. The Return of the Shadow, Unwin Hyman, Londres, 1988.

VII. The Treason of Isengard, Unwin Hyman, Londres, 1989.

VIII. The War of the Ring, Unwin Hyman, Londres, 1990.

IX. Sauron Defeated: The End of the Third Age, the Notion Club Papers and the Drowning of Anadune, HarperCollins, Londres, 1992.

X. Morgoth's Ring: The Later Silmarillion, Part One, HarperCollins, Londres, 1993.

XI. The War of the Jewels: The Later Silmarillion, Part Two, HarperCollins, Londres, 1994.

XII. The Peoples of Middle-earth, HarperCollins, Londres, 1996.

Livros sobre J.R.R Tolkien e a Terra-Média publicados em inglês

ANDERSON, Douglas A. (editor), *The Annotated Hobbit,* Unwin and Hyman, Londres, 1988.

BECKER, Alida (editor), *The Tolkien Scrapbook,* Running Press, Philadelphia, USA, 1978.

BLACKWELDER, Richard A., *A Tolkien Thesaurus,* Garland, Nova York e Londres, 1990.

BODLEIAN LIBRARY. *J.R.R. Tolkien: Life and Legend. An Exhibition to Commemorate the Centenary of the Birth of J.R.R. Tolkien,* The Bodleian Library, Oxford, 1992.

CARPENTER, Humphrey, *J.R.R. Tolkien: A Biography,* George Allen and Unwin, Londres, 1977.

______. *The Inklings: C.S. Lewis, J.R.R. Tolkien, Charles Williams and their Friends,* George Allen and Unwin, Londres, 1978.

______. (editor, com a assistência de Christopher Tolkien), *The Letters of J.R.R. Tolkien,* George Allen and Unwin, Londres, 1981.

CARTER, Lin, *Tolkien: A Look Behind The Lord of the Rings,* Ballantine Books, Nova York, 1969.

CUNNINGHAM, Valentine, *British Writers of the Thirties,* OUP, Oxford, 1988.

CURRY, Patrick, *Defending Middle-Earth, Tolkien: Myth and Modernity,* HarperCollins, Londres, 1997.

FLIEGER, Verlyn, *Splintered Light: Logos and Language in Tolkien's World,* William B. Eerdmans, Grand Rapids, Michigan, 1983.

FOSTER, Robert, *The Complete Guide to Middle-earth: From The Hobbit to The Silmarillion,* Ballantine Books, Nova York, 1978.

GEORGE, Clark and Timmons, Dan (editores), *J.R.R. Tolkien and his Literary Resonances: Views of Middle-earth,* Greenwood Press, Londres, 2000.

GIDDINGS, Robert (editor), *J.R.R. Tolkien: This Far Land,* Vision and Barnes and Noble, Londres, 1983.

HAMMOND, Wayne, *J.R.R Tolkien, Artist and Illustrator,* HarperCollins, Londres, 1995.

HELMS, Randel, *Tolkien's World,* Thames and Hudson, Londres, 1974.

ISAACS, Neil D. and Zimbardo, Rose A. (editores), *Tolkien and the Critics: Essays on J.R.R. Tolkien's The Lord of the Rings,* University of Notre Dame Press, Notre Dame e Londres, 1968.

JOHNSON, Judith A. (editor), *J.R.R. Tolkien: Six Decades of Criticism,* Greenwood, Londres, 1986.

KILBY, Clyde, *Tolkien and The Silmarillion,* Harold Shaw Publishers, EUA, 1976.

KOCHER, Paul H., *Master of Middle-earth: The Fiction of J.R.R. Tolkien,* Houghton Mifflin, Boston, 1972.

LOBDELL, Jarad (editor), *Guide to the Names in The Lord of the Rings, A Tolkien Compass,* Open Court, La Salle, Illinois, EUA, 1975.

MOSELEY, Charles, *J.R.R. Tolkien,* Northcote House Publishers, Plymouth, Inglaterra, 1997.

PEARCE, Joseph, *Tolkien. Man and Myth: A Literary Life,* HarperCollins, Londres, 1998.

ROSEBURY, Brian, *Tolkien: A Critical Assessment,* St Martin's Press, Londres, 1992.

SALU, Mary; FARRELL, Robert T. (editors), *J.R.R. Tolkien, Scholar and Storyteller: Essays in Memoriam,* Cornell University Press, Ithaca, EUA e Londres, 1979.

SHIPPEY, Tom, *The Road to Middle-earth,* George Allen and Unwin, Londres, 1982.

_______. *J.R.R. Tolkien: Author of the Century,* HarperCollins, Londres, 2000.

TYLER, J.E.A *The Tolkien Companion,* Pan, Londres, 1977.

WYNN FONSTAD, Karen, *The Atlas of Middle-earth,* HarperCollins, Londres, 1994.

Outras Referências

GIBB, Jocelyn (editor, com contribuições de Owen Barfield e outros), *Light on C.S. Lewis,* Geoffrey Bles, Londres, 1965.

GREEN, Roger Lancelyn and Hooper, Walter, *C.S. Lewis: A Biography,* Collins, Londres, 1974.

HOOPER, Walter (editor), *Of Other Worlds: Essays and Stories,* Geoffrey Bles, Londres, 1966.

HOOPER, Walter, *C.S. Lewis: A Companion and Guide,* HarperCollins, Londres, 1996.

LEWIS, C.S., *The Pilgrim's Regress: An Allegorical Apology for Christianity, Reason and Romanticism,* J.M. Dent, Londres, 1933.

_______. *The Allegory of Love: A Study in Medieval Tradition,* Clarendon Press, Oxford, 1936.

_______. *Out of the Silent Planet,* The Bodley Head, Londres, 1938.

_______. *The Screwtape Letters,* Geoffrey Bles, Londres, 1942.

_______. *Perelandra* (Also known as *Voyage to Venus),* The Bodley Head, Londres, 1943.

_______. *That Hideous Strength,* The Bodley Head, Londres, 1945.

_______. *The Great Divorce,* Geoffrey Bles, Londres,1946.

_______. *The Lion the Witch and the Wardrobe,* Geoffrey Bles, Londres, 1950.

LEWIS, W.H. (editor e autor da introdução), *Letters of C.S Lewis,* Geoffrey Bles, Londres, 1966.

WILLIAMS, Charles, *All Hallows' Eve,* Faber and Faber, Londres, 1945.

SITES

Em 2013, a busca por "Tolkien" chega a 16 milhões de páginas, e por "Lord of the Rings" alcança 82 milhões, enquanto que "O Senhor dos Anéis" se aproxima de um milhão. Aqui, uma pequena menção aos sites mais úteis e divertidos.

The Tolkien Society

Eles são o fã-clube original e oficial e possuem uma pesquisa incrível sobre o material de Tolkien. www.tolkiensociety.org

Hypertextualized Tolkien FAQ

Este site com as Perguntas Mais Frequentes sobre Tolkien também pode ser útil. www.daimi.au.dk/~bouvin/tolkienfaq.html

Há milhares de outros sites dedicados a cada aspecto do autor, suas obras e dos filmes. Estes incluem: www.theonering.net, www.lordoftheringsmovie.com e thelordoftherings.com.

Indicações DarkSide®

Tolkien Estate

Site oficial do Espólio de Tolkien, mantido pela família, na figura do filho do escritor, Christopher. www.tolkienestate.com/

Tolkien Gateway

Portal criado pelos fãs, no formato wiki, se propõe a informar tanto quanto possível sobre J.R.R. Tolkien e suas obras-primas. O objetivo é possuir o mais completo banco de dados sobre a Terra-Média e Tolkien. tolkiengateway.net/

J.R.R. Collection, Raynor Memorial Libraries, Marquette University

A Coleção possui manuscritos originais e rascunhos diversos de três das mais celebradas obras de Tolkien, *O Hobbit* (1937), *Mestre Gil de Ham* (1949) e *O Senhor dos Anéis* (1954-1955), assim como a cópia original do livro infantil *Sr. Bliss* (1982). A coleção inclui livros de e sobre Tolkien, periódicos produzidos por entusiastas do escritor, gravações em áudio e vídeo e hospeda materiais publicados e inéditos relacionados à vida de Tolkien e à literatura de fantasia. www.marquette.edu/library/archives/tolkien.shtml

Tolkien Brasil

O site surgiu em 2012 para homenagear e reunir informações a respeito de Tolkien e sua obra. Conta com a colaboração de diversas pessoas espalhadas pelo Brasil e pelo mundo, que colaboram com seus trabalhos sobre o escritor, além de notícias e novidades sobre o autor e sua obra. tolkienbrasil.com/

MISCELÂNEA

Àqueles interessados na vida de Tolkien que tiverem a oportunidade de visitar Oxford durante o verão podem participar da Tour dos Inklings. Ela leva noventa minutos e acontece toda quarta-feira, às 11h, no lado de fora da Livraria Blackwell, na Broad Street, em Oxford.

CRÉDITOS DAS IMAGENS

Todos os direitos reservados. Camera Press, Eagle and Child Public House, Getty Images, King Edward VI Foundation, Pooperfoto, Rue des Archives/Other Images, The Granger Collection/Other Images.

Todos os esforços foram envidados para localizar os detentores dos direitos autorais das imagens que constam neste livro; todas as omissões serão corrigidas em futuras edições.

ÍNDICE

A

Ace Books 205, 250
Ackerman, Forrest J. 223
África do Sul 22, 25, 27, 30, 102, 104, 154, 170, 234, 248
Agnew 169
Agnew, senhora 169
Albrow 110
Albrow, Desmond 110
alegoria 133, 169, 189, 194, 195, 196, 198, 200
Alemanha 66, 79, 104, 154, 196, 248, 249
Algonquin 127
Alice no País das Maravilhas 29, 109, 148, 151
Amargo Pesadelo 224
Amiens 71, 72
amigos 14, 23, 24, 31, 32, 40, 48, 52, 53, 57, 59, 62, 63, 68, 71, 73, 74, 75, 87, 95, 104, 106, 120, 121, 122, 123, 124, 125, 126, 128, 129, 130, 133, 135, 137, 138, 139, 142, 144, 150, 151, 155, 156, 160, 166, 183, 197, 208, 209, 212, 213, 238
Ancrene Wisse and Hali Meiohad 113
Anéis 13, 14, 15, 16, 21, 25, 81, 90, 92, 116, 117, 125, 127, 133, 134, 139, 142, 157, 161, 162, 164, 165, 166, 167, 168, 169, 171, 173, 174, 175, 176, 177, 178, 179, 180, 181, 183, 184, 186, 187, 188, 189, 190, 191, 192, 193, 194, 195, 197, 198, 199, 200, 201, 202, 203, 204, 205, 206, 207, 208, 210, 215, 216, 217, 218, 219, 220, 221, 223, 224, 225, 226, 227, 228, 229, 249, 250, 251, 252, 253, 254, 255, 256, 260
Anel 9, 116, 153, 161, 181, 182, 184, 185, 190, 191, 192, 194, 195, 196, 216, 223, 225, 226, 227, 228, 229, 249, 250, 252, 256
Annie 43, 45
anões 144, 158, 164, 167
aquarelas de dragões 116
"A Queda de Gondolin" 96
Aragorn 15, 163, 168, 170, 199, 207, 229
Ar-Pharazôn 190
As Aventuras de Tom Bombadil 94, 116, 250, 253
As Minas do Rei Salomão 91
Astin, Sean 225
Atlântida 190
Auden, W.H. 110, 126, 127, 185, 192, 204, 210
aulas 53, 56, 58, 101, 109, 110, 126, 145, 154, 248
Austen, Jane 218
Áustria 66, 99

B

Babylon 5 221
Bakshi, Ralph 224
Balin 167
Ballantine 203, 206, 226, 250, 258
Banco da África, Bloemfontein 22, 23, 24
Banks, Iain 220
Barbárvore 167
Barrow's Stores, Birmingham 48
Beatles 207, 215, 224, 230
Beauval 76
Beleriand, a cidade élfica de 97, 122, 257
Beowulf 13, 42, 48, 82, 83, 84, 93, 110, 112, 117, 145

Beren, filho de Barahir 97, 98, 122, 123, 157, 158, 188
Bertilak, Lorde 104
Biblioteca Bodleian, Oxford 116, 125, 165, 182, 258
Bilbo Bolseiro/Bilbo Baggins 124, 142, 143, 144, 150, 158, 162, 163, 164, 168, 225, 251
Bimble Bay 142
"Bingo". *ver* Frodo
Bird and Baby 124, 125, 126, 128, 173, 200, 210
Birmingham 22, 24, 25, 26, 28, 30, 31, 32, 33, 36, 41, 42, 44, 46, 48, 51, 70, 74, 76, 77, 144, 234, 248
Blackwell, Basil 108, 261
"Bladorthin" (mago) 144
Blanchett, Cate (Galadriel) 225
bloco soviético 196
Bloemfontein 22, 23, 24, 25, 26, 27, 28, 32, 33, 86, 234, 248
bodas de ouro 209, 250
bôeres 27
bolcheviques, ataque a Moscou 79
Bolsa de Pesquisa Leverhulme 147
Boorman, John 223, 224
Bornéu, Tolkien e as sociedades da Terra-Média 207
Boromir 229
Bournemouth 209, 210, 213, 250
Bouzincourt 72, 73, 74, 75
Boyd, Billy (Pippin) 225
Bratt, Edith. *ver* Tolkien, Edith
Bratt, Francis 44
Bratt, "Tio" Jessop 58
Braunholtz, G.E.K 123
Bretanha 20, 27, 61, 63, 66, 68, 136, 149, 152, 153, 154, 185, 197, 213, 216, 248, 249
Brewerton, George 35, 42
Brideshead Revisited 52
Burne-Jones, Edward 90
Burroughs, Edgar Rice 91
Burton, Richard 126

C

cachimbo 20, 36, 52, 71, 72, 110, 125, 143, 202, 211
Calais, acampamento do exército em Etaples 70
cálculos dos Gondor 192
Califórnia 205, 208
Cambridge 45, 139, 148, 154, 219
Campanella, Tommaso 87
Carnaby Street 207
carros 108, 159, 180
Cartas do Papai Noel 114, 141, 158, 250, 253
cartazes 115, 165, 207
catolicismo 31, 33, 39, 40, 57, 58, 86, 132, 139, 156, 193
Cavaleiro Verde 48, 104, 113, 160, 249
Cervantes, Miguel de 204
cerveja 15, 52, 105, 123, 124, 125, 155
Chamberlain, Neville 153
Channel 4 217
Chaucer, Geoffrey 35, 82, 90, 93, 112, 125
Cheltenham 45, 46, 47, 55, 58, 62, 78, 207
cheque 201, 212
Cherryman, A.E., crítico de O Senhor dos Anéis 184
Cherwell, Oxford 62, 109
Christ of Cynewulf 93
Church, senhora 45, 52
Cidade do Cabo 22, 23, 26, 27, 102, 103, 248
Cirdan 204

Clarendon, editora, Oxford 104, 113, 259
Clute, John 194
Coalbiters 123, 141, 249
Coghill, Nevill 123, 125, 126, 155
Collins, editora 176, 249, 250
Compiègne, França, rendição alemã 80
Condado 53, 143, 189, 193, 194, 197, 255
contemporâneos 52, 125, 148, 156, 218, 219
conto de fadas 142, 188
contos do rei Artur 82
Contos Inacabados de Númenor e da Terra-Média 223
correção de provas 152
Country Life, crítica de O Senhor dos Anéis 184
Cowley, fábrica de automóveis 111, 165
Craigie, William 105
Crankshaw, Edward 158
Crawshaw, Richard, Tolkien Society 225
crianças 15, 29, 34, 44, 70, 82, 99, 105, 114, 115, 116, 117, 121, 141, 142, 145, 149, 150, 151, 154, 155, 156, 171, 184, 200, 207, 208, 210, 217, 226
Crisma 35
cristianismo 83, 86, 90, 113, 130, 131, 132, 192, 193
Cristo 93, 130, 131, 132, 191, 192, 193
Crowley, Aleister 136, 136
Cullis, Colin 66, 66, 66
cultura antiga 86

D

Dagnall, Susan 145, 146
Daily Telegraph 127, 184, 203, 204, 218
d'Ardenne, Simonne 142, 210
Dawkins, R.M. 123
Dell 29
desenhos 96, 116, 146, 149, 157, 250
Deus panteísta 130
diários e cartas 113
Dickens, Charles 93, 218
Dinard 61
disciplinas em cursos universitários sobre O Senhor dos Anéis 221
Disney, estúdios 150
Dissertações e teses de doutorado 221
Dodgson, Charles, Alice no País das Maravilhas 151
Doutor Honoris Causa 250
Dover 61, 68, 91
Drabble, Margaret, Oxford Companion to English Literature 221
dragões 29, 30, 116, 142, 148
dramatização para rádio da BBC, O Senhor dos Anéis 202
Dryden, John 56
duendes 89, 109, 116, 229
Dungeons and Dragons 221
Dunsany, Lord (Edward John Moreton Drax Plunkett) 88, 89, 93
Dylan, Bob 215
Dyson, Hugo 125, 128, 130, 131, 155

E

Eagle and Child 15, 124, 261
Earendel 93, 94, 96, 168
Eärendil 96, 168
Edda em Prosa 82, 83, 84
Eddison, Eric Rucker 92
Edgbaston 33, 41, 43, 248
editora holandesa, O Senhor dos Anéis 202
editora sueca, O Senhor dos Anéis 202
editores. *ver também* Ace Books; Ballantine; Clarendon Press; George Allen and Unwin; Houghton Mifflin; Rütten & Loening

elfos 13, 30, 84, 94, 96, 97, 109, 150, 158, 167, 191, 229
Elfos da Neve 115
Eliot, George 93
Eliot, T.S. 93
Elizabeth II, rainha 211
Elrond 158, 195, 196, 225
Em uma toca no chão vivia um hobbit 21, 144
enredo indigno 188
ents 193, 204
Epping, Floresta de 89
Erzberger, Herr Matthias 80
Escandinávia 82, 83
escritores 56, 82, 88, 91, 93, 124, 127, 132, 198, 203, 204, 217, 219, 220, 251
escritos 22, 88, 89, 91, 122, 123, 136, 144, 158, 171, 180, 188, 197, 198, 204, 218, 220, 251
espanhol, língua 61, 83
Essays and Studies by Members of the English Association 113
Estados Unidos 66, 77, 79, 92, 104, 105, 138, 149, 184, 203, 205, 206, 226, 249, 250
E.T. 224
Europa Central 82
Europa, trabalho de férias 61
Excalibur 224

F

Falkenhayn, general von 73
família 19, 20, 21, 22, 23, 25, 26, 27, 28, 31, 32, 33, 35, 36, 40, 41, 43, 44, 45, 57, 58, 60, 61, 89, 101, 102, 103, 105, 107, 108, 111, 112, 114, 115, 116, 117, 120, 135, 142, 144, 151, 152, 155, 156, 163, 164, 171, 179, 180, 193, 210, 212, 228, 234, 248, 249, 260
fantasia 4, 5, 87, 88, 90, 91, 92, 111, 166, 184, 202, 219, 220, 221, 228, 251, 255, 260
Farnell, doutor 56
fãs 14, 16, 17, 175, 182, 187, 198, 200, 206, 207, 208, 223, 224, 225, 226, 227, 260
fascismo 195
Faulkner, família 43, 44, 45, 46, 219, 248
Fëanor 96, 97
Fendas da Perdição 164
férias 26, 27, 42, 61, 65, 85, 105, 115, 159, 162, 163, 189, 209
férias de verão 42, 105, 145
festa a fantasia 111
ficção 82, 83, 84, 87, 88, 90, 91, 92, 93, 111, 121, 131, 134, 135, 157, 160, 161, 164, 185, 198, 199, 200, 219, 220, 228, 229
ficção fantástica 21, 87, 88, 92
Field, George 55
Field, Molly 55
First Class Honours Degree 55, 62, 248
Flautista de Hamelin 29
Floresta das Trevas 165
Foch, Marshal Ferdinand 80
Folha por Niggel 197
Folio Society, pesquisa 218
Força Expedicionária Britânica 66
Forster, E.M., Howards End 83, 127
fotógrafos 203
França 61, 66, 67, 68, 70, 73, 76, 77, 79, 80, 153, 212, 248
Franz Ferdinand, arquiduque 66
Frodo 15, 127, 162, 163, 164, 170, 185, 191, 192, 199, 207, 208, 221, 225, 227, 251

front oriental 79
Fuller, Edmund, O Senhor dos Anéis 192
Furth, Charles 146, 149, 150, 159

G

Galadriel 14, 191, 225, 229
Gandalf (mago) 15, 144, 163, 167, 170, 191, 194, 195, 199, 204, 207, 212, 221, 225, 229
Garrick, clube 213
George Allen and Unwin 39, 115, 122, 132, 145, 146, 147, 149, 157, 158, 166, 167, 171, 175, 176, 177, 180, 182, 201, 205, 249, 250, 256, 257, 258, 259
Gil-Galad 157
Gilson, Robert (Rob) 48, 73, 75, 85, 86
goblin 94
"Goblin Feet" 94
Goldberry 116
Gollum 229
Gondolin 96, 97
Gordon, Eric 104, 113, 163
Gordon, George 102, 103, 104, 106, 109, 123
Grã-Bretanha 20, 27, 63, 66, 68, 136, 149, 152, 153, 154, 185, 197, 213, 216, 248, 249
Gracewell. *ver* Sarehole
Grande Foca 115
Grande Urso Polar 115
Green, Peter 184
Green, Roger Lancelyn 134
Greer, Germaine 219, 229
Greeves, Arthur 127, 131, 142, 143
grego 35, 54, 87
Gresham, Bill 138
Gresham, Joy 138, 139
Grove, Jennie 59, 79, 100, 101
Guernica, Espanha 153
Guerra dos Bôeres 33
Guerra nas Estrelas 221, 224

H

Haggard, Henry Rider 91
Haig, general 73
Hall Green 29
Hannay, Richard 143
Hardie, Collin 213
Harrogate, sanatório 78
Harry Potter 221, 226, 227
Havard, doutor Robert (Humphrey) 125, 155
Headington, Sanfield Road 180, 201, 208, 210, 244, 249
Heidelberg 53, 154
Hemingway, Ernest, turma em Paris 127, 219
heróis 17, 130, 157, 186, 194, 251
histórias infantis 141, 142, 147, 148, 157, 158
History of Middle-earth, The 122, 223, 250, 257
Hitler, Adolf 153, 154, 156, 166, 196
Hobbit, O 9, 13, 21, 81, 98, 116, 117, 124, 125, 127, 134, 141, 142, 144, 145, 146, 147, 149, 150, 151, 152, 153, 156, 157, 158, 159, 160, 161, 162, 163, 164, 165, 166, 167, 168, 171, 174, 175, 176, 179, 182, 199, 201, 203, 204, 205, 222, 227, 249, 250, 251, 252, 253, 254, 255, 256, 258, 260
"Hobbit ou Lá e de Volta Outra Vez, O" 145
hobbits 21, 30, 143, 157, 159, 163, 165, 167, 180, 186, 189, 197, 199, 219, 221, 225, 229

Hogwarts 221
Holberg, Ludwig, Viagem subterrânea de Nicola Klim 88
Hollywood, cineastas de 21, 207, 223, 224, 225, 228
Holm, Ian (Bilbo) 225
"Homem da Lua Desceu Muito Cedo, O" 94
homossexualidade 53
Hooper, Walter 134, 161, 259
Hornsea, Edith e Jennie 78
Houghton Mifflin 149, 150, 193, 205, 249, 259
Hove, casa com tia Jane 35
Howard, Leslie 110, 184, 217
Howards End 83
Hughes, Richard 182
Hull, Yorkshire, acampamento 79, 99
Hungria 99

I
"Idril" 134
Igreja Anglicana 33, 57, 136
Igreja Católica 31, 32, 34, 39, 42, 54, 57, 58, 63, 250
Ilha do Tesouro, A 29
Illustrated London News, crítica de As Duas Torres 185
ilustrações 114, 115, 116, 117, 146, 149, 150, 158, 175, 184, 203
ilustradores 203
Incledon, família 25, 28, 32, 37, 42, 57
Indiana Jones, filmes 224
Inglaterra 24, 26, 27, 28, 33, 53, 76, 78, 79, 82, 83, 84, 86, 90, 95, 104, 114, 115, 138, 143, 154, 157, 166, 175, 178, 189, 197, 198, 207, 208, 211, 212, 259
inglês 14, 19, 27, 35, 36, 42, 48, 52, 53, 61, 62, 84, 87, 92, 93, 94, 95, 100, 103, 104, 110, 112, 113, 120, 124, 125, 143, 151, 156, 166, 192, 200, 250, 251, 256, 258
Inglês Antigo 83, 105, 107, 108, 119, 123, 249
Inglês Médio 139
Inglis, Bob 217
Inklings 15, 16, 48, 92, 123, 124, 125, 126, 127, 128, 132, 133, 134, 135, 136, 137, 141, 144, 154, 155, 160, 170, 173, 176, 213, 240, 249, 258, 261
interesse midiático 207
Isaak (empregado da família) 25
islandês 14, 56, 90, 123, 222
Islândia 82
istari 15, 204, 228
Iugoslávia 99

J
Jackson, Peter, filme de O Senhor dos Anéis 95, 224, 225, 226, 251
Jacobson, Howard 217, 218
Jeffreys, Susan, Sunday Times 217, 218
jornalistas 127, 186, 187, 203, 217
Joyce, James 217, 221
Jung, Carl, inconsciente coletivo 229, 230

K
Kaiser Guilherme II 77
Kalevala 82, 83
Keats, John 90
Kilby, Clide 127, 161, 189, 192, 198, 203, 208, 259
King Edward, colégio, Birmingham 31, 34, 35, 41, 42, 45, 47, 48, 49, 52, 54, 74, 84, 85, 111, 234, 248, 261
Kocher, Paul 193, 259

Kruger, Paul 27

L

Lancashire, Fuzileiros de 68
Lang, Andrew 29, 117, 142, 164
latim 30, 53, 54
Lawson, Mark 218, 219
Lean, Edward Tangye 123, 124
Lee, Christopher (Saruman) 225
Leeds, cidade de 101, 102, 103, 104, 105, 106, 107, 109, 113, 123, 142, 144, 244, 249
Leeds, Universidade de 101, 104, 106, 123, 249
leitores 82, 117, 149, 159, 165, 176, 180, 184, 185, 188, 194, 198, 206, 208, 216, 217, 218, 219, 228, 230, 250
"lenda" 96
lenda antiga 131, 190
lendas de povos distantes 93
lendas germânicas 93
Lenin 79
Le Touquet, hospital 76
Levin, Bernard, crítica de O Senhor dos Anéis 184
Lewis, C.S. 15, 16, 48, 75, 92, 119, 124, 126, 129, 132, 134, 135, 136, 137, 142, 148, 149, 157, 161, 171, 172, 182, 183, 185, 187, 198, 199, 204, 238, 249, 250, 253, 258, 259
Lewis, Warren (Warnie) 125, 128, 132, 155, 173
línguas 30, 34, 35, 42, 48, 53, 54, 57, 82, 83, 84, 86, 93, 94, 100, 104, 123, 196, 203, 222
línguas antigas 48, 54, 84, 86, 104, 123
literatura inglesa
  antiga 21, 82, 112, 188
literatura inglesa antiga 82
Literatura Medieval 109
literatura moderna 204
Lloyd George, David 77
Lloyds, banco, Birmingham 22

M

Macdonald, George 142, 198, 199
Maddo 116
Magdalen, Faculdade de 52, 119, 122, 124, 126, 130, 134, 173, 210
Manchester Guardian, crítica de O Senhor dos Anéis 183, 184
Mathew, Gervase 137, 176
McKellen, Ian (Gandalf) 225
Mediterrâneo, mar 209
Melkor 191
Merry 170, 225
Merton, Faculdade de 12, 20, 109, 119, 171, 180, 209, 212, 242, 249, 250
Mestre Gil de Ham 13, 175, 176, 201, 249, 252, 261
Meuse, rio 73
mexicanos 61
Minas de Bonanza 28
Miramax 224
Mitchison, Naomi 182
mitologia 21, 22, 40, 48, 69, 82, 83, 84, 86, 87, 90, 92, 93, 94, 95, 96, 117, 120, 125, 133, 148, 161, 165, 174, 176, 178, 179, 181, 190, 191, 198, 200, 211, 222, 223, 229, 252
mitos 82, 130, 196
Mitre 125
Monaghan, Dominic (Merry) 225
Montanhas da Névoa 165
Moore, Janie 121, 129, 138
Moorman, F.W. 101
Mordor 25, 127, 133, 164, 189, 191, 196, 229

More, Thomas 87
Morgoth 96, 97, 158, 191, 194, 258
Morris, William 89, 90, 91, 92, 111, 142, 210
Morse, código 69
Moseley, Charles 60, 259
motocicleta 69
Mu, lenda de 190
mulheres intelectuais 120
mundo moderno 143
Murray, James 100, 191

N

natureza pedante 202
nazistas 153, 195
netos 209, 211
New Line Cinema 224
Newman, John Henry 33, 36
Niggle 169, 170, 179, 257
Nikolds, Andrew 218
noldor 96, 97, 191
nomes, escolha dos 14, 48, 89, 134, 144, 163, 202
nórdico 84, 93
Northmoor Road 20, 108, 110, 111, 113, 115, 146, 154, 155, 166, 169, 171, 180, 210, 249
"Nosso Senhor" 193
Nova Zelândia, filme de O Senhor dos Anéis 224
"novo O Hobbit" 157, 158, 160, 162, 164, 168
Númenor 161, 190, 223, 252

O

Observer, crítica de O Senhor dos Anéis 184, 185, 186, 216
Ogro Branco 29
ogros e dragões 29
Old Man Willow 116
Orange, Estado Livre de 22, 23, 26, 27
orc 194
Ordem da Aurora Dourada 136
origem ariana 166
Orwell 216
Osborne, Barrie 225
Ovillers 75
Owen, Wilfred 74, 80, 259
Owlamoo 116
Oxbridge 45, 85, 102, 103, 105, 147, 248
Oxford 9, 12, 15, 19, 45, 46, 48, 49, 51, 52, 53, 54, 55, 56, 59, 62, 63, 65, 66, 67, 68, 74, 80, 83, 90, 92, 94, 99, 100, 101, 102, 103, 104, 105, 106, 107, 108, 109, 111, 112, 113, 114, 115, 116, 117, 119, 120, 121, 123, 124, 125, 126, 127, 128, 130, 132, 134, 135, 136, 137, 138, 139, 144, 145, 147, 148, 150, 151, 154, 155, 158, 160, 165, 171, 179, 180, 182, 184, 189, 202, 205, 207, 208, 209, 210, 212, 213, 216, 220, 222, 238, 240, 242, 248, 249, 250, 258, 260, 261
Oxford Companion to English Literature 220
Oxford Times 184

P

padre Francis Xavier Morgan 33, 34, 36, 37, 41, 42, 43, 44, 45, 46, 47, 49, 57, 70, 78, 114, 249
padre Murphy 59, 63, 70
padre Murray 191
Palácio de Buckingham 213
palestra de Natal para crianças, "Sobre Dragões" 117
Paris 61, 71, 127

"PassoLargo" 163
Pearl 160
Pearl Harbor 226
Penkridge, Staffordshire 79, 100
"Pequeno Reino, O" 175
personagens 30, 82, 84, 87, 95, 97, 115, 116, 148, 159, 163, 165, 169, 172, 186, 187, 191, 192, 197, 221, 224, 228, 229
personalidade 31, 40, 41, 103, 110, 117, 120, 128, 137, 143, 147, 149, 198, 199, 200, 202
Picasso, Pablo 230
Pippin 170, 225
Plimmer, Charlotte e Denis, entrevista para a revista do Daily Telegraph (1947) 189, 203, 204
poesia/poemas 30, 85, 121, 137
Polônia 207
Polo Norte 115
Pônei Saltitante, , história para o 163
Poole 209, 211, 212, 213, 250
Portsmouth 68
pré-chauceriano, cânone literário 112
Primeira Casa de Edain 97
Primeira Guerra Mundial 68, 74, 82, 128, 144, 197, 234, 248
professor de Inglês Antigo 83, 105, 107, 108, 119, 123
professor(es) 12, 16, 19, 20, 22, 35, 53, 54, 56, 83, 101, 102, 103, 104, 105, 106, 107, 108, 109, 110, 111, 113, 117, 119, 123, 125, 126, 127, 136, 145, 147, 148, 151, 158, 171, 178, 201, 207, 213, 217, 222, 240, 249, 250
protestantes 136
Prússia, império da 99
"Pryftan" (dragão) 144
Psamathos Psamathides ((mago da areia) 115
psicologia e psicoterapia 230
Pullman, Philip 220

Q

"Queda de Gondolin, A" 96

R

Red Fairy Book, Lang, Andrew 29, 116
religião 31, 32, 40, 54, 58, 60, 83, 86, 92, 124, 127, 129, 130, 132, 197
restaurantes 209, 210, 211
Reynolds, Nigel 51, 127
Rohan 167, 256
Romeu e Julieta 97
Roos, vila de, Yorkshire 79, 98
Roslin Castle (vapor) 23
Rossetti, Dante Gabriel 90
Roverandom 115, 141, 250, 252
Rowling, J.K. 220
Rubempré 72
Rússia 66, 79, 196
Rütten & Loening 166, 167

S

Sambre, Canal de 80
Sam Gamgi 143, 191, 197, 199
Sandyman (dono do moinho) 29
Sarajevo 66
Sarehole 28, 30, 31, 36, 44, 86, 234, 248
Saruman 134, 167, 194, 204, 225
Sauron 97, 158, 163, 164, 191, 192, 194, 195, 199, 207, 221, 229, 258
Scheps, Walter 216
Scott, Walter 88, 89, 93
"Sea Chant of an Elder Day" 93
Segunda Guerra Mundial 68, 108, 127, 135, 154, 196

"senhora Biggins" 142
Senhor do Escuro 163
Senhor dos Anéis, O 13, 14, 15, 16, 21, 25, 81, 90, 92, 116, 117, 125, 127, 133, 134, 139, 142, 157, 161, 162, 164, 165, 166, 167, 168, 169, 171, 173, 174, 175, 176, 177, 178, 179, 180, 181, 183, 184, 186, 187, 188, 189, 190, 191, 192, 193, 194, 195, 197, 198, 199, 200, 201, 202, 203, 204, 205, 206, 207, 208, 210, 215, 216, 217, 218, 219, 220, 221, 223, 224, 225, 226, 227, 228, 229, 249, 250, 251, 252, 253, 254, 255, 256, 260, 261
Senior Common Room 19, 112
Serviço Nacional de Saúde 156
Sexta-Feira Santa 192
Shadowfax (aerobarco) 212
Shakespeare, William 56, 82, 93, 112, 125
Shelley, Mary, Frankenstein 88
Shippey, professor Tom 194, 217, 222, 251, 259
Silmarillion, O 13, 21, 69, 81, 91, 93, 94, 96, 97, 98, 117, 122, 134, 158, 159, 161, 165, 167, 168, 169, 172, 174, 176, 177, 178, 181, 189, 190, 191, 197, 198, 202, 203, 204, 208, 211, 220, 222, 223, 250, 252
Sindarin, língua 94, 254
Sir Gawain e o Cavaleiro Verde 48, 104, 113, 160, 249
Sir Orfeo 160
Sisam, Kenneth 56, 106
Smaug (dragão) 144, 150
Smith, Geoffrey Bache (GBS) 48
Sociedade do Anel, A 161, 181, 182, 184, 185, 191, 216, 223, 225, 226, 227, 250, 251, 252
Southampton 26, 68
Spielberg, Steven 230
Spring, Howard, crítica de O Senhor dos Anéis 184
Sr. Bliss 116, 141, 158, 201, 250, 253, 261
SS Guelph (navio) 26
SS, tropas de assalto da 196
Star Trek 221
subcriação 86, 93, 96, 98, 117, 183
suboficiais 71, 72
Suffield, Beatrice 41, 43, 248
Suffield, Emily Jane (irmã de Mabel) 26, 31, 32, 35, 120, 142, 218
Suffield, família 41
Suffield, John (avô) 22, 23, 26, 27, 28, 31, 32, 35, 41, 42
Suffield, William (irmão de Mabel) 26, 41, 89, 90, 91, 94, 105, 125, 138, 176, 178, 210, 219, 258
Suffolk, regimento 73
Sunday Times 184, 217, 218, 225, 226, 227
Swann, Donald 30, 209, 257
Swift, Jonathan 87, 93
Swinburne, Algernon Charles 90
"Swinging London" 207

T

T.C., B.S. T.C., B.S. (Tea Club, Barrovian Society) 48, 52, 57, 59, 63, 68, 73, 76, 77, 84, 85, 86, 93, 122
Tchecoslováquia 99, 153
tecnológica, civilização 194
tenente pleno 70
tênis 24, 62, 66
Tennyson, Alfred Lord 90
Terceiro Reich 216
Terra-Média 9, 14, 16, 17, 21, 36, 81, 82, 83, 84, 86, 87, 90, 94, 96, 97, 98,

143, 146, 157, 158, 159, 163, 164, 165, 166, 172, 179, 183, 188, 189, 190, 191, 192, 194, 195, 199, 200, 204, 207, 209, 211, 221, 222, 223, 225, 227, 228, 229, 253, 254, 258, 260
Terras do Oeste 159
Terras Imortais 190
Thangorodrim 97
The New English Dictionary 100, 101, 249
The New York Times 185, 251
The Oxford English Dictionary 222
The Oxford Magazine 19, 113
The Review of English Studies 113
The Roebuck 128
The Times 138, 147, 148, 251
Thingol Greycloak, rei dos elfos de 97
Till, senhora 36, 37
Times Literary Supplement,crítica de O Senhor dos Anéis 148, 202
Timothy Titus 116
Tinúviel, Lúthien, princesa 97, 134, 191
Tolhurst, Denis e Jocelyn 213
Tolkien, Arthur (pai) 22, 23, 24, 25, 26, 27, 28, 32, 127, 131, 136, 142, 248
Tolkien, Christopher (filho) 39, 96, 115, 141, 160, 170, 181, 193, 199, 222, 223, 228, 250, 253, 257, 258
Tolkien e da Terra-Média, fã-clubes de 207
Tolkien, Edith 16, 20, 30, 44, 45, 46, 47, 49, 53, 54, 55, 57, 58, 59, 60, 61, 62, 63, 67, 69, 70, 76, 77, 78, 79, 80, 94, 95, 96, 97, 98, 100, 101, 102, 103, 105, 106, 107, 108, 111, 112, 117, 139, 143, 155, 156, 180, 202, 208, 209, 210, 211, 212, 244, 248, 250
Tolkien, família 20, 108, 114, 152, 228, 249
Tolkien, Hilary (irmão) 25, 26, 28, 30, 31, 32, 34, 35, 36, 37, 41, 42, 43, 44, 45, 82, 248
Tolkien, John (avô) 19, 22, 23, 24, 31, 33, 36, 67, 78, 79, 88, 97, 100, 101, 108, 114, 115, 127, 151, 154, 171, 193, 194, 213, 216, 223, 227, 242, 248, 250
Tolkien, John Francis Reuel (filho) 78, 114
Tolkien, John Ronald Reuel 19, 24, 242, 248, 250
J.R.R. 19, 24, 242, 248, 250
J.R.R.T. 19, 24, 242, 248, 250
Ronald 19, 24, 242, 248, 250
Tollers 19, 24, 242, 248, 250
Tolkien, Mabel (mãe de JRR) 22, 23, 24, 25, 26, 27, 28, 30, 31, 32, 33, 34, 35, 36, 37, 39, 40, 41, 42, 58, 86, 248
Tolkien, Mary (avó) 31, 32, 35, 42, 88, 142, 210, 259
Tolkien, Michael (filho) 39, 40, 43, 103, 108, 115, 116, 137, 139, 145, 154, 166, 167, 171, 190, 216, 249, 251, 255
Tolkien, Priscilla (filha) 20, 112, 115, 154, 156, 170, 249, 250
Tolkien Society, filme de O Senhor dos Anéis 225, 250, 251, 260
Tom Bombadil 94, 116, 204, 250, 253, 257
Toynbee, Philip 216
tradição do ocultismo 136
Transactions of the Philological Society 113
Transvaal 27, 170

Tristão e Isolda 97
trolls 148, 158
Trotski, Leon 79
"Trotter" 163
Truth, crítica de O Senhor dos Anéis 184
Tyler, Liv (Arwen) 225, 259

U
United Artists 223, 224
Universidade de Atenas 88
Universidade de Parks 67
Universidade de St. Andrew 164
University College 120, 123, 135
University Press 126, 135, 137, 142, 210, 230, 259
Unwin, Rayner 171, 176, 177, 179, 180, 181, 195, 196, 205, 213, 227
Unwin, Stanley 145, 146, 147, 152, 157, 158, 162, 164, 166, 167, 171, 174, 175, 177, 179, 180

V
valar 96, 97, 158, 190, 191
Valfenda 94, 165, 168, 191
Valinor 94, 96
Vaticano 33
Viagens de Gulliver, As 87
vida acadêmica 60, 95, 99, 100, 107, 151, 211
Vietnã, tribos carregando escudos com o Olho de Sauron 207
Vila dos Hobbits 133, 150
Vinte Mil Léguas Submarinas 88
Vitória, rainha 33, 248
Voltaire 88
"Voyage of Earendel the Evening Star, The" 93, 94

W
Wade, Coleção 119, 127, 131, 134, 142, 173
Wagner, Richard, Ciclo do Anel 196
Waldman, Milton 176, 177, 178, 179, 249
Walmsley, Nigel 215, 216
Warwick 58, 59, 60, 61, 62, 63, 67, 69, 70, 248
Waterstones 16, 216, 217
Weaver, Hugo (Elrond) 225
Wells, H.G. 88, 93
Whitebread, Prêmio Literário 220
White Horse 125
Williams, Charles 124, 125, 126, 135, 136, 137, 138, 139, 149, 155, 156, 160, 240, 249, 258, 260
Wilson, Colin 194
Wilson, Edmund 186, 188, 219
Wilson, Woodrow 77
Wiseman, Christopher 42, 48, 76, 77, 85, 94, 128, 213
Woking, gráfica de O Hobbit 159
Wood, Elijah 225
Wordsworth, William 94
Wright, Dr. Joe 53, 54, 56

X
Xangai 153

Y
Yeats, W.B. 88
Yorkshire 53, 78, 79, 98

Z
Zimmerman, Morton Grady 223